我喜欢她，但是我迟到了

痞子蔡（蔡智恒）著

SPM
南方出版传媒
广东人民出版社
·广州·

图书在版编目（CIP）数据

我喜欢她，但是我迟到了 / 痞子蔡著. — 广州：广东人民出版社，2019.4
ISBN 978-7-218-13303-4

Ⅰ.①我… Ⅱ.①痞… Ⅲ.①长篇小说—中国—当代
Ⅳ.①I247.5

中国版本图书馆CIP数据核字（2018）第285456号

本书由城邦文化事业股份有限公司麦田出版事业部授权人天兀鲁思（北京）文化传媒股份有限公司在中国大陆地区出版中文简体平装版本。

著作权合同登记号：图字 19-2018-119号

WOXIHUANTA, DANSHIWOCHIDAOLE

我喜欢她，但是我迟到了

痞子蔡（蔡智恒）著

出 版 人：肖风华

特约编辑：周学洋
责任编辑：钱飞遥　陈　晔
责任技编：周　杰　易志华
装帧设计：徐　奎
出版发行：广东人民出版社
地　　址：广州市大沙头四马路10号（邮政编码：510102）
电　　话：（020）83798714（总编室）
传　　真：（020）83780199
网　　址：http://www.gdpph.com
印　　刷：北京鲁汇荣彩印刷有限公司
开　　本：880毫米×1230毫米　1/32
印　　张：11.25　　字　　数：290千
版　　次：2019年4月第1版　2019年4月第1次印刷
定　　价：45.00元

如发现印装质量问题，影响阅读，请与出版社（020-83795749）联系调换。
售书热线：（020）83795240　　邮购：（020）83781421

目 录

尖锐的哨音响个不停，偶尔还夹杂着汽车的喇叭声。

几百辆车挤在一起，几乎动弹不得。

从三条马路来的车辆，都要挤进同一座桥。

每条马路起码有两排车流，而桥上只有一个车道可以通行。

好像三条肥胖的龙要合成一条细瘦的蛇。

站在车阵中的警察像是歇斯底里的猴子，嘴里猛吹哨子、

双手拼命挥舞试着指挥交通。

我待在其中一条肥龙之中，每隔几分钟才能往前移动10米。

看了看时间，12点5分，而约好的时间是12点。

我已经迟到了。

距离桥头只剩50米，过了那座桥，就是我的目的地。

这里是我的故乡，但竟然还要依靠GPS导航才能走到这里。

我觉得很讽刺，直接关掉导航画面，叹了口气。

家里在我念大三时搬到台北，之后我只回来一次，这次是第二次。

没想到我已经几乎忘了回故乡的路。

初中毕业22年了，今天是第一次举办同学会。

大部分的同学毕业后就没见过面，很好奇大家会变成什么样。

而我最想见的人，虽说不至于22年来都没见面，

但距离上次看到她，也有8年了。

只可惜依她的个性，如果知道我会来同学会，那她一定不会来；

但如果她以为我不会来，那么她就很可能参加同学会。

所以当一个月前阿勇打电话邀我时，我先说没办法参加。

"为什么？"阿勇很失望，"我们那么多年没见了，来啦！"

"偷偷告诉你，其实我会去。但你一定要让所有人以为我不会去。"

"为什么？"

"没为什么，只是个无聊的理由。"

"喔。" 阿勇说，"反正大年初三你一定要给我来就是了！"

所以我在春节假期中的大年初三，一个人开车来到这里。

也领教了电影里外星人来袭或活死人入侵导致大家赶紧逃难的场景。

原本打算11点到，可以先在故乡四处晃晃，回忆一下。

没想到因为大塞车，我还是迟到了。

印象中总是冷清寂寥的故乡，什么时候变成了观光胜地？

到底发生了什么？或是我错过了什么？

难道只是单纯因为时代变了？

终于上桥了。

桥长不到100米，但缓慢的车速还是花了半分钟才通过。

桥下是港，停泊了许多渔船。

海风带来混杂了海水和鱼腥的咸味，这就是我成长的味道。

好熟悉啊，我终于回来了，只是迟到而已。

下了桥，右边是所谓的观光渔市，挤满了人潮。

车子得小心前进，避免撞到满手鱼丸边走边吃的游客。

我突然觉得这地方好陌生。

念初中时，这地方还是大海，现在却因为填海造地而形成一片陆地。

所谓的沧海桑田大概就是这样吧。

过了观光渔市，人潮就散了。

左边出现一家海产餐厅，招牌上面画了一条很大的黑鲔鱼。

我松了口气，终于到了。把车子停在路边，下车穿过马路。

站在店门口，抬头看着黑鲔鱼，突然陷进回忆的漩涡。

脑海里清晰浮现瞪人时眼睛像黑鲔鱼的她。

赶紧抽离回忆的漩涡，定了定心神，毕竟我迟到很久了。

刚推开这家海产餐厅的店门，便听见一声喊叫：

"猪肠来了！"

猪肠是我初中时的绰号，高中以后就没人这么叫我了。

虽然我很不喜欢这个绰号，但此时听来却觉得无比亲切。

"竟然迟到半个小时！" 阿勇迎上来，敲了一下我的头。

"抱歉，没办法。" 我摸摸被敲痛的头，"因为大塞车。"

"塞车？" 阿勇愣了一下，随即又敲一下我的头，"你不会走镇上那条路吗？这里是你的故乡耶！你以为你是观光客吗？"

这次敲更痛了，得揉一揉。

但这也敲醒了我，对啊，导航指引的都是外围道路，

而我是本地人，应该穿进镇里，直接到桥边。

"可是如果要上桥，还是会很塞。" 我还揉着头。

阿勇深深吸气，好像武林高手暗运内力，突然用力敲我的头并大叫：

"你是白痴吗？把车停桥下附近，人走过来只要五分钟啊！"

他狠狠敲了第三下，我眼冒金星了。

但他说得对，光等着要上桥就花了快半个小时，我应该把车停桥下。

这里是我的故乡，随便找个地方停车太容易了。

没想到对故乡而言，我彷佛成了游客般的陌生人。

陌生，而且见外。

阿勇拉着我到导师面前，我跟导师说声新年快乐。

"志常，很久没见了。" 导师微笑着拉起我的手，"过得不错吧？"

"马马虎虎。" 我也笑了笑。

他跟我闲聊时双手拉着我左手，右手还不时轻拍我的左手掌背。

他眼睛始终注视着我，眼神满是笑意。

以前超怕这位凶狠的导师，但现在只觉得他是慈祥的长者。

同学纷纷围过来打招呼，但不知道是太久没见了还是头被敲昏了，

这些脸孔我都觉得有点陌生。

目光快速扫过在场的每一位老同学，没有发现我最想看见的她。

心一沉，头更痛了。

"同学的变化很大吧？" 阿勇问。

"嗯。" 我点点头，"有同学现在是脑科医生吗？"

"应该没有吧。怎么了？"

"我的头可能要去看医生了。"

"你变得那么脆弱了喔！" 阿勇哈哈大笑，拼命揉着我的头。

"是你力气变大了。" 我说。

阿勇还在笑，他的笑声让我觉得好熟悉。

"本姑娘来了！" 阿勇看着店门口，突然大叫一声。

我先是一愣，随即激动。

我当然知道她初中时的绰号叫本姑娘，但太久没听见这绰号，

于是听见的瞬间，便迷惘；而回神时，已澎湃。

阿勇快步走向店门口迎接她，我则血液沸腾、心跳加速，呆立不动。

"你是最晚到的。" 阿勇引着她走进店里。
"抱歉迟到了。" 她似乎很不好意思，"因为大塞车。"
"原来是塞车喔，那没办法。" 阿勇笑了笑。
"是呀。" 她苦笑，"光等着开车上桥就花了半个小时。"
"真是辛苦你了。" 阿勇说。

这是哪招？差别也太大了吧。
没想到她和我一样，像游客般用 GPS导航，还傻傻地开车上桥。
对故乡而言，我和她竟然都表现出陌生，而且见外。
不过这些都不重要，唯一重要的是，我终于又看到她。
而且我和她，又都迟到了。

她很快就被老同学包围着，脸上一直挂着浅浅的笑容。
我的眼镜度数要重配了，因为我的视野范围中，只有她是清晰的。
而且我的耳朵也有问题，在人声嘈杂中，我只听见她低沉的声音。

不知怎的，同时涌上熟悉和陌生。
许久没见，于是感到陌生；
从不曾忘，所以觉得熟悉。

她缓缓将视线四处游移，当接触到我的目光时，瞬间定格。
我心头一紧，感觉好像……

好像是她用手穿进我的胸膛，揪住我的心脏。

1.

人生像是电影胶卷，所有经历过的人事物会印在胶卷上形成画面。
很多画面你会理所当然地遗忘；但有些画面，却始终倒映在脑海里。
可能在某次夜深人静时，这些画面会忽然在脑海中不停播放。
播放的画面大概都是我念初中时的影像，年代久远。

我出生在台湾西南部一个滨海小镇，这里有个海港和很多鱼塭。
在机械化制盐之前，这里也曾经是台湾引海水晒盐的六大盐场之一。
除了海港、盐田、鱼塭外，镇里十几个村落多数以务农为生。
我住在镇里人口最密集的地方，也是海港所在的地区。
相对于其他务农为主的村落，我住的地方像乡下中的"城市"。

海港这地区的人几乎都姓"蔡"，所以我念小学时，
班上同学八成以上姓蔡。
升上初中后，加入其他村落的同学，班上同学也有一半姓蔡。
我也姓蔡，叫志常。
姓是多数，所以很平常，而名字也一般。

镇里只有一所初中，处在镇里偏僻的角落。
所有村落的学生，都要骑自行车来学校。
那时镇里连一盏红绿灯都没，骑自行车几乎可以全速前进。
念初一时，我大约要花25分钟骑自行车到学校；
初三时进步到只剩20分钟。
借由骑车时间的缩短，很容易验收自己成长的结果。

这里的海风很大，尤其是刮起东北风的季节。

在秋冬时节，每天清晨都要顶着又强又冷的海风骑自行车到学校。

制服是深蓝色夹克，到学校后夹克会沾上一层白色半透明的霜。

用手一拨，夹克总会留下水渍。

夹克水渍最多的，大概就是那些要骑40分钟自行车才到校的同学。

这里的居民都讲台湾闽南语，而且有一种特殊的腔调，叫"海口腔"。

如果说国语，会有浓厚的方言特色，常会在很多发音加"u"。

举例来说，吃饭会说成初饭；是不是会说成树不树；

知不知道会说成猪不猪道。

而我的志常，通常会被说成住常。

初一时，有个同学认为志常的发音像猪肠，便开始叫我"猪肠"。

后来其他人都跟着叫，从此猪肠便成了我生平第一个绰号。

明明猪是第一声、志是第四声，发音哪里像？

而且猪肠又不好听，也不是一个可以让人引以为傲的绰号。

我很讨厌这绰号，每当有人这么叫我，我总是很不情愿地回头。

刚进入初中的第一个礼拜，班上同学几乎都是陌生人。

班上的导师也是数学老师，听说他很凶，而且很会打学生。

果不其然，第一次上课时他就拿了一根厚厚长长的木板放在教室里。

"这是教鞭。" 他说，"以后你们不听话时就可以领教它的威力。"

我觉得很倒霉，怎么没编入有温柔女导师的班呢？

数学老师在黑板上出了一道题，然后走下讲台看我们如何演算。

我很快就算完，但其他同学似乎都还在绞尽脑汁，我便坐着发呆。

"你为什么不算？" 从后面走来的老师敲了一下我的头。

"我……" 我摸摸头，"我算好了。"

他很惊讶，低头仔细看我面前白纸上的计算结果。

"把你的名字写下来。" 他看完后，说。

我立刻在纸上写下我的名字。

隔天上数学课时，导师说该选班上的干部了。

"先选班长，大家可以踊跃提名。" 他说，"不过大家都还不熟，应该不知道要选谁。所以我来提名好了。"

导师说完后，转身在黑板写下：蔡志常。

我的脑袋像正被轰炸的诺曼底，轰隆轰隆响着，无法思考。

"赞成的请举手。" 导师问。

全班同学不约而同举起手，除了我。

"很好。" 他笑了，"看来大家都很认同我的意见。"

白痴吗？你是这么凶的导师耶！谁敢不给你面子？

接下来要选副班长，导师说："基于性别平等，副班长要选女生。"

他眼睛逐一扫过班上每个女生，然后走下讲台走到某个女生面前。

"把你的名字写下来。" 他说。

那女生乖乖写了名字，导师回到讲台在黑板上写下那名字。

"赞成的请举手。" 导师问。

全班同学又是不约而同举起手来。

我原本猜想，也许那女生跟我一样只是数学计算能力强而已。

但当导师要她站起来让班上同学好好认识时，我才恍然大悟。

即使我才 12 岁，眼光可能幼稚，但依我幼稚的眼光也看得出来，那女生是班上最可爱的。

所以我莫名其妙当了班长，而副班长是全班最可爱的女生。

虽然很不想当班长，但有可爱的副班长确实是好事。

不过权衡得失，还是所失者重、所得者轻。

就像被痛打一顿导致浑身是伤，但帮你敷药的是很可爱的护士小姐。

或许有人觉得受再重的伤都值得，但我是那种觉得根本没必要受伤的人。

班上的杂事班长都要全包，而且也是所有老师跟学生之间的窗口。

我还正在摸索和适应初中生活，却不得不马上就要独当一面。

辛苦一点、责任多一点，对我来说还好；

最困扰的，是每节上下课都要高喊：起立、敬礼，而且声音要洪亮。

但我个性害羞内向，声音常常显得细小而且畏缩，偶尔甚至忘了喊。

如果上课时忘了喊，老师会等我喊完后，才开始上课。

这总是让我很尴尬。

阿勇坐在我左手边，是我在班上第一个熟悉的同学。

他跟我是小学同学，但不同班。

如果我没在老师进教室的瞬间喊起立，他会推推我的手肘提醒我。

但如果老师说下课的瞬间我没喊，他就直接敲我的头提醒我。

一段时间后，上下课的"瞬间"高喊起立敬礼，成了我的反射动作。

上课还好，只要专心注意教室门口，老师一现身就马上喊：起立！

有时太紧张，门口一出现人影我就喊起立，结果只是晚进来的学生。

而下课就难抓了，每个老师下课的风格都不一样。

有的直接说下课；有的把粉笔一丢；有的什么都不说直接走出教室。

我得赶紧在老师走出教室前喊起立。

如果提早喊起立，老师可能会说："急什么？我还没说要下课。"
可是如果太晚喊，阿勇又要敲我的头。

有一次我喊起立的声音太细小，导师骂说根本不像男生。
"副班长。"导师说，"你来喊。"
结果她怯生生地喊了声："起立。"
我听了后，双脚根本站不起来。
那是我第一次听见她的声音，没想到她的声音是那种天然嗲，
又柔又软又腻，听了只会全身酥软。

副班长也姓蔡，叫蔡玉卿，黑白分明的眼珠很有灵气。
她的皮肤很白皙，这很少见，因为我们那里的女生通常肤色偏黑。
或许很多男同学会羡慕我可以假借公事与她亲近，
但可能是我情窦还没开，或是害羞内向，我完全没跟她有任何互动。
所以即使她是副班长，她在班上几乎没有任何任务。
她的存在感，很像阑尾。

课业部分还好，我可以轻松应付，除了数学。
数学老师确实会打学生，男生打屁股，女生打手心。
每个人被打的标准不一样，主要看成绩和导师的主观认定。
"依你的数学程度，只能错一题。但你是班长，要作为全班表率。"
导师对我说，"所以你的标准是满分。没有满分，错一题打一下。"

我的数学程度？那是你开学之初对我快速算完那题才有的成见；
而我会当班长，也是你造成的啊！
怎么全部都算到我头上呢？
从此只要考数学，不管大考、小考、抽考、随堂考、平时考，

我只要错一题，屁股便会挨一板子。

教鞭打中屁股时所发出的声音，总是响彻云霄。
打完后屁股总有灼热感与疼痛感，我可以想象屁股一定红通通。
如果有天数学考很差，我会变成猴子吗？

也许是数学老师真的慧眼独具，也许是我太害怕被打屁股，
我的数学成绩非常优异，被打屁股的机会很少。
其他科目也不错，只有英文相对而言较差。
在那个年代，乡下的小学生根本没碰过英文，也没补习，
直到初一才开始学最基础的 A、B、C。
所以班上没有同学英文特别好，全校恐怕也是。
英文较差可能跟姓蔡一样，不算特质，而且没辨识度。

记得英文老师有次上课问我：25的英文怎么说？
"two ten five." 我马上回答。
那时英文还只教 1到 10而已，11以上还没教。
所以25，英文应该念：two ten five吧。

英文老师听完后，笑得很夸张，好像我的回答戳中她的笑点。
但班上同学没跟着笑，我想大家应该都不知道英文 25该怎么说。
搞不好很多人跟我一样，认为当然要说成 two ten five。
而英文老师还是笑个不停，也没说我的答案对不对。
只有一个坐在我左后方的女同学，我发现她似乎掩着嘴偷笑。

她叫邱素芬，不姓蔡。其实只要不姓蔡就算有了点特色。
我只知道她是班上同学而已，没交谈过，她给我的印象是文静内向。

但那个年代的乡下初中女孩，十个有八个是所谓的文静内向。

剩下的两个，一个可能个性像男生，另一个可能很活泼或脾气很凶。

所以女生文静内向跟姓蔡一样，不算特质，而且没辨识度。

唯一有辨识度的，就是她也是班上的干部——国语推行员。

除了班长副班长外，干部通常叫股长，比方风纪股长、学艺股长等。

所以"国语推行员"这种干部非常特别。

导师说国语推行员主要负责推行国语，要大家不可以讲方言。[①]

当初选干部时，她是被同学提名选上的，或许她国语讲得很标准吧。

但在学校里，除了上课或跟老师说话时会讲国语外，同学都讲闽南语。

甚至有时也会在上课中不小心讲出来。

回家更不用提了，一定讲闽南语。

所以我不知道国语推行员能干什么，也从没看到她在推行国语。

她的存在感，也很像阑尾。

那节英文课下课后，我要走到教室后面丢垃圾时，经过她的座位。

"twenty-five."她说。

"里工啥（你说什么）？"我听不清楚。

她抬头瞪我一眼，我才意识到她是国语推行员，我不该讲闽南语。

"twenty-five."她又说。

"喔。"我问，"那是什么？"

"25的英文。"

"不是 two ten five 吗？"

---

①方言：本书中提到的"方言""闽南语"都指"台湾闽南语"。

"不是。" 她摇摇头，"是 twenty-five。"

"喔。" 我含糊应了声，反正对不对我也不知道。

"你以后就知道了。" 她说。

她讲话的语气很有自信，还带着一点点走着瞧的意味。

这是我第一次听到她开口说话，她的声音很低沉，不像一般女生。

而那种低沉，不是声音很粗，也不是沙哑，只是音质很低。

传到耳朵时，会有一点麻麻的错觉，而且有种莫名的磁性，

让人情不自禁想要专注聆听。

不过国语推行员第一次开口却是说英文，好像有点怪。

而她所说的国语，好像也没有比其他同学标准。

后来英文课教到25的英文该怎么说时，我下意识转头看她。

她接触到我的眼神后，只是轻轻扬了扬眉毛。

我开始特别注意她，我发觉她很少开口说话。

她坐着或走路时，上半身总是挺直，不像一般人会稍微有点弧度。

但那种挺直不像刻意挺胸的模特儿，而是浑然天成的挺直。

她平时的举止都是平稳而缓慢，几乎没有很大或快速的动作。

即使下课时离开位置，她也是缓缓起身、转身，再慢慢走出教室。

我很想看她尿急的样子，但我猜她尿急时大概也是这样。

只有听见同学讲闽南语时，她才有明显反应——

转头，瞪一眼，但不开口。

可是下课后整间教室都是用方言交谈耶，瞪怎么瞪得完？

所以大概只有在她旁边说，她才会转头瞪一眼说话的人。

看来她还是有身为国语推行员的自觉。

虽然这位国语推行员有种特立独行的气质，很难不让人注意，
但我跟班上其他男同学一样，最感兴趣的还是最可爱的副班长。
如果你踩着地，头顶上方是云，你会想抬头看云？还是低头看泥？
在班上所有女同学之中，副班长是云，其他都可以叫泥。
这就叫云泥之别。

可惜我也只是偶尔偷看一下，然后觉得赏心悦目，就这样而已。
即使初一下学期所有干部无条件续任，我当了一年班长、
她当了一年副班长，我和她的互动仍然几乎为零。
云毕竟是看得到摸不到。

反而我跟国语推行员还有些互动，就是我不小心在她旁边讲闽南语时，
便可接触到她转头投射过来的锐利目光。
其实她的眼睛很美，又大又亮而且水汪汪的，
隐隐散发出纯洁无瑕的气质。
可是当她的眼睛用来瞪人时，我会联想到黑鲔鱼。

初一快结束时的某个礼拜六，下午1点有个数学考试。
那时没周休二日，礼拜六要上半天课，而且偶尔下午还得留校考试。
这次考试时间有1小时，我20分钟就写完，马上交卷后离开教室。
别的同学还在教室里浴血奋战，我却可以在外头玩，这让我很得意。

考试时间结束，我回到教室，导师让我们改别人的考卷。
导师一题一题解说并公布正确答案，考卷改完后就还给考卷的主人。
我拿到自己的考卷，发现错了两题计算题，其中一题看错题目，
另一题计算错误。

导师把我叫到讲桌前，我把考卷给他，他低头仔细看。

过了一会，导师视线离开考卷看着我，双眼仿佛在喷火，大声说：
"提早交，是要让人以为你很厉害吗？"
"你这么有把握自己都不会看错题目、计算错误？"
"还有那么多时间，你有验算吗？"
"你有验算吗？你不会验算吗？你不知道要验算吗？"
导师越讲火气越大，而我的脸越来越涨红，完全答不出话。

"错两题，打两下！" 导师拿出教鞭。
我双手扶着讲桌，微微翘起屁股，低下头，闭上眼睛。
如果以往教鞭击中屁股的声响像手榴弹爆炸，
那么这两下的声响就像核子弹爆炸。

从此以后，考数学时如果写完后还有时间，
我一定全部题目都验算一遍。
如果都验算过了还有时间，那就再验算，直到考试时间结束。
事实上往后我人生中遇到的各种考试，不管考什么科目，
我一定直到考试时间结束才交卷。

那天下午，我感觉我整张脸都是红的，又尴尬又丢脸。
脑海里一团乱，而且里头有两个字乱窜——验算。
全班只有我被叫到讲桌前挨骂，而且还挨打。
我都不知道以后还有没有脸继续当班长。

放学时还不到3点，一群男同学相约骑自行车四处逛逛。
我根本没心情，但阿勇拉着我一起去。

我们去了几个村落，虽说同属一个镇，但这些村落我却从没去过。

只可惜再新鲜的景物也吸引不了我，我的心情始终在谷底。

脸还是又红又热，脑海里还是浮现：验算。

要解散前，有个男同学提议副班长的家就在附近，干脆去看她。

他跟副班长住同一个村落，他说这时间很可能看到她出来晒衣服。

"每天都可以在学校看到她，干吗特地跑去她家看？" 我说。

"不一样啦！" 他说，"这时候她应该会穿便服耶！"

其他人一听到"便服"，立刻跨上自行车准备要冲了。

这确实很有诱惑力，即使每天都看得到，但都是看到穿校服的她。

如果她穿便服，一定更可爱吧。

当时我们都不知道，多年后要看到穿着中学校服的漂亮女生反而要花钱。

我们全速往副班长家迈进，不到 5 分钟就到了。

她家是三合院似的平房，院子里两条长长的竹竿上挂满衣服。

我们在院子围墙边静静等待，墙的高度大概到我们的下巴。

等待的时间里，我开始觉得我到底在干吗，好像有点丢脸。

等了 10 分钟左右，副班长真的出来了，她应该是出来收衣服。

她把晾在竹竿上的衣服，一件一件取下来，动作很温柔。

明明她只是穿了普通红色短袖 T 恤加上深蓝色运动长裤的便服，

但感觉有些男同学看得都快哭了，尤其是阿勇，他整个人都看傻了。

突然有个同学叫了声："副班长！"

然后其他人也跟着叫，或是改叫："蔡玉卿！"

她转头看到我们探出围墙的头，便笑了出来，停止收衣服的动作。

停顿一会儿后，她似乎很不好意思，低下头加快收衣服的动作。
她没再看着我们，只是边收衣服边笑。

在其他同学还目不转睛时，我看见隔壁的院子出现一个女生。
隔壁也是三合院似的平房，院子里只有一条长长的竹竿。
那女生穿着白色短袖T恤、灰色运动长裤，手里提了两桶衣服。
我觉得她有些眼熟，往前走近几步仔细一看，竟然是国语推行员。
她把两桶衣服放在地上，一件一件拿起来晒。

拿起衣服，先抖一抖；拿出衣架，套上衣服；把衣架挂在竹竿上。
最后拿出晒衣夹，夹住衣架上的衣服。
无论是抖、套、挂、夹，她的动作始终缓慢而流畅。
所有衣服在她手上，似乎都是备受呵护的艺术品。

不知道为什么，她那缓慢而流畅的动作让我心情很平静。
我专注欣赏她呵护每一件衣服的每一个动作。
已经感觉不到脸上的红与热，脑海里的验算两字也不见了。

"猪肠。"阿勇敲了一下我的头，"回家了！"
我仿佛大梦初醒，揉了揉头。
这似乎扰动了她，她转头看到我和阿勇，嘴角好像拉出一抹微笑。
然后她继续缓慢而流畅的抖、套、挂、夹，动作没任何改变。

"她刚刚是不是笑了一下？"我问阿勇。
"有吗？"
"就嘴巴那边好像有动一下，那是笑吧？"我又问，"是不是？"
"你是白痴吗？"阿勇又敲一下我的头，"回家了！"

这群在围墙外看着可爱女生的同学中，只有我和阿勇住在海港地区，所以我和他一起骑自行车回家。大概要骑 35分钟。

我边骑边想，如果初一生活是张考卷，里面有一道题目：

全班最可爱的女生是谁?

我第一次作答时，会毫不犹豫写上：副班长。

但经过验算、再验算，我发觉副班长这个答案不对。

全班最可爱的女生……

在我心目中全班最可爱的女生……

应该是国语推行员。

2.

升上初二要重新编班，班上只剩几张熟面孔，其余都是新同学。
结果我、阿勇、副班长又编入同一班，国语推行员也是。
遗憾的是，导师也是。

"先选班长，大家可以踊跃提名。" 导师说，"不过大家都还不熟，
应该不知道要选谁。所以我来提名好了。"
干，这个理由是要用几次？

结果我还是班长。
副班长也依然是导师眼中最可爱的女生——蔡玉卿。
我觉得这次轮到导师该打屁股，因为如果他仔细验算，
应该会发现有更可爱的女生。

其他干部的推选，导师就让同学提名，也顺利选出。
只有选国语推行员时没人要提名。
"那还是邱素芬吧。" 导师说。

座位的编排有了大变动，初一时男生坐在教室左边，女生坐右边。
现在座位变成"梅花阵"，每个人的前、后、左、右，都是异性。
排座位时，全班同学先在教室外面依身高排成一列，由矮到高。
然后略微调整，两个男生之间要有女生、两个女生之间要有男生。
最后依序走进教室，由左到右、由前到后，决定自己的座位。

依身高排列时，国语推行员刚好在我前面，这表示她跟我差不多高。
我很兴奋，因为初一时她比我高一点。
而原本初一和我差不多身高的阿勇，现在已经比我高一点了。
结果国语推行员就坐在我右手边，阿勇则坐在我左后方。
以后观察她的动作就容易多了，眼角余光一扫就看得到。

我很喜欢看她缓慢而流畅的动作，而且总是莫名地让我心情平静。
每当上课想打瞌睡时，瞥见她坐得挺直的身体，我就会瞬间清醒。
虽然她上半身总是挺直，但并不会给人高傲感，反而比较像是……
一种孤独感和疏离感。
就像微风吹过草原，所有的草都弯着身，只有一朵花挺立着。
她就像那朵花，在周遭环境中显得孤独和疏离。

她的挺直好像不太合人体工学，我常怀疑她能维持那样的姿势多久。
但她似乎很自然，即使再久，上半身依旧挺直，几乎没有弧度。
甚至连午休时趴在桌上睡觉也一样。
所有人趴在桌上睡觉时，背部都快弯成一个圆了；
而她上半身虽然前倾，但背部几乎还是直线。

每当导师拿教鞭要打手心时，女同学们总是害怕而畏缩地伸出双手。
每打一下，双手便垂低，越打越低，有时还得暂停让她们把手平伸。
有些女同学被打手心时还会拼命眨眼睛，有的甚至会哭。
如果是副班长要挨打，她双手几乎伸不直，手肘还是弯的。
"你是副班长，可以少打两下，而且我会打轻一点。" 导师说。
差太多了吧？我却要以身作则耶。
打完手心后副班长整张脸都是红的，而且会拿手帕擦拭眼角。
我相信这景象会让班上很多男生心碎，尤其是阿勇。

而国语推行员总是缓缓站起身，从容走到导师面前，平伸出双手。

她伸出的双手非常笔直，与地面平行。

不管打再多下，她既不眨眼，也完全没发出任何声音。

她的双手始终保持与地面平行，背部仍然挺直。

像极了从容就义、引颈就戮的革命烈士。

即使国语推行员就坐在我旁边，但我们从未交谈。

一来她本来话就很少，二来我也怕不小心讲方言让她瞪我。

她还是维持初一时的风格，如果听到有人在旁边说方言，

她会转头瞪一眼那个人。

虽然她的眼睛很美，但瞪人时的眼睛像是跟黑鲔鱼借来的。

不过开学后没多久，她就不用瞪人了。

初二开始，学校严格执行说台湾闽南语要罚钱的政策。

听说有些学校违规的学生要挂狗牌，

借由一种近似羞辱的方式，让学生长记性。

但挂狗牌对我们这里应该没用，甚至会有反效果。

因为依我们的习性，如果讲闽南语就挂狗牌，那全班几乎都会挂狗牌。

没挂狗牌的人反而才会被嘲笑："哈哈，不会讲闽南语。真逊！"

学校定的办法是：讲一句闽南语罚一块钱，讲一句脏话罚五块钱。

在那一根棒冰也才两块钱的年代，罚一块钱很伤。

而且一句就罚一块，如果肺活量好、讲话快，噼里啪啦讲一大串话呢？

至于所谓的"脏话"，主要是针对讲"干"和"干你娘"之类。

可是在我们那里，"干"是发语词和口头禅，很难避免。

而"干你娘"虽然很难听，但一气起来还是很容易就说出口。

在我们那里如果是很认真纠正小孩不要讲脏话的父亲，他可能会说：

"干你娘！你这死小孩为什么要讲干？林北（你爸）没教你吗？干！"

这个政策在班上造成恐慌，人人自危。

果不其然，严格执行后的第一个礼拜，几乎每个人都被罚钱。

只要国语推行员听到有人讲台湾闽南语，会当场冷冷地说："一句。"

每个礼拜统计一次，再把结果回报给导师。

导师看到第一个礼拜的结果后火冒三丈，狠狠训了全班一顿。

我是极少数没在第一个礼拜中枪的人，但这并不表示我没犯规，

只是运气好，没被当场抓到而已。

但我不可能永远走狗屎运。

有次下课跟阿勇说话时，我不小心说："虽小。"

"班长。"国语推行员转头看着我，"一句。"

她的声音原本就低沉，此时听来好像带点冷酷的味道。

"虽小怎么了？"我很不甘心。

"那是倒霉的闽南语。"她的声音依旧低沉。

"你没听过麻雀虽小，五脏俱全？"我开始狡辩。

"你如果再说，我就再加一句。"她的声音更低沉了。

"虽小，明明是虽然很小的意思。"

"一句。"

"麻雀虽小，你更虽小！"我火了，大声说。

"班长。"她突然站起身，"一句！"

我和她站着互望，她的眼睛瞪得又圆又大。

我则努力忍住不说出我们那里的发语词。

她平时的动作总是缓慢而流畅，刚刚突然站起身，

是我第一次看到她迅速而利落的大动作。

虽然之后她又恢复缓慢而流畅的动作，但以往让我心情平静的动作，

现在看起来却很刺眼。

我越想越不甘心，越想越气。隔天早上一进教室看到她，我便说：

"温刀武西郎。"

"班长。" 她马上说，"一句。"

"这明明是国语。"

"这是我家有死人的闽南语。"

我立刻在纸上写下"温刀武西郎"这五个字，然后拿给她看。

"一样。" 她说，"不用狡辩。"

"甲爸丹细！" 我又火了。

"一句！" 她也火了。

"这也是国语。"

"这是吃饱等死的闽南语。"

我又在纸上写下"甲爸丹细"这四个字给她看。

"你老说死，都没别的事可做了吗？" 她瞪着我。

" Where is your mother?" 我说。

"嗯？" 她愣了愣。

"你娘在哪里？"

"问这干吗？"

"意思是：你娘咧！"

"脏话！" 她又突然站起身，"一句！"

"干！" 我火了，终于忍不住讲出发语词。

"脏话！" 她似乎更火，"一句！"

"干是干什么的干，哪是脏话？"

"你再说，我就再加。"

"你在'干'什么，也是脏话？" 我把干字加重音。

"脏话。" 她的眼睛越来越像黑鲔鱼，"一句。"

"干！"

"一句！"

我气得说不出话，狠狠把书包摔在桌子上。

她则转身走出教室，转身的动作不像平时那样缓慢，而是非常快速。

转身的瞬间还碰到桌角，桌子移位时发出很大的声响。

我被记了五句方言、四句脏话，总共要罚 25 块钱。

我都不知道回家怎么跟老爸开口要这笔钱。

如果我开口要这笔钱，恐怕会连累我奶奶。

因为老爸可能会大骂："干你祖奶！"

在我们那里，年纪越大，干的辈分越高。

罚钱还算事小，当导师看到那礼拜我是要罚最多钱的人，整个发飙。

我在课堂中被叫起来罚站，足足被训了十分钟。

因为顶了个班长的头衔，总被"以身作则" 这句话压得死死的。

训完后，导师继续上课，同学继续听讲，而我继续站着。

我站着听课时，眼角余光不时偷瞄她，想看看她会不会觉得内疚。
但她完全正常，我甚至怀疑她内心在偷笑。

如果她不是女生，我可能会揍她；
但她是女生，我只能选择生闷气。
我不再用眼角余光观察她的动作，下课时一定从左方离开。
午休趴着睡时，也是趴着右脸，头转向左边。

有次课堂中考完数学后，导师要我们交换考卷批改。
我上半身都没动，右手拿着我考卷，往右平伸，她接下；
她上半身也没动，左手拿着她考卷平伸过来，我也接下。
整个过程中，我完全没看她，她也没看我，气氛很诡异。

导师一题一题解说并公布正确答案，我们也一题一题批改。
我越改眼睛睁得越大，她几乎都错啊！
导师解说完毕，我们也改好了，她还是没看我，直接伸出左手。
我接下我的考卷，瞄了一眼右上角，满分。
可是我不敢把她的考卷给她，因为那张考卷不到 30 分。
我很慌张地重复验算，是不是我算错？是不是我改错？

"班长。" 她终于转头看着我，"把我的考卷给我。"
"可是……" 我还在做最后努力，看分数能不能高一点？
"给我吧。" 她说，"改越久，分数也不会变高。"
我只好拿起红笔，在考卷右上角，写上：25。
她从我桌上一把抓起她的考卷，动作迅速且带点粗鲁。

导师走下讲台，看看我们大概都考几分。

我眼角偷瞄她，发现她正专注看着考卷，脸色似乎很凝重。

"唉。" 导师走到她旁边，看了一眼她的考卷，叹了口气，说：

"邱素芬你成绩不错，英文又特别好，怎么你数学这么差呢？"

她听完没任何反应，眼睛盯着考卷，背部依旧挺直。

虽然在考试前我气她气得要死，但我完全没有幸灾乐祸的心。

我只是担心她，莫名的担心，同时也不知所措。

让我知道她数学只考 25 分以及导师当众说出的那番话，

对孤傲的她而言，一定很难受吧。

啊？她掉泪了？

再仔细一看，没错，她掉眼泪了。

泪水真的是用"掉"的，直接掉在考卷上，一颗接一颗。

即使掉泪，她完全不发出声音，也没有任何擦拭泪水的动作。

一般女生应该会拿出卫生纸边哭边擦眼角，甚至是趴下来哭。

但她依然坐得直挺挺的，眼睛盯着考卷，任凭泪水掉落。

既然止不住，就让它掉吧。

如果去擦，反而会让人知道正在流泪。

孤傲的她，应该是这么想吧？

因为坐在她旁边，又仔细观察她，我才知道她在掉泪。

别人一定看不出来吧。

虽然她咬着下唇不发出任何声音，虽然她不擦拭眼角伪装平静，

但是她的鼻头已经泛红。

下课有 10 分钟，全班闹哄哄的，只有我和她还端坐在座位。

我好像是陪着依旧背部挺直、眼睛盯着考卷的她。

离下节上课钟响只剩一分钟时，我终于忍不住站起身，走近她。

"你要不要……" 我不知道要说什么，只是觉得有说话就好。

"你被罚 25 块，我就只考 25 分。" 她说，"这样你满意了吧？"

她的声音仍旧低沉，背部依然挺直，视线还是停留在考卷。

"那我宁愿被罚多一点钱。" 我说。

她的视线终于离开考卷，转过身，抬头看我一眼。

这一眼很长，因为我也不知道还要说什么，只能跟她互望。

直到上课钟声响起。

放学时，我收拾书包准备回家，却发现她根本没有整理书包的动作，
她甚至又拿出那张数学考卷。

我离开教室，心想她该不会打算一个人留在教室里检讨那张考卷吧？

我边走边想，走到车棚牵出自行车，心里还是放心不下。

把自行车放回车棚，直接跑回教室。

她果然还在。

她嘴里咬着笔，似乎正在思索考卷上的题目该怎么解。

"我可以看一下吗？" 我走近她，小声问。

"不用。" 她马上说。

"我没有要嘲笑的意思。只是……" 我很紧张，"只是想帮忙。"

她顿了顿，慢慢松开咬住的笔，用笔尖轻轻点了考卷中的某道题目。

我松了一口气，看了一眼那题目。

"你的笔借我好吗？" 我说，"还有借我一张纸。"

她将手中的笔递给我，又从抽屉里拿出一张白纸。

我在那张白纸上，放慢速度，一边写下计算过程，一边说明。

"这样明白了吗？" 我问。

她没回答，也没任何反应或动作。

"我再算一遍。"

这次我速度更慢了，说明的时间也变长。

"这样明白了吗？" 我又问。

她终于缓缓地，点了个头。

看到她点头，我如释重负，像终于考完期末考那样。

"还有别的题目吗？" 我问。

她拿起笔，悬在半空中，迟迟没落下。

"可能点不完了。" 她竟然笑了。

她的笑容很清淡，只是嘴角拉出微笑，没有笑声。

但对我而言，已经非常丰富了。

"就这样吧。" 她缓缓站起身，"我要回家了。"

我稍微退开两步，看着她慢慢收拾书本，一本一本放进书包。

顺了顺吃得饱胀的书包，拉了拉书包肩带，然后书包上肩。

她的动作始终是缓慢而流畅，对我而言，那是一种优雅。

"再见。" 她缓缓走出教室，"谢谢。"

再见这句是她跨出第一步时说的，我听得很清楚；

而谢谢这句，是她已经走到教室门口，背对着我时说的。

虽然应该没听错，但还是会有她是不是说了谢谢的不确定感。

从此只要当天有发回数学考卷，我在放学后一定刻意多待一会。

可能她察觉了我的企图，反而比平时更加速离开学校的动作。
我想，她应该不想接受我的善意或帮忙吧。

虽然她的数学成绩令人担心，但最令我担心的，是她的人缘。
因为她是国语推行员，要随时捕获违规的同学，
被捕获的同学通常心有不甘，容易迁怒于她。
而且大家都怕不小心犯错被她当场抓到，于是开始躲着她。
久而久之，已经特立独行的她，更加孤立了。
没人要靠近她。

甚至有个叫黄益源的男同学帮她取了个绰号：毒气。
意思是看到她，就得赶紧捂住嘴巴逃开，不然会出事。
这绰号让很多人深有同感，于是班上几乎所有人都叫她毒气。
只有我死都不叫，只叫国语推行员。

有次她要走出教室时，经过一群同学。
"毒气来了！" 黄益源突然大叫，"大家快闪！"
那景象，就像深夜时突然打开电灯，一堆蟑螂立刻四散逃开。
当她看到所有人都捂住嘴巴四散逃开后，她停下脚步，站着不动。
停顿几秒后，她再继续往前。
我看着她依然挺直的背影，心中有说不出的难过。

在大家都躲开她的情况下，她很难再抓到违规的同学。
每个礼拜回报给导师的名单越来越少；
终于有次，结果是零。
"邱素芬，你是国语推行员，要好好认真负责。"
导师根本不相信没人讲闽南语，"不可以偷懒，或私下放过同学。"

她听完后依然没反应，也没做任何辩驳。

我很仔细注意她，眼角余光一直停留在她身上。
果然……
唉，她掉眼泪了。
像没有完全扭紧的水龙头，水滴一颗又一颗，往下掉。
这次是一面抄笔记，泪水一面滴在笔记本上。

但她没做任何改变，没积极主动去抓违规的同学，
也没偷偷摸摸躲着或埋伏之类鬼鬼祟祟的行为。
这样下去，她明天回报给导师的结果还会是零。
怎么办呢？

隔天一早，我一进教室，走到座位低头看一眼抽屉，然后故意说：
"阿娘喂！"
"班长。" 她说， "一句。"
"我哪有讲？ " 我假装狡辩。
"那是我的妈呀的闽南语。"
我把书包摔在桌上，假装很不甘心。

这样她至少有点交代了吧？
至于我会不会被导师骂说是唯一讲方言的人，我不在乎。

之后只要她没抓到同学，我就自愿成为她的"战果"。
我要假装不经意说错话，而且那句话也得经过设计。
被她抓到时要先狡辩，狡辩不成的话，要假装很不甘心，
偶尔也要表现出有点生气的样子。

这些对演技来说，都是不小的考验。

如果日后我拿到奥斯卡金像奖最佳男主角，上台领奖时，

一定最先感谢国语推行员，感谢她的启蒙。

偶尔我还会拉阿勇下水，我会趁他埋头写功课时，拼命叫他：

"阿勇！" 我叫了好几声。

"冲啥啦（做什么）！" 他大声说。

"蔡尚勇。" 她转头对阿勇说，"一句。"

我哈哈大笑，阿勇则冲过来狠狠敲我的头。

有次我又要自愿成为她的战果时，一时之间想不出该讲什么。

"班长。" 她说，"不用伤脑筋去想该讲什么。"

"你知道我要讲闽南语？" 我吓了一跳。

"嗯。" 她点个头，"你的演技要加强。"

"这……" 我应该脸红了。

"总之如果想不出该讲什么时，你可以说我的名字。"

"说你的名字？" 我很纳闷，"邱素芬？"

"姓不用，只叫名字。"

"喔。" 我说，"素芬。"

她愣了愣，脸上好像微微一红。

"素芬。" 我又说一次，"对吗？"

"嗯。" 她应该脸红了。

"为什么要说素芬？"

"素芬是吸烟的闽南语。"

"对耶！" 我恍然大悟，"素芬。"

"班长。" 她确实脸红了，"一句。"

"她刚刚是不是脸红了？" 我走两步到阿勇旁边，小声问。
"有吗？"
"她脸颊两边出现红色，那是脸红吧？" 我又小声问，"是不是？"
"里洗北七溜（你是白痴吗）？" 阿勇敲一下我的头，"尿尿啦！"
"蔡尚勇。" 她转头说，"一句。"
我又哈哈大笑，阿勇则拉着我去上厕所，边走边敲我的头。

原来可以只叫她的名字就好，这样确实不用伤脑筋。
可是她都发觉了，我还演得下去吗？
我开始思考以后该怎么演，连午休时趴在桌上也在想，都没睡着。
下午第一节课刚下课，便听到她叫一声班长，我转头看着她。
"要一起去小卖部吗？" 她问。
"喔？" 我愣了愣，"好。"

我们一起走到小卖部，她买了两根红豆棒冰，而我什么也没买。
"请你吃。" 她递了一根棒冰要给我。
"这不好意思吧。"
"没关系。" 她又说，"请你吃。"
"谢谢。" 我只好收下。
走出小卖部，我们在旁边的树下一起吃棒冰。

要开始吃棒冰前，我请她稍等，让我先检查一下。
我先检查她的棒冰，然后检查我的棒冰。
"可以吃了。" 我说。
"你在检查什么？" 她很好奇。

"我常跟阿勇一起吃红豆棒冰。" 我说，"有次他棒冰上的红豆特别大颗，我就说他真幸运，他也很得意。结果你知道那是什么吗？"

"不知道。" 她摇摇头。

"那其实不是红豆，是壁虎的头。" 我哈哈大笑，"一开始看到以为是红豆，吃到一半才发现是一只壁虎在棒冰里。"

"好恶心。" 她皱了皱眉。

"自己吃到，才叫恶心。" 我笑了笑，"但别人吃到，就叫好笑。"

她也露出笑容，依然是嘴角拉出些微弧度的清淡笑容。

我们简单闲聊几句，边吃边聊。

"你很喜欢吃红豆棒冰吧？" 她问。

"对。" 我点点头，"所以常跟阿勇一起吃。"

"那你多久没吃红豆棒冰了？"

"这……" 我想了想，"应该很久了，但不知道有多久。"

"为什么那么久没吃？"

"因为……" 我不敢往下说。

因为所有的零用钱都用来缴罚款了啊！

"以后不要再故意讲闽南语了。" 她说。

"可是如果你都抓不到人，就会被导师骂。"

"被骂几句又不会死。" 她说。

我看着她，心里默念：也许不会死，但你会受重伤。

"我没关系啦，以后我违规时，你还是要抓。" 我说。

"但是这样会轮到你挨骂。"

"被骂几句又不会死。" 我说。
她听到我用了她的对白，又简单笑了笑。

"那你一个礼拜最多只能讲两句。" 她说。
"为什么是两句？"
"这样我才可以请你吃红豆棒冰。" 她笑了起来。

她这次的笑容就明显多了，嘴唇拉出的弧线很圆滑。
而她的眼睛也微微弯了，水汪汪的眼睛里波光荡漾。
最特别的是，她左脸颊上出现一个小酒窝。

我看着她的笑容，越看越入迷。
脑中突然又开始验算。
国语推行员是全班最可爱的女生？
不对。

国语推行员是全年级最可爱的女生才对。

3.

从此，我不想伤脑筋该讲什么让她抓到，直接叫素芬最简单。
刚开始叫素芬时，语调很明显是要让她记我的名字；
后来可能跟她较熟，或是习惯了，讲话中很容易不小心称呼她：
素芬。

其实严格说起来，吸烟的闽南语发音应该是"素荤"。
但如果讲话有方言特色，"芬"的音容易发成"荤"。
就像那段绕口令：抱着灰鸡上飞机，飞机起飞，灰鸡要飞。
飞机常会发音成灰鸡。
我讲话时也有这个问题，所以当我叫素芬时，
发音像素荤。

在那个年代，在我们那里，在初中生这年纪，
称呼人通常是连名带姓叫，除非那个人有绰号。
只叫名字会很别扭，而且感觉很亲密，也很暧昧。
可能只有老师或长辈，才会只叫你名字。

所以每当我与她交谈时，总试着尽量避开其他同学，或是低声交谈。
如果我只叫她素芬被其他人听到，肯定会被取笑，
甚至会用暧昧的眼神看着我们。
不过万一不小心被别人听到时，也可用"啊！我讲闽南语了"混过去。

渐渐地，我分不出什么时候我是自然而然地称呼她，

什么时候我是刻意让她抓到我犯错；
我也分不出什么状况下素芬是吸烟，
什么状况下素芬是代表她。

幸好早已有约定，一个礼拜最多记我两句，
不然我起码每个礼拜会讲十几句素芬。

她也变得比较可以接受我的善意和帮忙。
有时她会在下课时间拿出数学考卷，嘴里咬着笔、眼睛盯着考卷。
当我靠近她表明想帮忙时，她既不会拒绝，也不会直接点头说好。
她只是松开咬住的笔，用笔尖轻轻点了考卷中某道题目。
但每张考卷最多只点两题，然后她就把考卷收进抽屉。
我知道，对孤傲的她而言，那已经是她的极限。

"谢谢。"
把考卷收进抽屉后她会说这句，但音量几乎细不可闻。
我会笑了笑，觉得很满足。

我依然喜欢看她缓慢而流畅的动作，因此习惯用眼角余光观察她。
那些动作总是让我心情平静。
即使只是拿筷子吃饭盒，下筷、挖一口饭、送入嘴里、咀嚼，
这些动作也是缓慢而流畅，好像心怀感恩品尝着世间的美食。

很多人欣赏副班长水汪汪的脸蛋、白里透红的皮肤、羞涩的神情，
但那不是我可以欣赏的方式。
我可以欣赏的，就只是她那缓慢而流畅的动作。
对我而言，那真的是一种优雅。

幸好初二下学期没重新编排座位，她依旧坐在我右手边。
感谢导师以不变应万变的精神，这叫择善固执。
而干部也没重新改选，无条件续任，我还是班长。
但不能什么都是以不变应万变，这叫不知变通。

新学期开始，学校推出"闭目养神"运动。
意思是在上课钟响后，老师走进教室前，学生要闭目养神。
利用上课前短短的时间闭目养神，这样上课时会更有精神。
这种运动虽然有些无厘头，但好像没什么可以批评的。

全班都要闭目养神，只有我例外，我可能反而要费神。
因为我得注意看谁没闭上眼睛，要监督每位同学。
而且如果连我都闭目了，谁来喊起立敬礼？
所以当全班都闭目时，我除了环顾全班外，还得注意教室前门。

每当上课钟响后，教室一片寂静，大家都闭上眼。
我有一种这世上仿佛只有我活着的错觉。
多数的同学都是闭上眼，略低着头，很像在祷告。
其中最虔诚的，就是国语推行员。
也有少数同学闭上眼，下巴抵着桌面，像极了可爱的狗。

我偶尔玩心大发，会走到阿勇面前扮鬼脸。
但我最常做的，是静静看着国语推行员，很专注。
不必再用眼角余光偷瞄她，我终于可以光明正大看着她。
一般闭上眼的同学，由于人还清醒着，所以睫毛会不时轻轻跳动；
但她微微低着头闭上眼时，睫毛也静止，背部依然挺直。

她整个人就像一尊虔诚祷告的石像。

如果我是神，我一定让她许下的任何愿望都成真。

"班长。" 她说。

"嗯？" 我愣了一下，随即醒悟，赶紧高喊："起立！"

老师走进教室三步了，全班同学听到我喊声后立刻站起来。

整间教室都是椅子碰撞声，沉睡的教室突然间醒了过来。

"敬礼！" 我又喊。

"老师好。" 全班同学都鞠个躬，异口同声喊。

"坐下！" 我最后喊。

全班同学坐了下来，整间教室又都是椅子碰撞声。

我暗叫好险，太专注看她，忘了注意看老师是否出现在教室前门。

还好她提醒我。

咦？不对啊！她都闭上眼睛了，怎么知道老师走进来了？

而且她怎么知道我没注意看着教室前门？

阿娘喂，莫非她知道我在看她？

我百思不解，难道她有神通？

"班长。" 她说。

我转头看她，她左手往前指，我立刻回神高喊："起立！"

下课钟响了，老师刚刚说了下课，我却心不在焉。

"敬礼！" 等全班同学站好后，我又喊。

"谢谢老师。" 全班同学又都鞠个躬，异口同声喊。

教室瞬间变成闹哄哄的。

"你……" 我不知道该怎么问。

"怎么了？"

"你怎么知道老师走进来了？" 我还是问出口了。

"我有第三只眼。" 她说完后，缓缓站起身，转身走出教室。

我很纳闷，第三只眼？

"阿勇。" 我问，"人有第三只眼吗？"

"哪有第三只眼睛，又不是漫画《三眼神童》。" 他说。

"那什么是第三只眼？"

"不知道。" 他想了一下。

"屁眼！" 我灵光乍现，"屁眼也是眼。"

"你是白痴吗？" 阿勇狠狠敲一下我的头。

上课钟又响了，同学都回到座位坐好，闭上眼睛。

我不敢再光明正大看她，想偷瞄她又怕她真有第三只眼。

我只好环顾四周，但又忍不住想看她，于是头转来转去，有点狼狈。

她突然笑了，虽然没发出笑声，但左脸颊出现了酒窝。

中奖了，看见她笑已经够难，要看见她笑到露出酒窝就更难了。

我的视线不由得被酒窝拉进去，出不来。

"班长。" 她说。

"啊？" 我瞬间清醒，拉回视线，高喊："起立！"

整间教室也醒了过来。

她一定知道我在看她，以后恐怕连偷瞄她也不行了。

但我实在想不透她怎么知道的。

"你都闭上眼睛了，怎么还看得到？" 下课后，我忍不住问她。

"班长。" 她说，"你真的想知道？"

"嗯。" 我用力点头。

"你比出几根手指头让我猜。"她转身面对我，闭上眼。

我右手朝她，比了食指、中指、无名指三根指头。

"三根。"

真的假的？我缩回无名指。

"两根。"

太诡异了！再缩回食指。

"不要只比中指。"

"你可以看到？" 我很惊讶，"可是你眼睛明明闭上了啊！"

她睁开双眼，微微一笑，又闭上双眼。

"你靠近一点看清楚我的眼睛。" 她说。

我坐在椅子上，她也坐着，我便伸出上半身靠近她，看着她的眼睛。

"可以再靠近一点。"

我上半身再往前探。

"看清楚了吗？" 她问。

"看清楚什么？" 我很纳闷，"你的眼睛还是闭着。"

"那你还要更靠近一点。"

我上半身再往前探，脖子也伸长，几乎到了极限。

如果再往前，我可能就要从椅子上摔下来了。

而我跟她的距离，也到了极限。

此时我们两人脸部的距离，可以用呼吸作为测量的单位。

记得上次这么靠近看女生的脸，已经是幼儿园的时候了。

那次是因为我跟对方在玩谁的眼睛先眨谁就输的游戏。

而这次，甚至比幼儿园那次还更靠近。

我的视野范围内，只有她整张脸，几乎连毛细孔也能看清。

我屏住呼吸，生怕呼出的热气会烫伤她柔嫩的脸。

"看清楚了吗？" 她问。

"要看什么？" 我一时恍神。

她似乎脸红了，身体往后退开一些，睁开眼睛。

"其实我眼睛并没有完全闭着。" 她闭上双眼，手指着眼睛下方，
"是眯成一条缝。"

"原来是这样喔。" 我恍然大悟，"可是我还是看不出来耶。"

我试着把眼睛眯成一条缝，可是这样眼皮会一直抖，睫毛也会跳。

但她眼睛眯成一条缝时，眼皮和睫毛完全静止，像是正熟睡。

"别试了。" 她笑了笑，"你不可以抓我没专心闭目养神哦。"

她说完后，缓缓站起身，走出教室。

我维持同样的姿势，也继续试着把眼睛眯成一条缝，但眼皮还是会抖。

"你是白痴吗？" 阿勇狠狠敲一下我的头，"到底在干吗？'

我瞬间从椅子上摔下来，屁股直接落地。

此后在闭目养神时，我右手会伸出几根指头朝向她，她会微微一笑，
然后左手伸出同样数目的指头。

这好像是只属于我们之间的小游戏和默契。

有时我会在纸上写字，拿给她看，这对她而言就有点难度。

为了要看清楚字，她的眼皮和睫毛会稍微动一下。

我仿佛看到童话中沉睡的睡美人终于要苏醒了。

对 14 岁的我而言，情窦依然未开，童话故事早已远离。
但有时看着她，会有童话故事里的主角跳到现实生活中的错觉。

讲闽南语就要罚钱的政策，已经严格执行了半年多。
大家似乎都习惯了要说国语，久了就更习惯。
每个人自动变成双声道，在学校就讲国语，离开学校才讲方言。
即使国语推行员无时无刻尽力抓、偷偷抓，应该也几乎抓不到了。
导师也不再认为每个礼拜抓不到任何违规的人是很夸张的事，
搞不好反而抓到几个人他才会觉得怪。
我似乎已经没有自愿成为她战果的必要。

而毒气这绰号，也很少听到了。
以前每当有人喊她毒气时，我都会特别留意她的反应。
但她没什么特别的反应，只是她所有缓慢而流畅的动作会停顿一下，
然后再继续。
我知道她听到的瞬间，心里一定很难过，但只能伪装平静。
而我也只能悄悄地担心。
一直到某次生物课后，我终于可以不再担心。

有些老师令学生害怕，比方我的导师，也是数学老师；
而有些老师只是让学生讨厌，比方生物老师。
班上同学都很讨厌生物老师，算是有志一同。
很难解释生物老师为什么让同学讨厌，但勉强可用一个故事形容。

有个客人走进餐厅，点了一碗汤，服务生端上来了，放在桌上。

"你喝喝看这碗汤。" 客人说。

"先生。" 服务生很纳闷，"这是您点的汤，我不能喝。"

"如果你不喝，就叫你们经理出来。" 客人说。

服务生无奈，只好去叫经理出来。

"是不是这碗汤有问题？" 经理陪个笑脸，"我帮你换一碗？"

"汤没问题。" 客人说，"我只是叫你喝。"

"可是我怎么能喝您的汤？"

"你不喝的话，我就找你们老板。" 客人说。

"这……" 经理很为难，只好说，"好吧。"

"你喝吧。" 客人说。

"先生。" 经理说，"可是没有汤匙，我要怎么喝汤呢？"

"是啊，没汤匙要怎么喝汤呢？" 客人说。

生物老师就像这故事里的客人，如果要汤匙直接说就好，

偏偏要拐弯抹角说一大堆，而且还要连累或捉弄服务生和经理。

班上同学很讨厌他这种个性，但只能忍受。

有次上生物课，生物老师又使出叫服务生喝汤的把戏，

而且说话时的语气和嘴脸，充满着不屑。

"要骂就直接骂，兜那么大的圈子干吗？" 突然传出学生的声音。

"谁？" 生物老师愣了愣，随即大声问，"是谁在说话？"

"本姑娘。" 国语推行员抬起头，背部挺直。

全班都吓呆了，整间教室一片死寂，充满肃杀之气。

在那个年代，在我们那里，在初中生这时期，老师是神。

她这种举动就像古时候臣子上朝时，突然指着皇上骂：你这个昏君！
我眼角余光看着她挺直的身体，捏了一把冷汗。
"课不上了！" 生物老师把粉笔狠狠一摔，直接走出教室。

这是我第一次没在下课时喊起立敬礼。
其实严格来说不算"下课"，因为离下课钟响还有八分钟，
而且生物老师的意思应该是课上不下去了，而不是下课。
在那段等待下课钟响的八分钟里，全班没一个人说话或走动，
大家都还是静静坐在椅子上，似乎还没从刚刚的震惊中回复。
而我一直偷瞄她，她仍是从容自在，背部依旧挺直。

下课钟响了，有几个女同学走到国语推行员旁边，称赞她的勇气。
来到她身边的同学越来越多，她似乎成了英雄人物。
"你真的很带种！" 连男同学也说。
在那十分钟的下课时间里，她身边充满同学的赞美声和笑闹声。

生物老师跑去跟导师告状，导师上课时说：
"邱素芬，你上生物课时的那种行为，非常不礼貌。"
我又紧张了，瞄了她一眼，但她还是没反应。
"不过……" 导师微微一笑，"你说本姑娘时，很酷。"
导师说完后便笑了起来，全班同学也跟着笑。

没多久"本姑娘" 就成了她的绰号，大家都习惯叫她本姑娘。
她的人缘变得很好，下课时很多女生会来找她聊天、一起去厕所。
她展露笑容的次数变多了，我也因而沾光常看见她左脸颊上的酒窝。
虽然不必再担心她被孤立，也为她变得开朗一些而高兴，
但我却若有所失，感觉对她而言，我的存在感似乎不见了。

只有在上课前短短的闭目养神时间，她才是我熟知的国语推行员。

虽然她就坐在我右手边，我们桌子间的距离只有 40 厘米，

但我对她产生了一种莫名的距离感，感觉桌子间的地板变成一条河。

所以我不再光明正大看着她，也不再对她比手指或写字给她看，

我只是专心监督全班同学是否确实做到闭目养神。

"班长。" 她说，"要一起去小卖部吗？"

"不用了。" 我摇摇头。

"嗯？" 她似乎有点惊讶。

"因为你已经不再记我违规，所以不用再请我吃红豆棒冰了。"

她没回话，缓缓起身，走出教室。

下节课的闭目养神时间，我感觉桌子间的地板好像变成海了。

有次刚上完化学课，她竟然又问我要不要一起去小卖部。

"你太客气了。" 我说，"你真的不用再请我吃红豆棒冰。"

"客气？" 她说，"我只是想请你吃红豆棒冰而已。"

"无功不受禄。" 我说，"谢谢你，但我愧不敢当。"

"是你在客气吧。"

"总之你的好意我心领了。"

"班长。" 她说，"请你伸出舌头。"

"伸出舌头？" 我很纳闷。

"对。舌头伸出来。"

我竟然乖乖地伸出舌头。

她拿出一小片刚刚化学课实验用的蓝色石蕊试纸，往我舌头沾一下。

我吓了一跳，口中一直呸呸呸，呸个不停。

"放心。" 她微微一笑，"石蕊试纸没有毒。"

"你在干吗？" 我用手掌猛擦舌头。

"咦？" 她看着手中的蓝色石蕊试纸，"怎么没有变红色？"

"为什么要变红色？"

"你讲话酸酸的，我想你的口水应该是酸性。所以测试一下。"

"我……" 我很不好意思。

上课钟又响了，全班又进入闭目养神状态。

我有些尴尬，不知道该不该转头看她。

偷瞄她一眼，发现她竟然在纸上写字，写完后左手拿纸给我看。

"无功不受禄。"

我更尴尬了。

"愧不敢当。" 她马上又写第二句拿给我看。

我应该脸红了。

"心领了。" 这是她写的第三句。

我确定脸红了，而且发烫。

我立刻在纸上写：对不起，我很小气。

右手拿那张纸给她看，她眼皮和睫毛轻轻跳动，然后她笑了。

左脸颊露出的酒窝很深。

"班长。" 她说。

"起立！" 我立刻醒悟，老师进来了。

因为她孤傲、特立独行、被孤立，所以可以陪伴她的我，

觉得很有存在感与成就感。

然而当她身边开始被其他同学围绕时，我有一种类似吃醋的感觉，甚至觉得自己的存在感不见了。

整节上课时间，我都在为自己这种小气的心情忏悔。

"班长。" 她说，"请问我是否有荣幸请您吃红豆棒冰？"

"别亏我了。" 我有点不好意思。

"那您是否肯赏光呢？"

"一起去小卖部吧。" 我说，"你别再亏我了。"

她说"亏"也是闽南语，这时的"亏"是挖苦的意思。

我讲了两次，所以刚刚好可以吃红豆棒冰。

"你怎么会说出无功不受禄这样的文言文呢？" 她吃着棒冰。

"可能是我语文好吧。" 我也吃着棒冰。

"你什么都好。" 她说。

我愣了愣，不知道该接什么话，而且脸上好像有点发热。

这是认识她以来，听见她第一次赞美我。

是单纯的赞美吧？

没其他意思吧？

"这红豆棒冰……" 我讷讷地说，"很好吃。"

"是呀。" 她笑了起来，"确实很好吃。"

她左脸颊上的酒窝好深好深，这种笑容才是她对我最大的赞美。

我又开始在闭目养神时间，对她比手指或写字给她看。

她还是我所熟悉的国语推行员，虽然她的周遭已开始围绕其他同学，

但只有我，才有比手指或写字给她看的默契；

也只有我，才可以吃到她买的红豆棒冰；
更只有我，才可以把她的名字当闽南语讲。

初二快结束了，即将进入升学压力很大的初三。
不知道升上初三是否要重新编班？
也不知道初三时，我和她是否还能维持这样的互动？
我深深地期待，所有的一切还会都是"以不变应万变"。

"班长。" 她指着我右边膝盖，"你的脚怎么了？"
"应该是擦伤吧。" 我低头看了看，"从盐山上溜滑梯所造成的。"
初中男生的夏季制服是深蓝色短裤，低头便可看见伤口在右膝外侧。
"从盐山上溜滑梯？" 她似乎很疑惑。
"且听我娓娓道来。" 我说。
"你又用文言文了。" 她笑了。

阿勇的父亲是盐工，家就住在盐场附近。
盐场里有一座用盐堆积而成的山，约四层楼高，连绵一百米长。
盐山表面铺了一层砖红色的厚帆布，防止雨水冲刷。
远远望去，很像砖红色的山脉。
虽然旁边立了个告示牌："禁止攀爬。"但盐山的坡度不算陡，
四周又通常没人，因此我和阿勇常爬到盐山上。
我们会坐在盐山上聊天，吹着海风，远眺大海、海港、盐田、鱼塭。

两天前的星期六下午，我们又爬上盐山吹海风，俯视成长的土地。
突然听见一阵急促的哨子声，原来是盐场的工作人员发现了我们。
"赶快下来！" 他一面猛吹哨子一面大声喊。
我和阿勇没地方逃，情急之下就从盐山上像溜滑梯一样溜下来。

短裤一路摩擦砖红色帆布，都磨破了，脚可能也在那时受伤。

"还好顺利逃走。" 我笑了笑。

"你没敷药吗？" 她听完后，问。

"没有。" 我摇摇头，"这种擦伤几天后就会自然好。"

我看了一下伤口，呈现刚结痂的暗红色，伤口四周也稍微红肿。

"伤口会发炎吧？" 她说，"还是要擦药。"

"喔。" 我简单应了一声。

隔天，她又指着我右膝问："有擦药吗？"

我摇摇头，看了看伤口，红肿依旧。

"为什么都不擦药呢？" 她问。

"这……" 我有点不好意思，"我觉得应该不用吧。"

她看了我一眼，没再说话。

第三天，我看见她带了一白一红两小瓶东西，还有棉花棒、纱布。

"班长。" 她说，"右脚伸出来。"

"不用啦。" 我摇摇手，"这种小伤……"

"你还要说文言文吗？" 她瞪了我一眼。

很久没看见黑鲔鱼了，我只好乖乖伸出右脚。

她在我们桌子间的空地蹲了下来，先仔细看一下伤口。

右手往上，从她桌上拿了一支棉花棒和白色小瓶双氧水。

用棉花棒沾湿双氧水后，轻轻擦拭伤口。我感觉有些刺痛。

她再拿另一支棉花棒擦干伤口，嘴也朝伤口轻轻吹气。

然后从她桌上拿了第三支棉花棒和红色小瓶红药水，

用棉花棒沾湿红药水后，轻轻涂在伤口和伤口周围。

最后用纱布盖住伤口，用胶带贴住纱布。
所有的动作，依然是那么的缓慢而流畅。

"好了。" 她蹲在地上，仰头看着我，微微一笑。
我却无法回应任何言语或表情。
那瞬间，我打从心底相信，伤口一定会马上好。
而且不管再重的伤，都会好。
即使是心受伤了，在她细心治疗下，应该也会痊愈吧。

初二要结束了，我突然又开始验算。
国语推行员是全班最可爱的女生？是全年级最可爱的女生？
都不对。
国语推行员是全校最可爱的女生。

4.

初三并没有重新编班，原班人马直接升初三。
我的愿望实现了，我深深感谢老天。

编排座位时，又是依身高高矮排成一列。
我已经比国语推行员高一点了，她排在我往前算起第七个。
排我前面的，是副班长蔡玉卿；而阿勇已经高了我快半个头。
结果国语推行员的座位刚好在我前面，我右手边变成蔡玉卿。
阿勇则坐在教室最后面了。

干部要重新改选，选班长时，导师终于不再亲自提名了。
我松了一口气，我可不想到了初三还是要每节课高喊起立敬礼。
"我提名猪肠！"阿勇的声音从后面传来。
"好。"导师在黑板写下：蔡志常。
我转过头瞪着阿勇，握紧拳头，很想冲出去扁他。

没想到只有我被提名，变成等额竞选。
"那班长还是蔡志常。"导师笑了笑，"连续三年都当班长，应该是老天的安排。"
是命运的捉弄才对吧。真的有够"虽小"。

副班长就不是蔡玉卿了，她连被提名都没。
是一个姓项的女同学选上副班长。因为她姓项，所以绰号是大象。
该怎么形容她呢？这有点……

我算是善良的人，总试着不说出伤人的话，但真的词穷了。

我用比喻好了。

有的人像大象的体积一样占据你脑海，而有的人只是体积像大象。

国语推行员是前者，项副班长是后者。

邱素芬被提名国语推行员，提名的同学说："我提名本姑娘！"

也是只有她被提名，因此她也连续三年都当国语推行员。

不知道她心里有何感想？但我想她应该无所谓。

毕竟大家都已习惯在学校讲国语，她应该知道她的存在感会像阑尾。

我已经不能像之前用眼角余光就可以看她，取而代之的，

是看着她挺直的背影。

那时初中生有发禁，女生的头发长度几乎是切齐耳根。

我的视线最常停留在她发梢与衣领之间的后颈。

与乌黑的头发相比，她的后颈显得白皙，稀疏分布着新生的细发，

像修剪过后的草坪散发出一阵芬芳。

这是以前我从没有过的欣赏角度。

有时我会情不自禁深深吸一口气，就会有闻到一阵芬芳的错觉。

然后我的心情也会得到平静。

初三上学期不再推行"闭目养神"运动，改推行"有礼貌"运动。

意思是要学生在谈话中尽量加上：请、谢谢、对不起。

比方：

"阿勇。请问你要跟我一起去尿尿吗？"

"我没尿，不想去。对不起。"

"不然请你看着我尿就好。"

"不用了，谢谢。你自己去就好。"

这运动才推行两天，大家都快变得不会说话了。
还好没要我监督这运动的执行，不然我可能会疯掉。
没多久大家就渐渐恢复正常，不理会这运动。
"阿勇，一起去尿尿啦！"
"我没尿，不去。"
"那你可以看着我尿就好。"
"你是白痴吗？"阿勇敲一下我的头，"你自己去尿啦！"

没有闭目养神，我完全失去可以光明正大看着她的机会。
虽然有背影，虽然后颈散发芬芳，但我很怀念她虔诚的侧面，
还有跟她互比手指或写字给她看的默契。

我跟她依然只相距 40 厘米，她只不过是从我右边移到前面。
但以前曾有的互动几乎都已消失，我甚至没机会跟她交谈了。
上课时她总是挺直背部听课或抄笔记，完全不会转过头来。
即使从前面传东西过来（比方发考卷），她也只是身体略旋转，
伸长左手递给我。
下课时她也不会转头，通常还是端坐在座位，看着书本或笔记。
只有偶尔她要走出教室时，会经过我旁边，但眼神没跟我交会。

或许是初三的课业压力太大，因此她无时无刻不专注于课业。
但我望着 40 厘米前的背影，觉得这 40 厘米的距离像 40 米。
而近看她眼睛眯成一条缝时的情景，仿佛已经是上辈子的事。

初三的课业确实比以前沉重，而且很多术科也不上了。

比方音乐课上语文，音乐老师就是语文老师；

体育课上物理，体育老师就是物理老师；

美术课上英文，美术老师就是英文老师。

这情形在当时的台湾很普遍，但教育局当然不允许。

有次教育局的督学在未告知学校的情况下，来学校突击检查。

督学经过教室时，我们正在上语文课，但其实理论上是音乐课。

语文老师正在讲解张继的《枫桥夜泊》，瞥见窗外经过一群人，

她立即改口："这节是音乐课，老师教大家吟唱唐诗。"

同学们面面相觑，不知道老师是不是吃错药。

"月落乌啼霜满天……江枫渔火对愁眠……

姑苏城外寒山寺……夜半钟声到客船……"

语文老师吟唱了起来，这调子我很熟，是歌仔戏的曲调。

"来，同学们。"语文老师说，"大家一起吟唱。"

但同学们都吓傻了，以为老师疯了，根本没反应。

"班长，你先唱。"语文老师情急之下，说，"为我们抛砖引玉。"

抛什么砖？搞不好玉没引出来，却先砸死人。

我缓缓站起来，定了定心神，清了清喉咙，开口吟唱：

"月落乌啼霜满天……"

我整首诗吟唱完，窗外那群人就走了。

"班长你吟唱得很好。"语文老师笑了，"你的反应很快。"

你的反应才快吧，马上能从语文课变音乐课。

老师要全班为我鼓掌，在一片掌声中，国语推行员竟然转过头来，

对着我微笑。

这是我第一次看见她回头，我差点热泪盈眶。

下课时，国语推行员又转过头来，我们四目相交。

"班长。" 她说，"一起去小卖部吧。"

"好。"

这是升上初三后，我们第一次去小卖部。

"你不能再请我吃红豆棒冰。" 我说，"我该自己付钱。"

"好。" 她说，"不过你还是要讲两句闽南语。"

"为什么？"

"这样你才不会觉得浪费了两块钱买棒冰，反而会觉得本来要被讹两块钱，却赚到一根棒冰。"

"这样想也行。" 我笑了笑。

"那以后就这样了。" 她也微微一笑。

"好。" 我说，"素芬。"

"嗯？" 她愣了愣。

"素芬。" 我又说。

她似乎有些不好意思，没有接话。

"两句了。"

"嗯。" 她点点头。

可能是升上初三后我还没叫过素芬，她一时之间反应不过来吗。

而我叫的"素芬"，发音依然像素荤。

"你怎么会吟唱那首唐诗呢？" 她吃着棒冰，问。

"老师唱的其实是歌仔戏的调子。" 我也吃着棒冰，"我常陪奶奶看歌仔戏，所以算熟。"

"原来如此。" 她说，"你唱得很好听，而且有一种沧桑的味道。"

"沧桑？" 我很纳闷，"我才十几岁耶，会吗？"

"嗯。" 她点点头，问，"你可以再唱一遍给我听吗？"

"现在？"

"嗯。" 她点点头。

"这里？"

"嗯。" 她又点点头。

我清了清喉咙，又吟唱了一遍《枫桥夜泊》。

"很好听。" 她拍拍手，"老师说这首诗有离乡后思念故乡的情感，将来离开这里后，如果听到你吟唱这首诗，一定很有感触。"

"或许吧。" 我说，"不过说这些还早。"

"还早？" 她睁大眼睛，"我们明年就会离家了。"

"啊？" 我吓了一跳。

初中毕业后如果要升学，一定得离家，因为镇里最高只有初中；

如果要就业，通常也是要离家到都市找工作。

无论是继续升学或就业，恐怕都得离开家。

在跟她的谈话中，我第一次意识到即将离开故乡。

我会继续升学，考高中；她应该也是。

但最后到底考上哪座城市的哪所高中，我和她都没有把握。

"将来离家后，如果我们有机会碰面，你还要唱这首诗给我听。"

"好。" 我点点头，"那时你听到后应该会掉泪。"

"我才不会。"

"不然来打赌，如果我输了，就随便你。如果你输了的话，就……"

"就怎样？"

"嗯……" 我想了一下，"你就说：我很尊敬你。"

"好。" 她笑了，露出左脸颊的酒窝。

这是升上初三后，我第一次看见她的酒窝，我又差点热泪盈眶。

我和她的距离，又回到单纯的 40 厘米。

虽说我还是只能看着她背影、欣赏她后颈，但她已经偶尔会回头了。

只要她一回头，我们会交换微笑。

偶尔也会一起去吃红豆棒冰，当然我得讲两句闽南语。

我总是只讲："素芬、素芬。"

当她下课咬着笔看数学考卷时，我会走上前去表明想帮忙。

她会松开咬住的笔，用笔尖轻轻点着考卷中某道题目。

然后我会跟她借张纸，慢慢算给她看，边算边说明。

她一直有咬笔的习惯，而且越认真思考，咬的力道越强。

我总是由她咬笔的力道大小来判断那张数学考卷对她来说有多难。

如果题目非常难，她咬着笔的样子像是咬牙切齿。

明年就要中考了，我相信对她而言，最困扰的就是数学。

她渐渐养成了放学后还要待在教室里 15 分钟复习数学的习惯。

虽然我可以陪她那 15 分钟，但我不能这么做。

因为一旦让她觉得我刻意留下来，那么她一定放学后马上就走。

所以放学后我只能偶尔找个借口，或借故拖延一下，

然后假装不经意地晃到她旁边，问她：我可以帮忙吗？

这种频率要拿捏得恰到好处，大概三天一次。

而且每次只待 5 分钟，不能待满 15 分钟。

"你快回家吧。" 差不多 5 分钟时，她会说。

"好。" 我会立刻背上书包。

"再见。" 她说。

我走到教室门口，才会听见隐约传来一句："谢谢。"

初三的课业压力越来越重，这点从下课时间教室里的气氛就可得知。

初二以前，只要一下课，教室里就闹哄哄的；

而初三下课时的教室算安静，因为很多人会利用下课时间看书。

除了上厕所或跟阿勇闲聊外，我下课时通常也是坐在座位上看书。

阿勇常在下课时晃到我旁边，我猜他可能只是想近距离看着蔡玉卿。

"猪肠。" 蔡玉卿说，"你可以教我这题吗？"

我吃了一惊。

虽然蔡玉卿就坐我右手边，但我跟她几乎没互动，也很少交谈。

这还是她第一次主动开口要我教她数学。

"好。" 我无法抗拒她那种天然嗲的声音，便起身到她桌子旁。

"椅子给你坐。" 她竟然站起来，让出座位。

"这……" 我愣住了。

我教国语推行员时，她一直是坐着，而我总是站着弯身。

如今蔡玉卿要我坐她的椅子，我有点不知所措。

而且蔡玉卿是云，云应该是看得到摸不到，怎么可以坐她的椅子呢？

"叫你坐，你就坐。" 又晃到我旁边的阿勇说。

"啊！" 我急中生智，"这题阿勇一定会。"

蔡玉卿看了一眼阿勇，阿勇迅速脸红，飞也似的跑出教室。

"猪肠。" 蔡玉卿好像也脸红了，"请你坐。"
每次听到她的声音总是让我全身酥软，这次腿完全软了，
只好坐在她的椅子上。

她的椅子和我的椅子都是木头做的，但总觉得她的椅子特别软。
我有种正坐在软绵绵枕头上的错觉。
坐在云里，就像这样吗？
蔡玉卿毕竟是很可爱的女孩，当她白里透红的脸凑过来看我计算时，
我全身像是被化骨绵掌的掌风笼罩，连骨头都软了。
题目虽然简单，但我手软了甚至还会抖，好不容易才千辛万苦解完。

"猪肠。" 蔡玉卿微微一笑，"谢谢你。"
"不客气。" 我想起身，但腿有点软。
"这题我想了很久，都想不出来。"
"喔。" 腿还是软的。
"你好厉害。"
"哪里。" 我手撑着腿，想用力站起来。
"你真的好厉害。"
"……" 你不要再说了，我快站不起来了。

终于挣扎着回到座位，屁股又坐回石头般的椅子，我才恢复正常。
蔡玉卿的声音真的太嗲了，跟她相比，项副班长的声音就是对照组。
记得有次我感冒喉咙沙哑，大象代替我喊起立敬礼。
大象高喊起立时的声音很凄厉，而且尾音还会分岔，
全班同学几乎是吓得弹起身。

国语推行员突然回头瞪我一眼，我吓了一跳。

虽说受到惊吓，但很久没看到黑鲔鱼了，倒是很怀念。

"班长。" 她原本低沉的声音，压得更低。

"嗯？"

"班长。" 她眼睛瞪得更大，越来越像黑鲔鱼。

我正纳闷时，瞥见老师已经站在讲台中央了，赶紧高喊："起立！"

下课后，我走到她身旁，说："谢谢你提醒我。"

"对不起。" 她缓缓站起身，"请让一让。"

我赶紧往旁站开一步。

"谢谢。" 她转身走出座位，经过我身旁。

我愣了愣，她的语气和动作显得客套而生疏。

而且请、谢谢、对不起都说了，是响应"有礼貌" 运动吗？

放学时，我先跟阿勇闲扯两句后，再晃到她旁边。

"我可以帮忙吗？" 我问。

"谢谢你的好意，但我还是自己解决吧。对不起。请你别见怪。"

她这段话里，竟然同时说了请、谢谢、对不起。

真的只是在响应"有礼貌" 运动吗？

"请给我一个机会吧。" 我说。

"请你不要这么客气。"

"对不起，我只要三分钟。"

"我没有三分钟，对不起。"

"那一分钟就好。谢谢你。"

"谢谢你，但真的不用了。"

我愣在当地，完全不知道该怎么办？

"你是白痴吗？" 阿勇走过来敲一下我的头，"回家了！"
阿勇拉着我离开教室后，我越想越觉得怪，便打发阿勇先走，
赶紧又跑回教室，走到她座位旁。
她正试着求解考卷中的某道选择题。

"这题很简单。" 我说，"我算给你看？"
"那么连这么简单的问题都不会的我，一定很笨。" 她说。
"我不是那个意思。" 我搔着头，说错话了。
"我要回家了。"
她迅速把书本和考卷收进书包后，突然站起身，碰到桌角。
这完全不像她平常缓慢而流畅的动作。

"这么快？" 我说，"你不是都要待 15 分钟后才走？"
"你怎么知道我都待 15 分钟？" 她把书包上肩，走向教室门口。
"因为……" 我吞吞吐吐，"我都躲起来看你什么时候才回家。"
她停下脚步，转头看了我一眼，好像想开口说什么，但终究没说。
然后又转回头，挺直背部，继续往前走。
我跟了上去，跟她并肩走着。

"你不赶快回家，跟着我干吗？" 她没停下脚步，视线始终向前。
"我还有时间，不急。" 我始终跟她并肩走着。
"如果还有时间，为什么不去教蔡玉卿？"
"她回家了吧，怎么教？" 我很纳闷。
"如果她也留在教室呢？"
"那很好啊，这样你就有伴了。" 我说，"不用一个人待在教室。"
她突然停下脚步，我也紧急刹车。

我们停顿了几秒，她没开口，我也保持沉默。

这样的气氛很怪，不如利用这个空当算给她看？

我急忙从书包拿出纸和笔，左手掌小心翼翼捧着纸，

右手拿着笔在纸上演算那道题，边算边说明。

"这样明白了吗？" 算完后，我说。

"我没在听。"

"啊？"

她又开始往前走，我拿着纸笔继续跟上。

虽然她的视线始终向前，但我还是一面走一面讲解。

右手的笔在纸上比来比去，脚步有些凌乱。

她又突然停下脚步，我也马上停下。

"是不是哪里听不懂？" 我问。

"你前面是水沟。" 她说。

"好险。" 我低头看一眼，我正站在水沟前，"那你懂了吗？"

"我还是没在听。"

"这……" 我不知道该怎么做了。

"你是躲在哪里偷看我回家了没？" 她问。

"你离开教室后会往走廊左边走，我躲在走廊右边尽头的楼梯口。"

我很不好意思，"你走路时不会回头，所以不会发现我。"

"原来如此。" 她说。

我有些局促不安，既然她已经知道放学后我会看她何时离开，

那么她还会留在教室里 15 分钟吗？

"你怎么不说话了？" 她说。

"要说什么？"

"如果你不要教我，跟着我走这么远干吗？"

"我一直在……" 瞥见她瞪了我一眼，我便住口。

"你到底要不要教？"

"喔。" 我精神一振，"好。"

我重新讲解那道题，她也终于转过头看着我在纸上演算的过程。

"懂了吗？" 我问。

"嗯。" 她点点头。

"这张纸给你做参考。" 我把纸递给她。

"再见。" 她接下那张纸，继续往前走几步，再轻声说："谢谢。"

我一听到她说谢谢，如释重负，差点往前踏进水沟里。

隔天放学时就尴尬了，不知道她还会不会再留在教室里。

我收拾书包时，她还端坐着；书包收拾好了，上肩了，她依然端坐。

我松了一口气，她应该没有改变放学后还会多留15分钟的习惯。

昨天我有留下来，所以今天不能留下来5分钟，得马上离开教室。

而且我也不能再躲在楼梯口看她是否仍维持15分钟后回家的习惯。

"班长。" 她说。

"怎么了？" 我吓了一跳，停下脚步。

"以后不要再躲在楼梯口了。" 她说，"我一定15分钟后回家。"

"好。" 我应该脸红了，"我不会再躲在楼梯口了。"

"再见。" 她说。

走出教室，心里觉得很不踏实。

我发现其实我不是在乎她到底会留在教室里多久、什么时候回家，我好像只是不想让她一个人留在教室里。

想通了这点后，我硬着头皮转身走回教室。

"还是让我帮你吧。" 我走到她左手边。

她慢慢松开咬住的笔，把笔放桌上，然后缓缓站起身，往右跨一步。

"你坐。" 她说。

"啊？" 我愣住了，不知道该如何反应？

"班长。" 她又说，"请你坐。"

"这……" 我还是呆站着。

"蔡玉卿叫你坐，你就坐。" 她说，"你是嫌我的椅子不好吗？"

"没这回事。" 我赶紧一屁股坐下。

我看着桌上那张考卷，她在我右手边站着，我很不习惯。

而且我有她的椅子比石头还硬的错觉。

"哪一题？" 我问。

她用手指，指着考卷中某道选择题，我立刻在纸上边算边说明。

"这样懂了吗？"

她摇摇头。当我准备再说明一次时，她说：

"你一定比较喜欢教蔡玉卿，因为她应该马上就能听懂。"

"哪有什么喜不喜欢？她开口要我帮忙，我当然就教她。" 我说。

"那她如果没开口呢？"

"她没开口，我干吗去教？"

"可是我也没开口，你还是来教我。"

"你不一样。"

她没接话，我也没再多说，原本安静的教室更安静了。

只有窗外隐约传来树上的鸟叫声。

我坐着脸微微朝右上，而她站着弯身把脸凑近。
我们之间的距离不再是40厘米，至少缩短了一半，只剩20厘米。
而且她弯身靠近我时，背部不再是挺直，而是有弧度。
没想到在这样的状况下，我终于可以看到背部不再挺直的她。

"我再算一遍。" 我打破沉默，"你慢慢看。"
"嗯。" 她点点头。
我放慢速度，重新算一遍，也尽量多做说明。
"这样懂了吗？" 我问。
"嗯。" 她笑了。
只要她一笑，我都有这世界也跟着笑的错觉。

"还有哪题？" 我问。
"依我的数学程度，你觉得还有哪题？" 她反问。
"应该是还有……" 我看着考卷，不方便往下说。
"没错。" 她微微一笑，"应该大部分都有问题。"
虽然知道不该跟着笑，但她的笑容很有感染力，我不自觉地笑了。

我们都笑得很开心，她左脸颊的酒窝又露出来了，很深很可爱。
寂静的教室里，充满着我们的笑声，甚至还有回音。
窗外的鸟叫声也听不到了，这世界只剩下我们两人的笑声。

"以后放学了，你还是要这样吗？" 停止笑声后，她问。
"怎样？"
"每三天教我5分钟。" 她说，"然后躲起来看我什么时候离开。"

"应该……" 我吞吞吐吐，"会吧。"

"你刚刚不是说不会再躲在楼梯口了？"

"那是……" 我很不好意思，"那是我说谎。"

她愣了愣。

"说谎？" 她说，"我刚刚真的以为你以后不会再躲在楼梯口了。"

"抱歉。" 我搔搔头，"应该还是会。"

"为什么？"

"总觉得不能让你一个人留在教室里。"

她没再说话，似乎在想事情。

"那我以后只留在教室里 10 分钟。" 她说。

"为什么？"

"让你早点回家。"

"喔。" 我想了一下，说，"那我可不可以教你 10 分钟？"

"看你。" 她说，"如果你喜欢躲着就躲着。"

"躲着太无聊了。"

"教我就不会无聊吗？" 她说。

"当然不会。" 我说，"而且我也可以顺便复习数学。"

"顺便复习数学这句，应该还是说谎吧？"

"对。" 我尴尬地笑了。

她倒是很自然地笑了，嘴角拉出的弧线很可爱。

从此放学后，我便光明正大留下来教她 10 分钟数学。

我喜欢在那 10 分钟里，我和她只有 20 厘米的距离；

也喜欢背部终于有弧度而不再挺直的她；

更喜欢那充满整间教室的笑声。

初三上学期快结束了，虽然升学压力越来越大，
但在那短暂的 10分钟里，我却可以忘掉一切压力。
如果初三下学期，我还能继续拥有这 10分钟，那该有多好。

学期终于要结束了，考完期末考就放寒假。
期末考要考两天，第二天下午两点考完最后一科。
一群同学相约要去海边玩，大象、蔡玉卿也要去。
出乎我意料的是，国语推行员竟然也要跟着去。
我和阿勇带路，因为海边算是我们的地盘。

我们一群同学骑着自行车，一路骑到海堤边。
把自行车停好后，翻过海堤走进沙滩。
沙滩是黑漫漫的，因为沙子不是白色的贝壳沙而是黑色的海沙泥。
贝壳沙沾在身上，用手一拨就掉了；而海沙泥得用水才冲得掉。
故乡不是观光胜地，海沙泥也不受欢迎，因此沙滩通常没什么人烟；
加上又是冬天，沙滩上只有我们这群人。

我们在沙滩上追逐嬉戏，偶尔还玩 123木头人、萝卜蹲之类的游戏。
阿勇发现蔡玉卿喜欢在沙滩挖小螃蟹，便带我们走到更偏远的沙滩。
"这里的沙滩有更多小螃蟹，还有竹蛏等贝类喔。" 阿勇很得意。
我当然早就知道，也知道阿勇是刻意说给蔡玉卿听的。
这里的沙滩更安静，静到只能听见海浪的声音。
以前我和阿勇常来这里躺在沙滩上听海浪声。

大家又在这沙滩追逐嬉戏时，我突然脚底一阵剧痛。

我低头一看，右脚掌踩到玻璃碎片，鲜血正源源不绝地流出来。
所有人都慌了，女同学把卫生纸和手帕都用上了，还是止不住血。
我瞥见国语推行员的眼神，从未见过她那种眼神。

"我背你跑到停自行车的地方，再骑车到蔡外科诊所。" 阿勇说。
镇里只有一间外科诊所，医生理所当然也姓蔡。
"离停放自行车的地方，还有两千米，又是沙滩，你跑不到的。"
"我可以！" 阿勇蹲下身，"猪肠，快上来！"

阿勇背着我拼命奔跑，每跑一步，脚掌便深陷黑色海沙泥中。
他的脚掌和脚踝沾满海沙泥，已经变全黑。
而我感觉脚下的红色鲜血正一点一滴，滴在黑色沙滩上。

"阿勇。" 我说，"辛苦你了，对不起。"
"是我不好。" 阿勇说，"我不该带大家走那么远。"
"跟你无关。是我自己不小心。"
"是我为了让蔡玉卿挖螃蟹，才走那么远。" 他的脚步似乎变慢了。
"你是不是很喜欢蔡玉卿？" 我问。
"对！"

"你怎么这么诚实？" 我笑了。
"我本来就不会说谎。"
"那我长得帅吗？"
"你一点都不帅。" 阿勇喘着气，"连我都长得比你好看。"
"说一下谎会死喔。"
"猪肠。" 他的声音有些抖，"不要说死这个字。"

虽然是冬天，但阿勇背着我在沙滩上吃力地跑，已经汗流浃背。
我看到他发根渗出的汗水，也听见他气喘吁吁。
他的脚步踉跄，仿佛随时会倒下。

"放我下来吧。"我说，"你跑不到的。"
"我一定可以！"阿勇大叫一声，突然加快脚步。
"阿勇，谢谢你。"我说，"对不起……"
"猪肠。"阿勇哽咽了，"你再忍一下，快到了，快到了。"

脚底的剧痛让我的意识有些模糊。
模糊间，我却清晰看见国语推行员的眼神。
她眼睛虽然睁得很大，却完全不像黑鲔鱼。
那种眼神中除了惊惧外，还有很深很深的担心。

"猪肠。你再忍一下，快到了，快到了……"

5.

阿勇真的一路跑到停自行车的地方。

然后扶着我坐上自行车后座，他再跨上自行车。

一路奔驰三千米直到蔡外科诊所。

我的右脚掌踩到啤酒瓶的玻璃碎片，刺得很深。

医生清洗伤口，敷上药，缝了好几针。

也打了破伤风疫苗。

我的右脚包了一个礼拜纱布，走路得一跛一跛的。

还好已经放寒假了，不然骑自行车上学时恐怕只能用左脚施力。

寒假其实也只放一个礼拜，因为还是得去学校上辅导课。

"你的右脚好了吗？" 国语推行员一看到我，便问。

"嗯。" 我点点头，"已经可以骑自行车了。"

"那就好。" 她似乎松了一口气，微微一笑。

初三下学期开学了，一切都照旧，只有升学压力攀上最高峰。

离中考只剩几个月，这学期除了要上新的课程外，

还要复习过去五个学期的课程。

每个老师每天似乎都在赶课、赶课、赶课。

以前最不喜欢上的课是英文课，现在则是什么课都不喜欢。

不过上英文课时会有惊喜，因为老师常叫国语推行员朗读英文句子。

她低沉的声音朗读英文时很好听，我常听到入迷。

如果有种干部叫英语推行员，她应该很胜任。
虽然不喜欢英文课，但能听到她朗读英文有时觉得是种幸福。

"为什么你英文那么好？" 我终于忍不住问她。
"因为英文很重要。" 她说，"连外星人都讲英文。"
"外星人讲英文？"
"电影里外星人都是讲英文呀。" 她微微一笑，"所以英文要学好，
将来有天碰到外星人时，便可说：Welcome to the Earth。"
她说完后便笑开了，左脸颊露出酒窝。
我专注看着她的酒窝，也跟着笑。

"其实我很向往国外的生活。" 她停止笑声后，说，"所以我想提升
自己的英文能力，便常常买书和录音带，自己练习英文。"
"难怪你英文那么好。"
"那你会不会想问：为什么我数学那么糟？"
"不会、不会。" 我拼命摇摇手，"绝对不会。"
她看见我紧张的样子，又笑了，露出的酒窝依旧很深。

我总试图在沉重繁忙的课业压力下寻找一个出口，
而那出口或许是她的酒窝。

每天放学后，我还是会陪着她留在教室里 10 分钟，帮她复习数学。
在那 10 分钟里，我总是可以忘掉一切压力，因为她只离我 20 厘米。
偶尔她会微笑，甚至露出左脸颊上的酒窝；
偶尔整间教室会充满我们的笑声。
而那 10 分钟过后，我会有她的数学成绩已经因此而提高的错觉。
如果可以提高一点她的数学成绩，即使每天两小时我也很乐意。

"每天耽误你10分钟。" 她说，"你这样帮我，我很过意不去。"

"不要这么说。" 我说，"我也需要利用这10分钟复习数学，所以其实是你帮我，我反而应该感谢你才对。"

"你真的……" 她看了我一眼后，笑着说，"很擅长说谎。"

"大概是吧。" 我也笑了。

"你为什么要这样帮我呢？" 她问。

"我可以……" 我犹豫一下，"说谎吗？"

"可以。"

"因为我也想好好复习数学。"

她看了我一眼，微微一笑，没再追问。

"你数学那么好，考上理想的高中应该没问题。" 她说。

"你英文那么好，一定也可以考上理想的高中。"

"我不考高中了。" 她说，"我想考高职。"

"啊？" 我大吃一惊，"你原本不是要考高中吗？"

"是呀。" 她淡淡地说。

"那为什么突然改变心意，不考高中而考高职呢？" 我问。

"高职不好吗？"

"我不是这个意思。" 我有些慌张地摇摇手，"只是很惊讶。"

"我决定改考高职，只是个无聊的理由而已。"

"喔。"

我不再追问她不考高中的原因，她也没再多说。

有次上英文课，老师要她朗读泰戈尔的诗句。

" Let life be beautiful like summer flowers

and death like autumn leaves."

或许是她朗读时的声音非常动听，这句子深深打入我心坎。

生如夏花之绚烂，死如秋叶之静美。

初中三年的生活原本很苍白，但因为有她，染上一些色彩。

或许不算绚烂的夏花，但起码有些缤纷。

而初中毕业后呢？只能像秋叶吗？

我在课堂中恍神，心思飘到九霄云外。

进入初中最后一个学期，我一直被庞大的升学压力压得喘不过气。

却忘了这也是我和她相处的最后一段时间。

不知怎的，我竟然觉得要与她离别远比升学压力来得心慌。

在我陷入即将与她离别的心慌情绪中时，班上发生了一件大事。

有个叫蔡宏铭的男同学写情书给隔壁班的女生告白，而且还成功了。

在那个年代，在我们那里，在初中生这年纪，

初中生谈恋爱或许谈不上惊世骇俗，但绝对是前卫且非常大胆。

尤其蔡宏铭又很得意地到处说，他的神情倒不像是炫耀，

似乎只是在分享喜悦。

照理说，这不是应该要好好隐藏的秘密吗？

这件事闹得沸沸扬扬，也惊动了老师。

中考前夕谈恋爱几乎是大逆不道的事，蔡宏铭不断被老师们劝说。

但他完全不在乎，还是常常跟班上同学诉说他们之间的互动和点滴。

我从他的眼神，看到了坚决、确定和勇气。

他应该是真的很喜欢那女孩，也认定以后就是她了吧。

这让我思考我和国语推行员之间的关系。

我不确定是否"喜欢"她，只知道我习惯她的存在、喜欢她的存在。

可能情窦还未开，也可能还不确定自己的感觉是否就叫喜欢，

所以从没多想，只知道看见她缓慢而流畅的动作心情就很平静；

看见她左脸颊的酒窝时所有压力就烟消云散，只剩喜悦。

但即使我情窦已开，也确定喜欢她，但害羞内向的我，

应该也不敢跟她说吧。

我看着坐在我前面的她，她的背影依旧挺直。

以往总是喜欢这样注视她，更喜欢她后颈散发出的芬芳。

但现在好像多了一种异样的感觉，那种异样加速了心跳。

"班长。" 她突然转头看着我。

"啊？" 我吓了一跳，但看见老师走进来了，赶紧高喊："起立！"

"你刚刚上课前为什么一直看着我背后？" 下课后她问。

"我……" 我脸颊微微发热，答不上来。

"是不是你在我背后贴纸条？"

"没有。"

初中生常有在背后偷偷贴纸条的恶作剧，或许她以为我在恶作剧。

"真的没有？" 她又问。

"真的没有。"

"嗯。" 她说，"一起去吃棒冰吧。"

"好。" 我说，"素芬。"

"一句。"

"素芬。"

"一句。"她笑了,"你已经讲两句闽南语,可以吃棒冰了。"

对我而言,她是一种特别的存在,仿佛是为我量身定制的产品。
她的背后不会贴纸条,如果有,应该是标签,标示着制造商。
我猜她是天堂制造的,她背部的标签应该是印上:
Made in heaven,Angel No.1。

离毕业只剩一个多月,班上同学约好星期天去烧窑。
大约三十几个同学一起去,在一座小山丘的树林间。
同学分成六组,我、阿勇、国语推行员在同一组。
我们用土块堆出像圆锥形小塔的窑,从窑口放入柴火让它烧。
等土窑烧红了,挖出柴火余烬,再将玉米、番薯和一只鸡放进窑里。
最后把土窑捣毁夯实,掩盖食物,等食物焖熟后就可以挖出来吃。
大概还要一个多小时才会熟。

从堆窑开始,国语推行员就处处表现出好奇,而且兴致盎然。
"你是第一次烧窑?"我问。
"嗯。"她点点头,然后笑了。
我很惊讶,因为对乡下小孩来说,烧窑应该是件稀松平常的事。
不过既然她是第一次烧窑,我便特别卖力解说,她听得津津有味。

在等待食物焖熟的时间里,我们就在山丘上玩游戏。
国语推行员今天非常活泼,笑得很开怀,酒窝一直出现在她脸颊。
阳光从树叶间洒落在脸颊,点点金黄映照着酒窝,有一种明亮的美。
我常不小心看到入迷。
还好这不是上课,我不用担心忘了喊:起立。

玩 123木头人时，她先当鬼。

我发觉我没办法玩，一定会输。

因为一看到她，我的心就跳个不停，身体根本无法急停或完全不动。

"班长。" 她笑了，"你动了。"

再 15分钟就可以吃了，我和阿勇自告奋勇要去买冷饮给大家喝。

我和他各骑一辆自行车，在附近的杂货店买了一些冷饮。

买完冷饮回来时，竟然发现我们这组的窑被挖开了，食物都没了。

原来是住在当地的黄益源，叫了几个附近的小孩，

趁我和阿勇去买冷饮时，黄益源支开我们这组剩下的组员，

然后那些小孩挖开我们这组的窑，把食物都带走跑掉了。

恶作剧大成功，黄益源笑得很开心，一直笑个不停。

我看见国语推行员的眼神充满愤怒、失望，还有一点委屈。

这是她第一次烧窑，为什么要破坏她的乐趣呢？

我握紧拳头，心中无名火起。

"干！"

大骂一声后，我转身就走。

我跨上自行车，头也不回地往回家的路上骑。

才骑不到两分钟，听见背后有一辆自行车跟来，我想应该是阿勇。

但我回头一看，竟然是国语推行员。

我大吃一惊，手把几乎抓不住，自行车晃了晃。

"你很久没说脏话了。" 她骑到我左手边，跟我并排骑着。

"喔。" 我很不好意思，"那要罚五块钱吗？"

"不用。" 她说，"因为今天是假日。"

然后我们并排骑了一会，都不再说话。

"我要回家。" 我先打破沉默，"你呢？"

"我也是顺便要回家。"

"顺便？" 我几乎大叫，"你家的方向完全相反耶！"

"你不知道地球是圆的吗？"

"你的意思是要绕地球一圈后回家？"

"可以呀。" 她笑了。

我心中的无名火，好像熄灭了。

"你为什么那么生气？" 她问。

"忙那么久，等那么久，都饿坏了。" 我说，"怎么可能不生气？"

"所以你只是气自己的东西被吃了？"

"嗯。" 我点点头。

她看着我，眼神好像在打量我。

"怎么了？" 我问。

"你真的很擅长说谎。" 她又笑了，"连生气时也会说谎。"

"我是气东西被吃了啊。"

"是吗？" 她又打量我一眼。

我脸上一红，答不出话。

"我刚刚以为是阿勇追过来。" 我试着转移话题，"没想到他没跟我一起回家，真是不讲义气。"

"他应该忙着揍人吧。" 她说。

"啊！" 我紧急刹车，停住自行车。

她也跟着停住自行车。

"看到你那么生气骑回家，他应该会去揍人。" 她说。

"对！" 我赶紧掉头，加速骑回小山丘。

我和她骑回小山丘时，听见阿勇的怒吼，他已经抓住黄益源的衣领。

我甩开自行车，冲上前想拉开阿勇，但根本拉不开。

我苦劝阿勇："黄益源也没恶意，只是恶作剧过了头而已。"

加上我回来了，也说自己气消了，阿勇才松开手。

其他组把食物分一些给我们，所以我们这组还是有东西吃。

看见她很开心地吃番薯，我的气完完全全消了，甚至也很开心。

"好吃吗？" 我问。

"嗯。" 她笑了，脸颊的酒窝沾上了一点烤番薯的黑。

午后的阳光点点洒在她脸上，让她的笑容更加灿烂。

不管我再验算几次，她就是全校最可爱的女孩。

"你刚刚是因为我，才那么生气吧？" 她问。

"我可以说谎吗？"

"可以。"

"我不是因为你而生气。"

"我就知道。" 她笑了。

"烧窑好玩吗？" 大家解散要回家时，我问她。

"很好玩。" 她又笑了。

"你还要绕地球一圈后回家吗？"

"这次该轮到你绕地球一圈了。"

"这……" 我愣住了。

"你是白痴吗？" 阿勇走过来敲一下我的头，"回家了！"

导师知道我们去烧窑后，激发了他的灵感。
他要我们在纸上写下自己的愿望，或者写一封信给20年后的自己。
然后把纸塞进玻璃瓶里，埋在土中，20年后再挖出来看。
这有点类似"时间胶囊"的概念。
"烧窑只要等一个多小时，但这个要等20年才能挖。" 导师说。
导师还说，写在纸上的愿望不能让别人知道，不然愿望就不会实现。

"我如果在纸上写：希望阿勇平安快乐。" 我对阿勇说，"然后告诉
别人我写什么，那么愿望就不会实现，你就不会平安快乐了。"
"你是白痴吗？" 阿勇敲一下我的头，"你敢这样做试试看！"
我当然不会这么无聊，我只是不知道该写什么愿望而已。
20年后，我35岁，那时的我最希望已经实现了什么样的心愿呢？

国语推行员似乎想都没想，很快就写好了，把纸条塞进玻璃瓶。
她的愿望是什么？为什么她可以那么确定而完全不犹豫？
但我想了半天，根本想不出该写什么愿望。
最后我只写：希望将来看到这张纸条时，我是个快乐的人。

全班同学都把纸条塞进玻璃瓶，将瓶口封好，
一起埋进校园东北角防空洞旁的空地。
防空洞在校园偏僻的角落，平时不会有人经过，天色暗时还很阴森。
看来这些玻璃瓶装着的愿望，应该可以平静等待20年。
还有20年才能挖出这些愿望，但离毕业已经剩不到一个月了。

"离毕业只剩三个礼拜，大家要好好冲刺，准备中考。"

导师说这段话时，窗外刚好响起今年梅雨季的第一声雷。

我心头一惊，思绪完全陷进即将来到的中考压力。

雨天骑自行车上下学是件讨厌的事，只能穿雨衣骑车。

穿那种连身式的雨衣骑车，小腿以下总会淋湿，鞋袜则是一定湿透。

而我又戴眼镜，雨水弄花了镜片，眼前几乎是一片模糊。

如果雨天骑车时，看到眼前白茫茫的世界，突然想到中考，

那么会不会觉得自己的前途也是茫茫？

幸好即使下雨，我和她还是维持放学后留在教室10分钟的习惯。

"再见。" 10分钟到了，她走到教室门口，再轻声说，"谢谢。"

咦？现在下雨耶，她怎么没穿雨衣？

我跑出教室，追了她几步后，发现她撑开伞走进雨中。

我松了口气，班上同学习惯只穿雨衣，因此总是穿着雨衣进教室。

看来她应该是把雨衣放在自行车上，再撑伞走进教室。

我看见她在空旷的地方停下脚步，站着不动，微微仰起头。

她在雨中撑伞的身影，仿佛一尊女神雕像在校园中伫立。

雨下得很大，整个世界都变得白浊，只有她是清晰的。

甚至仿佛可以看见她撑着伞的纤细手指。

我看得入迷，视线久久无法离开，忘了自己要回家。

但我突然想到：她为什么动也不动？是不是发生了什么事？

"你没事吧？" 我用书包遮住头，一路跑到她身旁。

"嗯？" 她愣了一下，"没事呀。"

"喔。" 我转身便想往回跑。

"班长！" 她朝我招手，"快进来，别淋雨了。"

"嗯？" 我又转过头看她。

"快进来呀！" 她大叫。

我不假思索，便走进她的伞下。

伞下狭窄的空间中，我和她一起站着，几乎是面对面。

记得初一时，她比我高一点，大约 2 厘米吧；

初二时我和她几乎一样高。

初三上学期，轮到我比她高 2 厘米；

而现在初中快毕业了，我应该比她高了将近 5 厘米。

现在的我，又有了一个新的角度欣赏她。

短发让她的肩与颈是空旷的，能明显看见利落清晰的两条锁骨。

而锁骨、肩膀、脖子的延伸连接，围成一道幽深美丽的河谷。

如果雨水滴落，也许能在河谷里面看见涟漪吧。

"你只是特地跑来问我有没有事？" 她问。

"嗯。"

"真的是这样？你没说谎？"

"这次没说谎。"

"嗯。" 她笑了起来，"我只是喜欢雨天，想看看雨而已。"

我静静看着她的酒窝，突然落下的雷也无法干扰我。

如果可以，我希望眼睛能完整记录她酒窝的所有线条和弧度，

并传送到脑海中建立档案。

"我可不可以再来一次？" 她笑声停止后，我问。

"再来一次？" 她很纳闷。

我立刻跑出伞下，跑到教室走廊，再从走廊跑到她身旁。

"你没事吧？" 我问。

"你神经病吗？" 她笑了起来，"快进来。"

我会这么做，只是因为我想多看看她的笑容。

这样就会记得很久、很久。

"还可以再来一次吗？" 我问。

这次她没回话，直接瞪我一眼，眼睛像黑鲔鱼。

即使是黑鲔鱼般的眼神，我也想记录下来并传送到脑海中归档。

白浊下降了，世界渐渐变得清澈，雨变小了。

"赶紧回家吧。" 她说。

我全身湿透，头发滴下的水落进河谷，那道由她锁骨围成的河谷。

我真的有看到涟漪的错觉。

那河谷的美，值得荡漾出涟漪来衬托。

她撑着伞陪我走回教室，她再走去学校后门旁的车棚。

我则在教室穿好雨衣后，走到学校正门边的车棚。

我们两人的家，在完全相反的方向。

要绕着地球一圈才能相逢。

梅雨季结束，夏天扎扎实实地到了。

酷热的天气持续了一个多礼拜后，毕业典礼到了。

坐在教室等待进入礼堂的时间里，我鼓起勇气走到她座位旁。

"班长。" 她微抬起头问，"有事吗？"

"那个……" 我吞吞吐吐，"我可以跟你要支笔吗？"

她随手拿起桌上的笔，递给我。

"我是跟你要一支笔。" 我说，"不是借笔来用。"

她似乎很惊讶，拿笔的手顿了顿。

"只是做个纪念而已。" 我应该脸红了。

她缓缓从书包里拿出铅笔盒，拉开铅笔盒的拉链，

把所有的笔一支一支拿出来放在桌上，共六支笔；

加上刚刚桌上那支笔，总共七支笔整齐排列在桌上。

她所有的动作依然是那样缓慢而流畅，依然令我心情平静。

"每支笔都咬过了。" 她似乎有点不好意思，"你还要吗？"

"我就是要咬得最惨的笔。"

她愣了愣，然后低头看着桌上的七支笔。

"好像……" 她笑了起来，"每支都很惨。"

我也跟着笑，我真的很喜欢看着她的酒窝。

"你选一支吧。" 她说。

我指着桌上由左边算起第四支笔。

"为什么选这支？" 她拿起那支笔。

"放学后那 10 分钟里，你最常用这支笔。"

"给你。" 她把笔递给我。

"谢谢。" 我用双手郑重接下。

这种简单的互动就像板块互撞，让我的心地震了。

我和她都不再说话，只是看着彼此，我有地面在晃动的错觉。

"猪肠！" 阿勇走过来敲一下我的头，"到礼堂集合了。"

是啊，该去礼堂参加毕业典礼了。

据说这是个催泪的场合，果然当骊歌响起，几乎所有女生都哭了。

我偷瞄国语推行员，但离她有点远，看不清楚她是否掉泪。

只看到她依然背部挺直坐着，视线向前。

典礼结束后，我慢慢走回教室。

"班长。"

我转过头，是国语推行员在叫我。

"一起去吃红豆棒冰吧。" 她说。

"好。"

但我们一路走到小卖部、进了小卖部买了两根红豆棒冰、

走出小卖部到旁边的树下、拆开包装、一起吃棒冰……

我们都没交谈。

直到棒冰只剩四分之一。

"班长。" 她终于打破沉默，"你有忘了什么吗？"

"忘了什么？" 我很纳闷。

"还是不知道吗？"

"喔。" 我恍然大悟，"素芬。"

"班长。" 她说，"一句。"

"素芬。"

"一句。"

她说完后，一滴眼泪迅速掉下。

那滴眼泪在我心中形成推挤的板块，又让我的心地震了。

这次的震度更强，震得我胸口疼痛不堪。

我张开嘴想说点什么，却完全说不出话来。

初中生活将在今天结束，结束前我做最后一次验算。

我只得到一个答案：我喜欢她。

不只是喜欢她这个人本身的存在，而是喜欢她这个人本身。

喜欢她咬着笔沉思的模样；喜欢她缓慢而流畅的动作；

喜欢她说"一句"时的神情；喜欢她低沉的声音朗读英文；

喜欢她帮我擦药时的细心温柔；喜欢她瞪我时黑鲔鱼般的眼神；

喜欢她笑开时左脸颊上的酒窝；喜欢她闭目养神时仿佛虔诚的雕像。

喜欢她在雨中撑伞仰头看天的身影；

喜欢她不管何时何地背部总是很挺直；

喜欢她锁骨围成的那道幽深美丽的河谷；

喜欢她坐着时的背影和后颈散发出的芬芳；

喜欢她眼睛眯成一条缝时比手指的调皮神情；

喜欢她只有嘴角拉出弧度而没笑声的清淡微笑；

喜欢她……

但是我迟到了。

如果一个月前我得到这答案，那么在埋时间胶囊时，

我就知道要写什么愿望。

我一定会写：我喜欢国语推行员，我希望能跟她在一起。

也许我迟到更久。

我应该在蔡宏铭写情书告白成功时，就该得到这答案。

那么也许我那时就会对她说点什么，或做点什么。

也许……

不管有多少也许，总之是我迟到了。

那是我初中三年的岁月里，最后一次见到她。

6.

毕业典礼后半个月，就是中考。

那半个月原本应该沉淀心情，专心冲刺考试。

但半个月沉淀的结果，不是清澈，而是沉淀出更深的杂质。

那些杂质叫作想念。

我想念国语推行员。

发榜结果，我考上台南的高中，蔡玉卿也到台南，但她念五专。

阿勇和写情书的蔡宏铭都去嘉义，也都念高中。

蔡宏铭喜欢的那女孩，则在嘉义念高职。

据说蔡宏铭和那女孩早已约好，所以都去同一座城市求学。

大象在高雄念高职，国语推行员跑最远，到屏东念高职。

如果我没迟到，是不是也可以跟国语推行员约好在同一座城市呢？

但我毕竟迟到了，只能接受我在台南、她在屏东的现实。

听说她念的是护理，难道她想当护士吗？

现在回想起来，我除了知道她向往国外生活外，

她的志向、理想、未来想做什么等等，我一无所知。

我离家求学，在台南租个房间住。

我是乡下小孩，第一次进城独自生活，就像刚来到地球的外星人，

处处感到新鲜、好奇，偶尔也有些不适应。

台南离故乡并不算远，但如果要回家，要先搭火车再转乘客运公交车。

我觉得麻烦，大约一个月回家一趟。

如果觉得课业重，不想浪费时间回家，就两个月才回家一趟。

我念的是男校，学校里没有女学生。
班上五十几个同学只有我姓蔡，我从没想过姓蔡会是稀奇的事。
也因为只有我姓蔡，同学叫我菜鸟、菜虫、菜头之类，没什么创意。
都是"菜"字头的绰号，但却从没固定成某一个。
反正我随便人叫，只要远离猪肠这绰号就好。

班上三分之一的同学像我一样在外面租房间住；
另外三分之一通车上下学，坐的是火车或公车；
剩下三分之一，则是住在台南市。
不管上学的方式有何差异，但放学后大家几乎都去补习。
我没补习的习惯，放学后便自己一个人回到租屋处念书。

初中时我数学特别好，但高中这班上几乎每个人数学都很好。
初中姓蔡没有辨识度，高中突然变有；
初中我数学好很有辨识度，现在则完全没有。
我在班上很平凡，身高不高不矮，成绩不上不下，个性不好不坏。
可能我这个人在班上也没辨识度，所以高中三年没当过一次干部。

我念的是所谓的明星高中，以考上大学为唯一目的。
高中的课业比初中重，而高中要面临的高考压力也大多了，
所以日子除了念书还是念书，像荒芜的岁月。
初中生活虽然也像荒芜的岁月，但在那些荒芜中，却有显眼的绿洲。
就是国语推行员。

虽然高中校园内依然禁止讲方言，但并没有国语推行员这种干部，

因此也没人在抓违规的同学。

台南是讲台湾闽南语人口占多数的城市，但学生在学校内还是都讲国语。

受环境影响，我也是只讲国语，放学后也是。

而当我在学校不小心讲闽南语时，就会突然想起国语推行员。

如果想念得深，就会噼里啪啦讲一大串方言还夹杂脏话。

那种突然袭来的想念有时太强烈，会让我完全陷入回忆的漩涡。

一旦陷入那漩涡，得要很久、很用力，才能离开国语推行员。

我不想在课堂中分心而影响课业，所以大脑下强制命令，

命令语言中枢严格控管我的说话习惯。

渐渐地，我连不小心讲出闽南语的机会也没。

甚至放假回故乡时，也说国语。

放学回到租屋处，只有我一个人存在的空间，

我通常坐在书桌前读书，几乎很少做别的事。

但偶尔脑海会莫名其妙清晰浮现国语推行员的脸，

那是我近看她眼睛眯成一条缝时，她那张充满我整个视野范围的脸。

我很想形容她的脸蛋，因为那张脸清晰浮现时的那些夜晚，

内心都炽热无比。

但我始终找不出贴切适当的形容，也无法具体描述。

对十六七岁的我而言，"好看"不是用来形容自己喜欢的女孩。

在我心中，她很美，美得让我呼吸急促，美得让我心慌。

如果无法排解想念她时的心慌，我会拿出她给我的笔，在纸上乱画。

以前我常拿这支笔在纸上边计算边说明给她听，

现在我只是乱画，同时自言自语，说些自己也不懂且毫无章法的话。

看着笔盖的咬痕，脑海便浮现她咬笔沉思的模样。
偶尔甚至会有听到笑声的错觉，是那种充满整间教室的笑声，
而且还有回音。

有时在上课中我会突然转头看我右手边，然后再看前面。
不管是我右手边同学的侧影，或是前面同学的背影，都是卡其色。
环顾全班，也都是卡其色校服的身影，我好像淹没在卡其色大海里。
我莫名的心慌，想找个漩涡，以为进了漩涡就能逃离这片海。
直到脑中浮现国语推行员左脸颊上的酒窝，我才觉得心安。

每当想起她，总会伴随我和她之间的所有记忆。
每段记忆就像歌曲中的一个小节，所有记忆串连成一首歌。
这首歌时常缭绕在我的脑海，不请自来、挥之不去。

世上最难排解的是遗憾，那会留在体内一辈子。
对于我的迟到，我始终觉得遗憾。
不掀开盖子，永远不会知道茶壶里面的水是否沸腾。
或许水早已沸腾，但恍然未知的我，只是傻傻地等。
直到掀开盖子，才发觉水已烧干。
我太晚掀开盖子了。

我对"迟到"这种行为耿耿于怀，可能心理上为了弥补遗憾，
高中三年我从不迟到，甚至经常是上学时第一个走进教室的人。
但放学后我却会拖10分钟才离开教室，常成为最后离开教室的人。
为什么要拖10分钟才离开？我也不清楚。
可能觉得放学后10分钟里，教室有可能会出现笑声。

初中时讨厌雨天，因为穿雨衣骑自行车上下学很麻烦，
又总是弄得全身湿漉漉。
高中在学校附近租房子，走路上下学，雨天就撑伞。
撑伞上下学时，我总不自觉地停下脚步，仰头看天。
这个瞬间的我和她，虽然相隔百里，但应该同时仰望同一片天空吧？

我变得很喜欢看着阴雨绵绵的天空，觉得世界只剩雨声，
想念一个人就格外清晰。
偶尔视线会四处搜寻，希望能发现驻足撑伞仰头看天的身影。
如果坐在书桌前听见下雨，在那雨水包覆着空间的时刻，
总是让我心情很平静。
我这里下雨了，希望她那里能放晴。

喜欢是一种记得。
因为和她相遇了，记忆开始不断累积。
即使离开了，我依然清晰记得她的黑鲔鱼眼睛、她的微笑和酒窝、
她挺直的背影、她低沉的声音、她咬笔的模样、她掉泪的神情、
她锁骨围成的美丽河谷、她缓慢而流畅的动作……
这样的"记得"，就是喜欢吧。

高二下学期的某个礼拜六下午，我要坐车回家。
我先搭火车，假日的火车总是拥挤，我从没奢望能有位子坐，
只希望走道某个角落可以栖身便是万幸。
我上了火车，在车厢走道挣扎前进时，被一座小山挡住。
"借过。" 我说。
她转过头，我吓了一跳，竟然是项副班长。

"借什么东西时，通常不会还？" 她问。

"借过。" 我说。

"答对了。" 她笑了起来，"猪肠，好久不见。"

"是啊。" 我也笑了笑，"真巧。"

初中毕业快两年了，没想到在火车上巧遇。

大象和我一样也是要回家，她从高雄坐火车。

快两年没见，她变得……

嗯……我该怎么说，才能保持礼貌呢？

我词穷了，只好直接说了，她变得更大只。

在摇摇晃晃行进的火车上，她站得很稳，让人很有安全感。

我想即使火车翻了，她也依然站得很稳。

我们闲聊了一下，大概都是聊彼此的高中生活。

我不禁想起以前的大象，她是个善良热心的人。

她当副班长时，常常主动来帮我，而且她总是帮了很大的忙。

比方要去搬书，她一个人可抵三个男生。

现在的她除了更稳重外，几乎都没变。

下了火车，我们又一起去搭客运公交车。

车上有位子，我让她坐靠窗的位子，我靠走道。

我尽量将身体往走道方向移，左脚几乎都在走道上了。

"差点忘了。" 她说，"下个礼拜天我们学校园游会，你要来哦。"

她递给我一张邀请卡，我看了看，便点头说好。

大象早我两站下车，她下车时我突然愣住，忘了跟她说再见。

因为我想起国语推行员，内心有些激动。

国语推行员也住这村落，如果她坐这班车，一定也在这站下车。

我和国语推行员虽然在不同城市求学，但家里都在同一个镇。

如果假日要回家，应该会有遇见的可能吧。

以后会不会在回家的车上，像偶遇大象一样，遇见国语推行员呢？

园游会的日子到了，一早我便从台南坐火车到高雄。

大象念的是商职，学校的女生明显比男生多。

而且今天还有一些运动赛事，很多女生都穿着运动服。

对念男校的我而言，可以看见那么多青春亮丽的女高中生是种幸福。

我不禁想起高中班上某位同学的志愿：到女子高中当体育老师。

这真的是非常令人羡慕的职业。

大象出现了，她也穿运动服。

嗯……看来那种令人羡慕的职业也是有风险。

大象带我去她们班的摊位，这摊位主要卖烤香肠和烤肉等。

她请我吃一支烤香肠，我说声谢谢便双手接过。

"本姑娘！"她朝远处挥挥手，同时大叫，"在这里！"

大象平时的声音还好，但只要一高喊，声音便凄厉而且尾音还分岔。

我吓了一跳，差点噎住。

我其实应该噎住的，如果那瞬间我立刻知道本姑娘是谁的话。

但我在五秒后，才突然醒悟本姑娘就是国语推行员的绰号。

我忘记咀嚼口中的香肠，顺着大象的视线往前看。

在前方20步的距离，我看见国语推行员。

心跳瞬间加速，脑海比double A的纸还要空白。

国语推行员依然是那样挺直的身体，走路的动作也依然缓慢而流畅。
但她走了几步后，似乎发现了我，便停下脚步，站着不动。
大约停顿五秒后，她再继续往前，走到我和大象面前。
"班长。" 她微微一笑，"好久不见。"
"国……" 我有点结巴，"是啊，好久不见。"
所谓的"好久" 不见，大概是一年又十个月。

我突然想到，她是初中班上唯一不叫我猪肠的人，她只叫我班长。
而我可能也是唯一不叫她本姑娘的人。
以前如果当面称呼她，会叫素芬，但那是因为要让她记违规的缘故。
如果跟别人提起她，我都是叫她国语推行员。
现在她当面叫我班长，我却无法当面叫她国语推行员；
而素芬，我莫名其妙叫不出口了。

大象没有发现我和国语推行员之间的微妙气氛，只是热情招待我们。
她请我们吃烤香肠和冷饮，还带我们逛了逛校园。
我们三人在草地上坐着闲聊，我一直偷偷打量着国语推行员。
她的面貌没什么变，举止也都是缓慢而流畅。
如果硬要说有什么改变的话，那就是她多了一点成熟的风韵。

她的头发长了一点，初中时切齐耳根，现在则到耳下2厘米。
虽然是春末夏初，台湾南部的天气却很炎热，
她穿着宽松的亮黄色短袖 T恤，两道锁骨围成的河谷依然幽深美丽。
她说话时的声音依旧是有莫名磁性的低沉；
而她的坐姿，背部始终挺直。

校园响起广播，拔河比赛要开始了。

"我要去参加拔河比赛。" 大象站起身。

脑中迅速闪过大象拔河时的情景，她的喊声应该会让对手丧胆；

而她的力气……

"你要手下留情。" 我说，"别出了人命。"

"猪肠你胡说什么。" 大象笑着拍了一下我的肩膀。

其实很痛耶。

"那我先走了。" 国语推行员也站起身。

要分别了吗？我惊慌地弹起身。

"不急呀。" 大象说，"你们可以去看场电影，附近有电影院。"

大象仔细描述电影院的位置，又教我们该怎么走到那里。

国语推行员没回话，只是看我一眼。

大象走后，我和国语推行员面对面呆站着，都没有说话。

上次这么跟她面对面站着，是初三毕业前的梅雨季。

那时在伞下狭窄的世界中，我发现已经比她高 5 厘米。

现在这差距应该又增加了 2 厘米。

今天是艳阳高照，但我依稀听见当时的雨声。

校园内人声鼎沸，音响也不时播放着流行歌曲，气氛很欢乐。

而我和她之间的静默，在热闹的校园中显得很突兀。

"班长。" 她终于打破沉默，"你功课还好吧？"

"普普通通。" 我说。

"你数学那么好，一定没问题。" 她说。

"在我们班上，几乎每个人数学都很好。"

"是哦。" 她看了我一眼。

"你呢？" 我问，"数学还可以吗？"

"念护理几乎不需要接触数学。" 她说，"所以逃过一劫了。"

以前我数学很好、她数学很糟，是强烈的对比；
而且数学也是我和她之间最大的联结。
现在我数学已经不是特别好，她也不用再上数学课，
那么我和她之间的联结是什么？

"我们走吧。" 她说完后，便往前走。
我也跟着走，跟她几乎并肩，没有交谈。
所谓"几乎并肩"，是指我和她肩膀间的距离，还可以穿过一个人。
我感觉脚下的土地很软，好像不是踏在现实的土地上，
而是正在梦境中行走。

我突然对她产生一种莫名的距离感，但这种距离感却很熟悉。
那是初二时她坐在我右手边，我们桌子间的距离只有 40 厘米，
但有阵子我却感觉桌子间的地板变成一条河。

"你为什么念护理？" 我试着找话题。

"念护理不好吗？"

"我不是这个意思。" 我紧张地摇摇手，"只是好奇。"

她看见我紧张的样子，便微微一笑。
那是嘴角拉出些微弧度的清淡笑容，我非常熟悉而且还梦见过。
刚刚那种莫名的距离感，好像消失了。

"因为念护理就不用念数学了呀。" 她说。

"是喔。"

"开玩笑的。" 她说，"其实只是个无聊的理由而已。"

"嗯。" 我应了一声，没再追问。

她走路时背部始终挺直，我从没忘记过这种不太合人体工学的挺直。

我有种我们正要走去小卖部买红豆棒冰的错觉。

"如果你的数学已经不算特别好，那你会不会……" 她欲言又止。

"会不会怎样？"

"会不会失望或者等等等。"

"等等等？"

"就是……" 她竟然没往下说，直接瞪我一眼。

一点都没变耶，这样的黑鲔鱼眼睛，好熟悉又好怀念。

"喔。" 我大概明白了她的意思，"我不会因此受打击的。"

"那就好。" 她像是突然想起什么似的，"你没说谎吧？"

"呃……" 我很不好意思，"算有吧。"

"呀？" 她吃了一惊，停下脚步，转头看着我。

"其实也不算受打击，只是会有一种感觉。" 我也停下脚步。

"什么感觉？" 她问。

"那感觉像是从神变成凡人，然后会丧失一些自信。" 我说，

"但下凡也不错，人间比较可爱。"

她闪过一丝担心的眼神，有点像是我踩到玻璃时她的眼神。

"班长……" 她又开始向前走。

"我不当班长已经很久了。" 我也跟上。

"叫习惯了，改不过来。"

"你为什么不叫我猪肠呢？"

"因为你不喜欢别人叫你猪肠。"

"啊？" 我吓了一跳，"你怎么知道？"

"我当然知道。" 她淡淡地说，没解释原因。

快走到校门口了，我突然发现我和她已经可以算是并肩了。

我和她肩膀间的距离只剩10厘米，大概只能穿过一只麻雀。

没想到不知不觉间，我和她又回到初中时一起走路的情景。

"我要搭公交车到火车站。" 终于走到校门口时，她停下脚步。

"那……" 离别的气氛突然袭来，我感到不知所措。

"班长。" 她说，"即使你下凡了，你还是神。"

"是神经病的神吗？"

她笑了起来，久违的左脸颊上酒窝终于出现，我眼眶微微发热。

"即使你下凡了，你还是神。" 她又强调一次。

这次不只眼眶发热，连心头也热了。

"我们去看电影吧。" 我一定是鼓起了生平最大的勇气。

"可是我们是初中同学呀！" 她说。

"初中同学就不能一起去看电影吗？"

她愣了愣，好像在思考。如果她这时有支笔，一定用嘴咬住。

她又开始向前走，我立刻跟上。

这时我才因为刚刚那句邀约而脸颊发热，心跳加速。

她没点头也没摇头，更没回答好或不好，只是向前走。

我脸更热，心跳更快，经过公交车站牌时，渐渐放慢脚步，最后停下。

"班长。" 她在十步外回头看我，"你怎么不走了？"

"你不是要搭公交车吗？" 我说。

"你不是要看电影吗？" 她说。

"啊？"

"如果你不要看电影，跟着我走这么远干吗？"

"我……" 瞥见她瞪了我一眼，我便住口。

"你到底要不要看电影？"

"要！" 我立刻跑上前。

她等我跟她并肩后，继续向前走。

"西类（抱歉）。" 我说。

"一句。"

"喔。" 我从口袋掏出一块钱，拿给她。

"我会交给老师。" 她伸手接下，笑了笑。

已经很久没讲闽南语了，不知道刚刚怎么突然冒出那句西类？

但只要能让她说："一句。"我总是莫名其妙觉得满足。

到了电影院，我走到售票亭，弯下头说："两张学生票。"

我拿到两张票后，她也弯下头朝玻璃窗内的售票员说：

"我和他只是初中同学。"

"嗯？" 我一头雾水，"干吗跟售票员那样说？"

"强调一下而已。"

只剩五分钟就要开演，我们直接走进播放电影的厅内。

我把两张票给收票员，她又对收票员说：

"我和他只是初中同学。"

"你为什么要一直强调？" 我问。

她直接用黑鲔鱼的眼睛瞪我，我便住口。

这部电影是谭咏麟主演的香港爱情文艺片，
剧情大概是真爱无敌可以冲破任何一切考验难关之类的。
我不是很专心看电影，很难融入剧情，甚至常出戏。
这并不是因为电影难看，而是她坐在我右手边的状况跟初中时一样。
我融入的不是眼前的电影剧情，而是初中时的回忆片段。

她依然坐得挺直，视线微微向上，非常专注。
此刻我们之间的距离缩得更短，只有一张椅子把手的距离。
我不由自主地偷瞄她，像初中闭目养神的时间那样。
我差点忍不住要对她比出几根手指头。

四周一片黑暗，我不禁有这是在做梦的错觉。
今早只抱着来走走的心态，完全没想到竟然遇见快两年没见的她，
而且正坐在一起看电影。
真的能确定这不是梦吗？

灯亮了，梦境，喔不，电影结束了。
我们起身离开座位，与一对看似大学生的情侣擦肩。
"我和她只是初中同学。" 我对他们说。
他们满脸问号，而她愣了愣后，瞪了我一眼。

快走出电影院时，又和另一对看似高中生的情侣擦肩。
"我和她只是初中同学。" 我对他们说。
那男生赶紧拉着女生的手走开，可能以为碰到疯子了。
他们逃掉后，她先是瞪我一眼，然后突然笑了出来。
左脸颊上的酒窝好美好迷人，刚刚电影中的女主角整个被她打趴。

今天午后的阳光，是洒在空气中的蜂蜜。

我和她在人行道并肩走着，闲聊刚刚电影的剧情。

她显然比我专心多了，很多细节我没印象，但她却一清二楚。

其实电影演什么根本不是重点，重点是我和她一起看了电影。

故乡没有电影院，要看电影只能坐车到附近城市的电影院。

以前初中同学之间并没有相约去电影院看电影的习惯，

看电影这种事通常是跟家人一起完成。

我和她虽然只是初中同学而已，但已经一起看了电影，

那么关系应该会有所不同吧？

路旁有一座小公园，我们很有默契顺势穿进去。

我看到有个女孩跑到一棵树前，大喊："哇！好漂亮的树！"

我忍不住笑了起来，而且一直笑，停不下来。

"有这么好笑吗？"她问。

我停止笑声，说起初中时看过一本书，书里有教人如何放屁。

那本书的理论很怪，人一紧张就容易想放屁。

书里劝诫第一次约会时千万不要看电影，因为两个人坐在一起，

如果想放屁时根本躲不掉，很容易被对方察觉。

"那么第一次约会时应该干吗？"她问。

"去空旷的地方，比方公园。如果突然想放屁，马上快跑向前，心里默数1、2、3，然后大叫"哇"的瞬间同时放屁。因为已经跟对方拉开了距离，而且放屁的声音也被哇声掩盖，所以这个屁就神不知鬼不觉了。"

我又笑了起来，"刚刚那女孩应该也看过那本书。"

她静静看着我笑，没有说话，我过了一会才停止笑声。

"我们刚刚一起看电影，应该不算第一次约会吧。" 她淡淡地说，
"因为你看过的那本书说了，第一次约会时千万不要看电影。"
我愣了愣，不知道该接什么。
虽然约她一起看电影时，只是想多跟她相处一些时间，
心中没存着约会的念头。但和她一起看电影，确实像约会啊。
如果可以算"约会"，那我跟她不就迈出了一大步？
原本已在无意中迈出那一大步，为什么要莫名其妙提到那本书呢？

"我们只是初中同学。" 她说。
我心头一震，震得我有点疼。

"班长。" 她说，"我差不多该回屏东了。"
"嗯。" 我点点头，但掩不住失望的情绪，"我也该回台南了。"
离别的气氛再次袭来，我又感到不知所措。
我们静静走出公园，看到公交车站牌，我们在站牌边停下脚步。
阳光不再像蜂蜜，而是有些刺眼。

"那么刚刚的公园算吧？" 我说。
"算什么？" 她很纳闷。
"那本书说，第一次约会要去空旷的地方，比方公园。"
"嗯……" 她开始沉思。
我很想拿给她一支笔，让她咬着，帮助她思考。

"那不算吧。" 她说，"因为我们只是路过而已。"
"素芬……" 情急之下脱口而出，我自己也感到惊讶。

"班长。" 她看着我，"你国语变好了。"

"是吗？" 我再叫一次，"素芬。"

连叫了两次素芬，都没听到她跟我说"一句"。

但我听出来了，我叫的素芬，已经不像素荤了。

没想到刻意让自己不说闽南语只说国语的情况下，日子久了，

素芬已经是标准的素芬，而不再是素荤。

叫她素芬是为了让她记一次名，

可是这默契却随着我国语变得比较标准而失去。

我很难过，因为失去了一样重要而珍贵的东西。

公交车来了，我们上了车，站在走道上右手拉着拉环。

火车站到了，我们下车，走进车站排队买票。

她排在我前面，她要买南下屏东的车票，我要买北上台南的车票。

从上公交车到现在排队买票，我们都没交谈，气氛很静默。

看着她挺直的背影，是那么熟悉却又带点陌生；

而她的后颈，依然散发令我沉醉的芬芳。

我突然联想到描述美国南北战争的影集《北与南》。

影集中两个男人分别来自南方与北方，一起进西点军校，

受训过程中彼此欣赏而培养出深厚的情谊，并成为知心好友。

南北战争爆发后，两人都被各自的家乡征召，得返乡参与战争。

他们从学校一起走到火车站，一个要搭火车往北；另一个要往南。

"从这里开始，我们就是敌人了。"

原本的同窗好友，只因身处的家乡不同，便成为生死拼搏的敌人。

而我和国语推行员，在高雄火车站里，一个往南、一个往北，

当回到各自求学的地方后，我们会维持什么关系呢？

"我们只是初中同学。"

想到她刚说的这句，心里还是一阵疼痛。

买完了车票，看了看时间，她的火车先到，而且只剩五分钟。

"班长，我先走了。"她说，"再见。"

"我……"

"嗯？"她等了我一会儿后，问，"你有什么话要说吗？"

真的要离别了，我一句话也说不出来。

"班长。"她说，"你快升高三了，等考上大学后再说吧。"

我愣了愣，觉得这句话好像有深意。

是不是她要我不要多想，要专心准备考大学？

是不是我们之间的关系，只能等到我考上大学后再重新定义？

是不是……

等我回神时，她已穿过检票口，消失在人潮中。

我就像正被一大群土拨鼠拼命挖掘内部的山丘。

外表虽然维持山丘的形状，但内部开始脆弱化、空虚化。

山丘内部越来越空，仿佛整个身体都被挖空，连心也是。

直到山丘崩落。

在人来人往拥挤的车站大厅中，我终于支撑不住，双腿瘫软，

抱着头蹲下来。

7.

我们都希望过，时间可以停在某一秒。

如果让我选择，我希望时间停在我和她看完电影后，

并肩走在人行道上，感受像蜂蜜般的阳光。

可是时间不会停止，即使感情再深、不舍的念头再强，

任何力量都不足以拉住时间的衣袖，所以时间还是继续向前。

于是我升上高三了。

"等考上大学后再说吧。"

她在高雄火车站时说过这句话。

而高三这段日子，师长、父母、朋友甚至所有人也把这句挂在嘴边。

于是你想做什么，先别想，考上大学后再说；

你喜欢什么，先压抑欲望，考上大学后再说。

高三的日子里，活着的唯一目的与意义，就是努力念书。

最后在高考中拿到好成绩，升上大学。

所有跟念书无直接关系的人（男人和女人）、事（大事和小事）、

物（植物和动物），如果会占用你念书的时间或让你不能专心念书，

那就是洪水猛兽，都应该避之唯恐不及，甚至该放弃。

虽然我认为考上大学后所有问题就能迎刃而解只是缓兵之计，

那些暂时放弃的热情，考上大学后就能重拾吗？

而所有的困惑，考上大学后就能得到解答吗？

但在环境的集体催眠下，我也像其他高三学生一样，
变得什么都不想，只知道要更加用功念书。

在人生的这段时间，我只知道低着头向前走，视线集中在书本。
不曾抬头看天空是阴或晴，也不在乎是否刮风或下雨。
路旁所有的风景与扰动，都不会吸引我的目光；
而脚下踏的是什么样的土地，我也毫无知觉。

但即使如此，国语推行员的身影仍然会突如其来在脑中乱窜。
比方我口袋里放了英文单词卡，以便随时随地可以拿出来背诵；
可是在背英文单词时，耳畔偶尔会响起她朗读英文时的低沉嗓音。
" Let life be beautiful like summer flowers and death like autumn leaves."
我下意识捂住耳朵，继续背诵英文单词。

而我在算数学练习题绞尽脑汁到有些恍惚时，
偶尔会有她正站在我右手边低头弯身将脸凑近看我演算的错觉。
我甚至忍不住转头朝右上，想接触她的视线，却只能接触空气。
我拍拍头，将身体略朝左转，继续绞尽脑汁。

我常常验算，得到的结论都一样。
在我心目中，她是最可爱的女孩，而且我喜欢她。
可是国语推行员，请你原谅我，我不能再想起你。
如果要想你，"等考上大学后再说吧。"

每当在学校莫名其妙想起国语推行员，陷入回忆的漩涡时，
我就会看一眼黑板左上角的红色粉笔字，那代表距高考还剩几天。
然后我会瞬间清醒，离开漩涡上岸。

如果在深夜时的租屋处想起她，我会不知所措。

因为我不知道该如何回到六根清净的高三生身份。

有时看着书桌上叠成一堆的书本，可以勉强回到现实；

如果书堆不够力，我会把书堆的书一本本拿下，再随机堆起来。

借着反复改变书堆上下排列顺序的无意义动作，让自己回到现实。

有次书堆的上下顺序已经改变了十几遍，但她依然占据我脑海。

我无法离开回忆的漩涡，因为脑海里都是她脸上的酒窝。

我只好拿起她给我的那支笔，在纸上拼命乱画。

最后在纸上用力写下：等考上大学后再说吧！

于是我离开了酒窝、离开了黑鲔鱼的眼睛，回到现实。

"等考上大学后再说吧。"

我终于学会也跟自己这么说。

于是想念国语推行员的心，进入了冬眠。

或许将来考上大学后，能像春天一样唤醒那颗心。

时间依然不留情地往前大步迈进，我终于考完高考。

考完后我便收拾行囊，暂时搬回故乡。

一个月后发榜，我打了查榜电话，按键输入准考证号码，

电话那头的声音说我考上台南的大学。

那瞬间我有些茫然，脑海里响起："等考上大学后再说吧。"

那么，再说什么呢？

隔天我去找阿勇，他也在高考后暂时回到故乡。

念高中那三年里，我跟他都在外地求学，碰面的次数寥寥无几，

大概只有在都回老家过年时，才有机会相约出来聊聊。

"猪肠！"阿勇一见面就敲我的头，"你考上哪里？"

我揉了揉被敲痛的头，说出录取的学校和科系。

我们爬上约四层楼高的盐山，坐在盐山上，吹着海风远眺大海。

上次看见盐山是初中时的事，那时总觉得盐山好高好高；

而爬上盐山坐在山顶时会觉得离地面好远好远。

如今觉得盐山没有印象中那么高，坐在山顶时也没觉得离地面很远。

我突然觉得我"长大"了。

阿勇考上台中的私立大学，他很兴奋，他说只要不落榜就心满意足。

他对初中同学考大学的结果很感兴趣，但昨天才发榜，

他只知道写情书的蔡宏铭考上台北的私立大学，其他一无所知。

而蔡宏铭喜欢的那女孩则打算上台北考大学夜间部。

我心想，他们将来大概又会在同一座城市。

阿勇一一询问其他初中同学的发榜结果，我全都摇头。

"国语推行员呢？"轮到我问他。

"国语推行员？"阿勇先是愣了一下，随即问，"本姑娘吗？"

"嗯。"我点点头。

"本姑娘又没考大学。"

"我知道。"我说，"但你知道她的近况吗？"

"听说她高职毕业后，就在屏东医院上班了。"

阿勇的语气有些平淡，好像这不是值得多讨论的话题。

考上大学让我觉得长大了，而国语推行员应该也长大了。

但她长得更大，因为她已经去工作赚钱了，而我以后还会是学生。

我突然有种感觉，仿佛继续念大学的人在一个世界，
已经工作的人则在另一个世界。
而这两个世界没有交集。

我站起身，面朝大海的方向，双手圈在嘴边大叫：
"我已经考上大学了，然后呢？"
声音从盐山上向四周远远散去，但没有回音。
"喂！"阿勇吓了一跳，"被人听到怎么办？"
我没理他，一字一字用尽全力大叫："然——后——呢——"
"你是白痴吗？"阿勇狠狠敲一下我的头，"闭嘴啦！"

山下传来一阵哨子声，盐场的工作人员在盐山下指着我们大叫：
"赶快下来！"
我和阿勇互看一眼后，拔腿就跑。
快跑到盐山边缘时，就从盐山上像溜滑梯一样溜下来。
现在是盛夏，覆盖着盐山的砖红色帆布早已被晒得发烫，
我们一路摩擦帆布滑下，即使穿着长裤，也是烫得哇哇叫。
终于滑到山下，我们立刻站起身，拍拍发烫的腿，继续奔跑。

直到追兵已被甩得老远，我们才停下脚步喘气。
我又和阿勇互看一眼，同时哈哈大笑。
"你没事干嘛乱叫？"笑声停止后，阿勇说。
眼前是一望无际的盐田，我又朝远处大叫：
"我已经考上大学了，然后呢？"
"你是白痴吗？"阿勇敲一下我的头，"当然就好好念大学啊！"

回家后想洗个澡，脱下长裤后没发现伤口，但我看到右膝的疤痕。

初二时的擦伤都已过了四年，疤痕却依然清晰可见。

我不禁想起国语推行员帮我敷药的情景。

那时她蹲下来，神情专注，所有擦药的动作依然是缓慢而流畅。

抚摸着那疤痕，我感受到炽热，那是她的嘴朝伤口轻轻吹气的温度。

"好了。"

敷完药后，她蹲在地上，仰头看着我，微微一笑。

我几乎能看见她的微笑，听见她的声音。

高中三年我验算多次，她依然是我心目中最可爱的女生。

但她长大了，也在工作了，用"可爱"形容还适合吗？

耳畔响起她的声音："班长。即使你下凡了，你还是神。"

当我对数学丧失自信时，她坚定的语气鼓舞了我。

我重新验算一次，我想可以把"可爱"修改成"温柔善解"。

在我心目中，她是最温柔善解的女孩。

隔天我收到一张贺卡，是国语推行员从屏东医院寄来的。

邮戳显示寄件时间是发榜当天，卡片的样式很素雅，内容也很简单。

大意是她从报纸得知我录取的学校和科系，于是恭贺我金榜题名。

我知道发榜当天的报纸上会密密麻麻印上所有录取学生的姓名，

但起码有三万个名字，难道她从三万个名字中一一找寻我的名字？

脑海突然闪过以前闭目养神时她的身影。

她总是略低着头，闭上眼，很像在祷告，而且很虔诚。

但其实她的眼睛眯成一条缝，周围的扰动依然逃不出她眼睛。

所以她时常提醒我老师走进来了，我该喊起立。

她的侧面在我脑海里越来越清晰，我几乎可以看见她的眼皮和睫毛。

国语推行员，我心目中最温柔善解的女孩，谢谢你的用心。

可惜我无法用类似的话语回应你，你可以恭贺我金榜题名，

难道我要恭贺你白袍加身？

我上了金榜，你穿了白袍，我们的世界该以何种方式取得交集？

"等考上大学后再说吧。"

"我已经考上大学了，然后呢？"

阿勇说得没错，"当然就好好念大学啊！"

大学开学前，我们这些刚录取的新生要到成功岭接受六星期的军训。

我上了成功岭，编入第一学训师第二旅第四营第三连。

集训的方式比照新兵训练，对刚从高中毕业的我们这群学生而言，

日子过得很紧绷且不适应，时时刻刻得战战兢兢。

每晚熄灯后，总带着不安的心与疲惫的身体入眠。

有一晚，我梦见国语推行员。

场景是三合院似的平房，院子里有一条长长的竹竿。

她在院子里晒衣服，所有的动作始终缓慢而流畅。

对我而言，她那缓慢而流畅的动作会让我心情很平静。

梦中如此，醒来后亦复如是。

升上高三后开始压抑住想起她的念头，像是用符咒勉强封印。

一旦不小心想起她，便又再贴张符咒镇住。

直到那晚，所有的符咒都被撕掉，思念便排山倒海倾泻而出。

那些思念像暴雨袭来，我无处躲避，浑身湿透。

但暴雨过后，乌云散去，少许阳光穿透云层照射在身上。

我在第三连寝室的铁床上看着天花板，内心感受到满满的平静。
带着这种平静心情，我度过剩下的成功岭集训日子。

下成功岭后没几天，我便提着行囊搬进大学宿舍。
寝室一间有四个人，都是系上新生，大家由于陌生而显得害羞，
只简单相互自我介绍，没其他互动。
隔天开始连续两天的新生训练，之后就开学。

新生训练在大礼堂内举行，说是"训练"也没真的训练，
大概都是坐着听台上宣导或公告一些重要资讯。
我觉得有些无聊，开始昏昏欲睡。
终于有休息的空当，我站起身想走出礼堂透透气。
"同学。"有个女孩叫住我。
我转过身，发现她跟我坐在同一区，所以她也是系上新生。

"你记住几个同学的名字？"她问。
"啊？"这问题很怪，但我还是回答，"目前我只认识室友，但都
还没记住任何人的名字。"
"可是我全部都记住了哦。"
"是吗？"我难以置信。
"不信的话，告诉我你姓什么，我马上能说出你的名字。"
她的语气透露出自信。

"我姓蔡。"
"班上有两个同学姓蔡。一个来自新竹，另一个是台南。"她问：
"你是哪里？"
"算台南吧。"

"那你是蔡志常。"

"你好厉害。" 我吓了一跳，睁大眼睛看着她。

"我叫艾琳。艾草的艾，琳琅满目的琳。" 她笑了笑，"请指教。"
她说完后转身就走了，留下又纳闷又惊讶的我。
没想到她又走去找其他系上新生，并问了相同的问题：
"你记住几个同学的名字？"
她一连问了好几个同学，似乎乐此不疲。
我更纳闷和惊讶了，完全忘了我要走出礼堂透透气。

新生训练第二天，中场休息时我又想走出礼堂。

"同学。" 艾琳又叫住我。

"有事吗？" 我转过身。

"你记住几个同学的名字？" 她问。
我愣住了，心想这问题你昨天不是问过了吗？

"你记住几个同学的名字？" 她看我没回答，又问一次。

"算一个吧。"

"可是我全部都记住了哦。"

"喔。"

"不信的话，告诉我你姓什么，我马上能说出你的名字。"
她应该忘了昨天已经问过我了，那么她到底是厉害？还是迷糊？

"我姓蔡。"

"班上有两个同学姓蔡。一个来自新竹，另一个是台南。" 她问，

"你是哪里？"

"新竹。"

"那你是蔡源行。"

"错。" 我说，"我是三角形，不是圆形。"

她愣住了，说不出话。我笑了笑，走出礼堂透气。

"我知道了。" 她跑出礼堂，走到我身边，"你是蔡志常。"

"对。"

"原来我昨天就问过你了。" 她笑了笑。

"是啊。" 我也笑了笑。

"我记名字很厉害，但认人就不行了。" 她吐了吐舌头。

"我的脸普普通通，也没什么特色。" 我说，"加上昨天是第一次见面，所以你认不出来很正常。"

"你的脸嘛……" 她打量着我，"嗯……"

"是不是认为我说得对，但基于礼貌又不能直接表达认同？"

她笑了起来，脸颊上竟然有两个小酒窝，我突然联想起国语推行员。我莫名其妙对这女孩有了好感。

"你怎么马上就能记住全部同学的名字？" 我问。

"发榜后我闲着没事，就把班上所有同学的名字一一记牢。" 她说，"等开学了，同学发现我老早就记住他们的名字，一定会很惊讶。"

"你这样做，只是为了让同学感到惊讶？"

"是呀。" 她说，"你不觉得让人惊讶很有趣吗？"

"也许很有趣。" 我笑了笑，"但你确实是蛮闲的。"

她又笑了起来，看见她的酒窝，我有些恍惚。

"你刚说你只记住一个同学的名字？" 她问。

"嗯。" 我点点头。

"是谁？"

"艾琳。"

"谢谢。我好荣幸。"

"这是你昨天告诉我的。"

"我知道我说过。"她笑了，"但你记住了呀！"

她说完后转身走进礼堂，我却留在当地陷入沉思。

高中三年里我从没认识新的女孩，连跟女孩讲话的机会也几乎没有。

但经过三年的空白后，刚开始跟艾琳交谈时却很自然，也很自在。

艾琳的个子娇小，五官清秀，个性应该算活泼，举止敏捷利落。

无论身材、面貌、个性、举止等，她跟国语推行员一点都不像，

可是不知道为什么，她总让我联想起国语推行员。

难道只是因为艾琳也有酒窝吗？

开学了，教室比高中时的教室明亮，空间也更宽敞。

中学时代，桌子是桌子、椅子是椅子，桌椅都是木头制的；

但这教室里桌椅连成一体，而且除了桌面和椅面是木头外，

其余部分都是金属做的。

所有的一切都是崭新的开始，我将从这里展开我的大学生活。

"同学。"艾琳走过来，"你记住几个同学的名字？"

"你……"

"开玩笑的。"她笑了起来，"我知道我问过你两次了。"

"你好像很闲。"

"我忙得很呢。"她说，"我要继续去收集惊讶了。"

"收集惊讶？"

"嗯。"她点点头后便跑开，"只剩下几个同学还没问。"

看来她真的很闲。

下午上完最后一堂课后，我走出教室准备回寝室。

"嗨！" 艾琳跟我打招呼，"三角形。"

"三角形？"

"你昨天说你是三角形呀！"

"喔。" 我想起昨天跟她开的玩笑，简单笑了笑。

"跟你说哦，蔡源行真的是圆形耶。" 她说。

"是吗？"

"他的脸很圆。" 她笑了笑，"身材也是。"

我看着她脸上的酒窝，果然又联想起国语推行员。

"再跟你说一件事。"

"什么事？"

"我已经……" 她深深吸了一口气后，突然大叫，"全部搞定！"

我吓了一跳，问："搞定什么？"

"班上有 50 个男生和 5 个女生，除了我之外，我全部都问完了。"

"你真的很闲。"

"看着大家惊讶的神情，真是有说不出的满足呀！"

她得意地大笑，笑声停止后假哭了几声，还用手擦拭眼角。

"又怎么了？"

"我被自己的毅力感动了。" 她还在擦拭眼角。

"那不叫毅力，只是很闲而已。"

"Bye-Bye，三角形。" 她笑了起来，两颊的酒窝很深。

她挥挥手后便转身离开，所有动作都是迅速而利落。

看着她离去的背影，脑海里还残留着酒窝的影像。

我跨上自行车，骑回寝室的途中，耳畔萦绕着艾琳清脆响亮的笑声。

跟国语推行员的清淡微笑相比，简直像默片碰上战争片。

回到寝室，我躺在床上看着天花板，静静想着国语推行员。

今天是上大学念书的第一天，我各方面都还算适应；

而远在屏东医院工作的国语推行员，应该已经工作几个月了，

那么她还适应吗？

班上该选干部了，跟以前不一样的是，并没有导师监督。

同学自己开会推选，先选班代，原来大学的班长已经改叫班代了。

选班代时根本是全体通过、毫无异议，而且众望所归，就是艾琳。

因为她知道全班每个人的姓名，而且每个人也都认识她。

"谢谢。" 艾琳站起身，"我一定努力做好，不辜负大家的期盼。"

她很会说话，但我并没有期盼什么。

"副班代的人选可以由我指定吗？" 艾琳问全班。

班上同学都没意见，大概就是随她高兴就好。

"那请三角形……" 她指着我，"哦，不，是蔡志常当副班代。"

我吓了一跳，也纳闷她为什么要指定我当副班代？

难道她像初中导师选蔡玉卿当副班长一样，只是认为我长得最帅？

所有干部都选完了，会也开完了，我问艾琳为什么选我。

"因为我跟你最熟呀！" 她笑说。

"我跟你很熟吗？"

"那个问题其他同学我都只问一次，可是我问你两次耶！" 她说，

"你是其他人的两倍，所以我当然跟你最熟呀！"

"只是这样？" 我愣了愣。

"不然呢？难道你以为我觉得你是班上最帅的男生所以才选你？"

"这……" 我有点不好意思，也觉得尴尬。

"咦？" 她看着我，"我说对了？"

我瞬间脸红，讷讷地说不出话。

"你真老实。" 她笑了起来，两颊的酒窝很深。

在我的认知里，像阿勇那样死都不会说谎的人才叫老实。

而我在面对国语推行员时，有时不敢坦白内心真正的想法或心情，

只好说出违心之论。我和她都认为，这也算"说谎"。

如果我可以说谎，那我就不老实。

面对艾琳的说法，我其实可以简单一句"哪有"，来混过去。

但我完全没有想"说谎"混过去的念头。

我不禁在想，是不是我只会对国语推行员"说谎"？

"三角形。" 艾琳说，"你要好好辅佐我哦！"

竟然用辅佐这词，看来她很认真，但我却只想当阑尾。

可惜班代的任务很多，而艾琳几乎每件都要我帮忙。

因此我根本不是阑尾，而是四肢。

不仅要动手做，还要跑腿。

大一的新鲜人生活，学校举办了各式各样的迎新活动，

包括露营、郊游、晚会、舞会等，还有新生杯各项活动和赛事。

系上学长学姐也举办了很多迎新活动，这些都让大一的日子，

颜色多彩多姿，声音喧嚣热闹，气氛温馨欢乐。

学校虽然男生远多于女生，但校园内女生还是很多。

与高中三年的和尚生活相比，大学生活简直像极乐人间。

虽然班上只有 5 位女生，但经由各类活动和联谊，

我也多认识了一些女孩。此外，我加入了环保社。

那时环保意识正抬头，但我并不是因为这个理由而加入。

主因是有个室友是环保社员，在他鼓吹之下，我就顺势进入环保社。

当然真正的原因是免缴社费还送一件 T恤，而且女社员也很多。

每当新认识一个女孩，我总不自觉地联想起国语推行员。

不是想比较孰优孰劣，也不是想比较她们之间有何共通点，

更不是想尝试让新认识的女孩取代她在我心里的位置。

我只是很单纯地联想起她而已，好像那是一种反射动作。

或许在我心里始终对"迟到"这件事耿耿于怀，

以至于每当新认识一个女孩时，都想及早判断该不该付诸行动。

而最容易让我联想起国语推行员的女孩，就是艾琳。

有时在跟艾琳对话的过程中，会瞬间跌入过去的时空，

恍惚间会有正跟国语推行员对话的错觉。

但艾琳的一颦一笑、一言一行，明明跟国语推行员一点都不像，

甚至可说是强烈的对比，没理由看到烧饼会联想到西瓜吧？

可是在我心里，艾琳跟国语推行员的联结却越来越强。

艾琳是台北人，有时敏捷伶俐让人觉得好厉害，有时却非常迷糊。

她做事很急，比方要我帮忙做某件事，明明隔天去教室就可以交办，

但她却要我当晚在女生宿舍门口等她。

每当我在女生宿舍门口时，听见一阵噼里啪啦，就知道她下楼了。

她冲下楼的声音很像放鞭炮。

她交办我做事时非常有条理，交办完后就会马上跑进宿舍。
但她跑进宿舍没多久又会冲出来，因为她忘了某个细节。
我常常在女生宿舍门口，看她跑进跑出宿舍大门。
最高纪录是四次来回。

"喂！" 艾琳又冲出宿舍叫住我，"三角形！"
"你又忘了什么吗？" 我停下脚步。
"你是台南人吗？"
"嗯？" 我很纳闷，"你怎么突然问这个？"
"反正你只要回答我，你是台南人吗？"
"我不是台南人，我只是在台南念高中而已。"
"差不多啦！反正你是南部人，对吧？"
"对。"

"南部人应该很会讲闽南语。" 她说。
"住在动物园附近的人就会比较了解猴子吗？"
"什么意思？"
"没什么。" 我问，"所以呢？"
"所以你教我讲闽南语好吗？" 她说，"拜托嘛！"

我整个人愣住，完全说不出话。
对经历了校园内禁止说方言甚至讲一句就要罚钱年代的我而言，
从没想过有人会拜托人教闽南语。
时代变了吗？

时代确实变了。

我考上大学的这一年，台湾宣布解严。

解严后，"校内禁止说方言"政策已被废除，讲方言不用被处罚了。

国语推行员这种干部也彻底消失，已经成为历史。

而在我心里，国语推行员是不是也要成为历史？

以前台湾限制电视台的闽南语节目播放时间一天不能超过一小时，

而且播出的时段也有限制，解严后也都没限制了。

以前讲闽南语会有"没水准"的偏见，但现在电视艺人喜欢讲闽南语，

或者国语和闽南语交杂，好像觉得会讲闽南语是一件很潮、值得炫耀的事。

台湾的社会已经快速变迁，不禁让人有今夕是何夕的感慨。

"喂！"艾琳大叫一声。

"嗯？"我如大梦初醒，看着她。

"你到底要不要教我讲闽南语？"

"你为什么想学？"

"就是想学嘛！"她说，"我完全不会讲闽南语。"

"其实你常常讲。"我说。

"哪有？"她很惊讶，"怎么可能？"

"你念念自己的名字。"

"艾琳？"

"艾琳就是爱人的闽南语。"我说，"爱人的闽南语发音，就是艾琳。"

"真的吗？"她眼睛一亮。

"嗯。"我点点头。

"艾琳、艾琳、艾琳、艾琳、艾琳、艾琳、艾琳……" 她微微一笑，
"没想到我的名字这么美，爱人耶！艾琳耶！"
她笑了起来，露出酒窝。

"只要叫我的名字，就像用闽南语呼唤着爱人。" 她兴奋地大叫，
"爱人呀！艾琳哟！"
她一直笑个不停，酒窝越来越深。

用闽南语呼唤着爱人？

我终于明白了。
我之所以很容易因为艾琳而联想起国语推行员，
最主要的原因并不是她们都有酒窝，而是她们的名字都有谐音。
随着我艾琳、艾琳一直叫，我回到了初中时叫素芬的感觉。
那是我和国语推行员的专属默契，也是我和她最根深蒂固的情感。

"素芬。"
"一句。"

台湾解严了，不再有国语推行员。
但在我心里，依然还是有素荤。

8.

很多人说，时间会让人改变。情感会降温、记忆会淡去。
可是我好像还是停留在初中那段时间里，
情感的时间坐标值并未往前推进。
我常专心地回忆国语推行员，不是妄想改变什么，
仅仅只是回味认识她的过程和相处时的点滴。

与其说是对她念念不忘，倒不如说是对"迟到"这件事耿耿于怀。
因为迟到，我和她便错过，只能是很好的初中同学关系。
但也许这种悔恨非但不是下一份感情的阻碍，
有时反而会成为新感情"怎样才能不再留下遗憾"的经验。

也有人说，放弃某些自己想要的东西，
是幸福生活中不可或缺的一部分。
如果要让自己追求新的感情，我应该要放弃对国语推行员的执念。
就像泰戈尔所说：
"如果你因为错过太阳而流泪，那么你也将错过星星。"

我做了上大学后第一次验算，结论仍然是：
在我心目中，国语推行员是最温柔善解的女孩。
可是既然我已错过太阳，不能再错过星星。
所以我试着不再因每个新认识的女孩而联想起国语推行员。
这很难，因为联想起国语推行员几乎是我的反射动作。
我只能告诉自己，国语推行员是太阳，没人能取代她的光与热；

但我要努力欣赏星星，如果心动了，也应该有所行动。

艾琳是所有上大学后认识的女孩中，跟我最熟、互动最密切的。
因为是同学，而且她是班代、我是副班代，我们有很多机会相处。
自从她拜托我教她讲闽南语后，她更是一有空当就缠着我，要我教。

经过中学时代被严格"训练"后，讲国语早已成了反射动作。
除了回故乡跟长辈会用方言交谈外，我已经不说闽南语了。
因此上大学后在艾琳提出这个奇怪的请求前的日子里，我从没说过半句闽南语。
当我时隔许久再一次开口时，我自己都觉得怪怪的、卡卡的。

我并不是有系统地"教"艾琳，只是想到什么、碰到什么就随口讲。
而艾琳只是跟着念，学习欲望很强，我都搞不懂她干吗这么热衷。
当我在教别人时，我才发觉闽南语并不好学，尤其对说惯了国语的人。
比方：去香港买香很香这句，这三个"香"字，国语都是同一个音。
可是在闽南语，三个"香"字各自要发不同的音。
艾琳老是念成一样，她也不懂为什么音要不一样。

我还算热心教她，但她的个性真的很急。
有次下课后我骑自行车要回宿舍时，她竟然冲到车前。
我吓了一大跳，紧急刹车。
"三角形。"她抓住自行车的把手，"教我讲闽南语。"
"璀细。"我说。
"嗯？"
"就是找死的意思。"
趁艾琳放开把手试着念念看时，我加速骑车走人。

班上当然很多人都会讲闽南语，但因为我有"海口腔"，腔调较重，
这些人觉得我的发音很有趣，便喜欢跟我用闽南语交流。
而有几个不会讲闽南语的男生也要我教，他们倒不是真的要学，
只是想学几句充充样子，特别是脏话。

"真的要学脏话？" 我很疑惑。
"对。越脏越好。" 他们笑说，"就'三字经'那种。"
"可是很难听耶。"
"不会啦，那一定很酷。"
酷三小（什么），脏话就是脏话，以前讲一句就要罚五块钱。

所以他们大概就只是想学"干""干你娘" 之类。
每当我示范用闽南语讲脏话时，我都会很尴尬，甚至会脸红。
但他们跟着念脏话时，总是爽度破表的样子，好像觉得超酷。
过没多久，他们就把"干" 当发语词和口头禅了。
我有时会劝他们不要老把"干你娘" 之类挂在嘴边，那真的很难听。
"不会很难听啊！" 他们笑说，"干你娘就像是承诺，说的人多，
但做到的人少之又少。"

"椪柑、李子、凉面。" 他们又说，"这三种东西合称？"
"柑李凉？"
"对！" 他们又笑了，"就是干你娘。"
我决定放弃劝他们了。

上大学前，我从来没想过我在大学校园里会讲闽南语；
但进了大学后，我却常讲闽南语，甚至教人讲闽南语。

我讲闽南语时偶尔会想起国语推行员，也想起自愿成为她战果的往事。
有时甚至会有听到她说"一句"的错觉。

因为教艾琳讲闽南语，艾琳跟国语推行员的联结更强了。
我常分不出是因为讲闽南语而想到国语推行员，
还是因为艾琳这个人而想到国语推行员。
搞得我有点错乱，有次我甚至从口袋掏出一块钱拿给艾琳。

"你干嘛给我一块钱？" 艾琳直接伸手接下，
"里洗挖Ａ艾琳吗（你是我的爱人吗）？"
我愣了愣，有点尴尬。
"雅洗工，挖洗里Ａ艾琳（或者说，我是你的爱人）？" 她又说。
"你说得越来越好了。"
"谢谢。" 她笑了起来，"那这一块钱就当是我的奖励喽！"
没想到以前讲方言要罚钱，现在变成方言讲得好可以拿钱。

艾琳的闽南语确实越讲越好，而班上讲闽南语的人也越来越多。
常常会在教室里听见"干""靠腰""你娘咧"之类的话。
如果国语推行员现在也是我的同学，不知道她听到时会怎样？
她的黑鲔鱼眼睛，会不会瞪出血来？

"干，五告虽小（有够倒霉）！" 艾琳说。
"你……" 我吓了一跳。
"这发音准吗？"
"我没教你这个吧？"
"你是没教。" 她笑了，"但大家都在说呀！"

看到艾琳跟其他男同学一样，也把说闽南语脏话当成很酷的事，
那瞬间，我突然不再错乱，脑筋清楚、心下雪亮：
艾琳是艾琳，国语推行员是国语推行员，两者泾渭分明。
因为国语推行员听到脏话的反应，一定是马上向黑鲔鱼借眼睛。
艾琳再怎么明亮，最多就是一颗闪耀的星星，但绝对不是太阳。

大一下学期才刚开学，艾琳就问我班上要不要办一次出去玩的活动。
"不用了吧。" 我说，"学校和系上都已经办过一堆迎新了。"
"不一样啦！" 她加强语气，"这是我们班自己办的活动耶。"
"所以你只是告知我，而不是征求我意见？"
"嗯。" 她笑了起来，露出的酒窝很深。

班上热烈讨论要去哪里玩，大家的意见还真多。
艾琳独排众议，她说她知道一个私房景点，大家一定会喜欢。
结果大家就听她的，决定去屏东的深山里，大约有 40 个同学参加。
艾琳规划了所有行程、租了辆游览车、订了间民宿。

去程的车上，艾琳拿起麦克风在车上唱了几首歌。
艾琳的歌声很好听，清脆而嘹亮，很能带动车上的气氛。
我不禁想到从没听过国语推行员唱歌，如果她低沉的声音唱起歌来，
车上的同学会不会忘了我们正要去玩而以为是要上战场？
唉，我竟然在出去玩的游览车上，又想起国语推行员。

原以为艾琳哪会知道什么了不起的私房景点，但车子抵达目的地后，
我四处看了看，非常惊讶。
这里有山有水也有林，环境幽静清雅，颇有世外桃源的味道。
"你怎么知道有这种地方？" 我问她。

"嘿嘿。" 她笑得有点暧昧，"不告诉你。"

班上同学也很满意艾琳选的地点，这让她更得意了。
可是等到晚上要睡觉时，却发现事情大条了。
艾琳只订了两间房，这两间房的大小和配置都一样。
房间有张大木板床，床上铺了榻榻米当通铺。
如果把人当尸体，通铺上大概可排放 8 具男生尸体或 9 具女生尸体。
但是，我们有 40 个人啊！

"你只有订这两间？" 我把艾琳拉到一旁，偷偷问她。
"嗯。" 她的神色有些慌乱。
"你订房的时候，没问一间可睡多少人？"
"老板说房间很大，可以睡很多人呀！"
"很大是多大？" 我语气有点严厉，"我们有 40 个人耶！"

"我……" 她声音几乎细不可闻，"我没问。"
"你到底是厉害？" 我叹了口气，"还是迷糊？"
"怎么办？" 她好像快哭了。
"没关系。" 我有点不忍心，"还是可以解决的。"

其中一间通铺就只让 5 个女生睡，所有男生就挤另外一间通铺，
和这两间房间的地板。
大家的行李如果堆在一起的话，每间地板大概勉强可挤 9 个男生。
还有大约 10 个男生没地方睡，那就只好有的男生睡上半夜，
有的睡下半夜。
剩下的另一个问题，这里是山上，现在又是冬天，但棉被根本不够。
不过男生正值年轻力壮，将就一晚应该还好。

班上同学完全没有埋怨或责怪的意思，反正出来玩怎么睡不重要。

有的男生甚至打算熬夜不睡，就在户外喝茶聊天或夜游。

女生比较重要，把她们安顿好后，我也在户外跟同学闲聊。

没多久艾琳走出房间，来到我身旁坐下。

"你不睡吗？" 我问，"是不是睡不着？"

她摇摇头，没说话。

"对不起。" 过一会儿后，她突然开口。

"没关系啦。" 我笑了笑，"这地方很好，大家都很开心。"

"别安慰我了。" 她说，"你问得没错。我到底是厉害？还是迷糊？我想应该是迷糊吧。"

"一、大家都很开心，这是真的，不是安慰；二、大家也不介意睡觉挤挤这种小事，这也是真的；三、我到现在才勉强记住全班同学的名字，但你还没进大学前就全记住了，所以你很厉害。"

"谢谢。" 她看了我一眼后，说。

"不客气。"

"你说话竟然还用一、二、三，果然是三角形。" 她笑了起来。

我看着她的酒窝，心想如果国语推行员此刻就在这里，该有多好。

"我还是确定一下好了。" 我问，"你有订回程的游览车吗？"

"回程的游览车？"

"是啊，不然我们怎么回去？"

"所以回程也要订吗？"

"难道你……" 我大惊失色。

"废话。" 她笑了，"我当然有订回程，明天下午四点车子会来。"

"你吓了我一跳。" 我松了一口气。

"我只是迷糊，又不是白痴。" 她又笑了起来。

我突然想起我现在也在屏东，虽然我在深山、国语推行员在平地，

但同样是在屏东，距离应该变近了吧？

艾琳跟着一些男生去夜游，我觉得累了，就想进去房间睡觉。

我把外套拉链拉到顶，立起衣领，像虾子一样缩着身体躺在地板上。

屋外隐约传来一些笑声，让我觉得很安心，便沉沉睡去。

醒来后，戴上眼镜，看见右侧睡的我右边躺了个左侧睡的同学，

那是张女生的脸，我们两张脸的距离不到 20 厘米。

一、二、三……

我整个人往后弹起，后脑勺还撞到放置在地板上的茶几，好痛！

但痛不是重点，重点是那是艾琳的脸啊！

"早。" 艾琳似乎被我吵醒，睁开眼睛说。

"你……" 我竟然结巴了，"你怎么会躺在这里？"

"因为这里有位置呀！" 她直起身，伸了个懒腰。

四下有好几个同学还在睡，我赶紧起身，拉着艾琳走出房间。

"你应该去睡女生那间的通铺啊！" 我说。

"我害那么多人睡地板，我怎么好意思自己去睡通铺呢？"

"可是……" 我又结巴了。

"欸，你睡觉时很会打呼，很吵耶！" 她说，"我差点揍你。"

我瞬间脸红，说不出话。

整个上午我的脸都是红的，尤其是想到醒来后艾琳的脸就在眼前时。

虽然睡得熟，但靠那么近，睡梦中翻身时会不会抱着她？

然后我竟然又莫名其妙想起国语推行员。

我想起近看她眼睛眯成一条缝时，整个视野范围都是她的脸。

多么平静安详的一张脸啊，我仿佛又可以闻到国语推行员的呼吸。

下午要上车回学校时，我看见艾琳打了几个喷嚏。

"你感冒了吗？"

"应该吧。"艾琳说，"大概是被你传染。"

"被我传染？"

"因为昨天晚上我们两个人睡在一起呀！"

我赶紧捂住她的嘴，但来不及了，同学都听到了。

这下跳到黄河也洗不清了。

"挖洗里Ａ狼喽（我是你的人了）。"艾琳拨开我捂住她嘴的手。

"不要再开玩笑了。"

"那我这样说，对吗？"

"算对。"

"你也认同我是你的人了？"

"不不不。"我急忙摇手，"我是说你那句话的发音算对。"

"你真老实。"她笑得很开心。

之后有一段时间，我看见艾琳时会觉得尴尬，但她却若无其事。

照理说，女生应该比较尴尬吧？

毕竟如果这种情形发生在古代，她搞不好就要一辈子跟着我耶。

新生杯篮球赛决赛那晚，经历紧张刺激的球赛后，我们班拿到冠军。

同学们都很亢奋，又叫又跳的，还想热烈庆祝一下。

刚好这天是我 19 岁生日，大家提议买个蛋糕回宿舍顺便帮我庆生。

我们在宿舍十楼的交谊厅庆祝，欢笑声不断，也不怕吵到别人。

反正这层楼住的都是我们自己系上的学生。

虽然照理说女生不能进男生宿舍，但艾琳还是溜上来了。

可能被周遭的亢奋气氛感染，切蛋糕前艾琳对我说："我要献吻。"

我以为她在开玩笑，但大家马上拍手叫好。

"不行啦！" 我说。

"你们在屏东那晚都睡在一起了，亲一下有什么关系。" 同学说。

我哑口无言，而同学们则开始起哄。

"不要闹了。" 我看苗头不对，便想开溜。

"同学们！" 艾琳指着我，"抓住他！"

好几个同学立刻围上来抓住我，按住我乖乖坐在椅子上。

我每只手各被两个同学紧抓着，身体被牢牢抱住，头也被固定着。

还有人趴在地上拉住我小腿。

我丝毫动弹不得，只见艾琳笑得很开心。

艾琳慢慢靠近我，微嘟着嘴，轻轻在我右脸颊啄了一下。

我感觉右脸颊被她柔软的嘴唇触碰，虽然一触即弹开，

但接触的瞬间产生一股电流，电得我脸颊发红发热、心跳也狂飙。

同学们很满意地放开我，趴在地上拉住我小腿的人也满足地站起身。

所有人都哈哈大笑，只有我一脸茫然。

之后发生什么我有点模糊，我像是喝醉酒的人那样朦胧。

以致同学们拿蛋糕涂我的脸时，我也都随便了。

直到女生宿舍的门禁时间快到了，同学们又起哄要我送艾琳回去。

我跟艾琳坐电梯下楼，我还是有些恍惚。

走出宿舍，夜风拂面，我才算有了三分清醒。

我们在夜空下并肩走着，大约有三分钟的沉默。

"感觉怎样？" 艾琳突然打破沉默。

"什么感觉？"

"初吻呀！" 她问："你是初吻吧？"

"呃……" 我又脸红了，"算是吧。"

她笑了起来，我看着她的酒窝，又想起国语推行员。

"那么感觉怎样？" 她又问。

"什么感觉？"

"初吻呀！" 她说，"你在跳针吗？"

"喔。" 我想了一下，"就像看到《出师表》。"

"《出师表》？" 她很纳闷。

"难得有女生肯亲我，我就像看到《出师表》一样感动。"

她又笑了起来，酒窝更深了。

"三角形。" 她说，"我有时候觉得你很有趣。"

"是吗？"

"嗯。" 她点点头，"是很有趣的那种。"

"是吗？"

"你在跳针吗？"

"对。"

我们都笑了起来，女生宿舍快到了。

"西类（抱歉）。" 她说，"没经过你允许，我就那样做。"

"不用抱歉。" 我笑了笑，"我知道你喜欢开玩笑。"

"其实……" 她语尾音拖得很长。

"其实什么？"

"我没开玩笑的意思。"

我心下一震，停下脚步。女生宿舍就在眼前了。

"三角形。" 艾琳也停下脚步，"我告诉你一件事。"

"请说。"

"我也是。"

"也是什么？"

"我也是初吻。"

我愣了愣，还没回神时，她已经挥挥手走进女生宿舍了。

我下意识摸了摸右脸颊，好像还残存着她嘴唇的柔软触感。

抬头看着夜空，天边挂着几颗星星。

我想，艾琳应该是一颗闪亮的星星吧。

严格说起来亲脸颊这种事可能不算初吻，但她说是就是吧。

我心里开始有了一些微妙的化学变化，面对艾琳时不再那么自然。

而看到她脸颊上露出的酒窝时，我开始觉得那非常迷人。

我不知道是否我"心动"了，只知道如果不要再有迟到的遗憾，
应该要有所行动。

酝酿了一些时间后，我终于鼓起勇气约艾琳一起看电影。

至于初中时看过的那本书说第一次约会时千万不要看电影，
我完全不想理它。

因为我想定调我和国语推行员那年一起看电影，就是第一次约会。

"你要约我看电影？" 艾琳似乎很惊讶。

"嗯。" 我很紧张，"等期末考考完之后。"

"三角形。" 她问，"你是要追我吗？"

我的尴尬度瞬间破表，完全说不出话。

"我说对了？" 她打量着我。

我没法"说谎"，终于缓缓地，点了点头。

"你还是一样老实。" 她微微一笑。

"那么……" 我有点结巴，"可以吗？"

"这个嘛……" 她想了一下。

"如果不方便，没关系。"

我觉得应该被拒绝了，有点尴尬，转身就离开。

"三角形！" 艾琳叫住我。

我停下脚步回头，但没说话，只是看着她。

"明晚我先请你吃饭。" 她问，"你有空吗？"

"当然有空。" 我很纳闷，"但是，你先请我吃饭？"

"嗯。" 她点点头，"你怎么不问我，是不是想先倒追你？"

我脸红了，她却笑得很开心。

虽然很纳闷要约女生看电影时，女生竟然说要先请你吃饭。

但艾琳要请我吃饭，应该是她给的一个很好的回应。

我依照约定时间，来到跟艾琳约好的餐厅门口。

一走进餐厅，便看见她站起身跟我招招手，我向她走去。

我走到艾琳的桌旁，却发现她身旁坐了一个男生。

"三角形。" 她指着身旁的他，"我跟你介绍，这位是我男朋友。"

突然五雷轰顶，我感觉魂飞魄散，站也不是，坐也不是。

"你坐呀！" 艾琳指着我，"他叫蔡志常，是我们班的副班代，平时都是他在帮我，而且他还教我讲闽南语呢。他人很老实，也很有趣，我都叫他三角形。我们是很要好的同班同学……"

艾琳口若悬河、滔滔不绝，我很想叫她不要再说了。

再说下去，她男朋友不会吃醋吗？

万一她男朋友吃醋抓狂了，场面会很尴尬吧？

"三角形。" 艾琳终于停了，"你怎么还不坐下？"

我只好挪动早已僵直的腿，缓缓坐在椅子上。

"很高兴认识你。" 她男朋友伸出右手，"谢谢你平常照顾艾琳。"

我只好也伸出右手，跟他握了握，但讲不出半句话。

还有更尴尬的吗？

艾琳说他们高中就认识了，上大学后在迎新舞会巧遇，

之后就马上交往，成为男女朋友。

"屏东那个私房景点，就是他骑摩托车载我去玩的，所以我才知道。"

她笑了笑，"但没过夜，所以才不清楚住宿的状况。"

喔，原来如此。但这已经不重要了吧？

虽然很想马上离开现场，但我只能乖乖坐下，赶快吃完饭。

吃的是排餐，菜是一道一道上的，上菜的间隔时间又长。

我很想大叫："把所有的菜一次上完吧！来吧！一起上吧！我随便了！"

但我只能咬牙忍受这缓慢而冗长的过程。

如果将来发明了时光机可以穿越时空，我一定要从未来坐回现在，绝对要阻止我走进餐厅忍受这一个多小时地狱般的煎熬。

终于要结束了，我自由了。
走出餐厅的瞬间，我马上跟他们说了声 byebye，转身光速离开。
我从没想过我走路的速度能有这么快。

"三角形！" 艾琳的声音从背后传来，"等等我！"
我停下脚步，回头看见她正朝我跑来。
"你……" 她追上了我，停下脚步喘气，"你没事吧？"
"我没事。" 我说，"但我很抱歉，请你忘了看电影这件事吧。"
我说完后，又转身光速离开，这次就不回头了。

坦白说，我并没有类似"失恋" 的感觉，因为我和艾琳还没开始。
我只是被艾琳的一句话深深冲击："我们是很要好的同班同学。"
我原以为，我跟她的互动可能超过单纯的同学关系；
加上经过"初吻" 事件的催化，我以为她应该算"喜欢" 我，
最起码有一定的好感。

没想到这些都只是我"以为" 而已。
对艾琳而言，"我们是很要好的同班同学"。

我想起高二那年跟国语推行员看电影时，她一直强调：
"我和他只是初中同学。"
我觉得国语推行员应该对我有好感，或至少我们有些暧昧；
但国语推行员会不会也像艾琳一样，认为"我们只是同学"？

我想由过去的某些片段，"证明"国语推行员应该是喜欢我，
或起码有好感或暧昧，而不是只是以单纯的同学关系看待我。
但我根本无法证明，而且艾琳事件的经验也告诉我，
国语推行员很可能也只是把我当成很要好的初中同学而已。

如果国语推行员只把我当同学，那我就没有"迟到"的遗憾。
搞不好我反而该庆幸当初没有行动，不然也只会留下尴尬而已。
即使，国语推行员对我比单纯的同学还多出一点暧昧，
但暧昧就像所有鲜亮的东西一样，随着时间过去，是会褪色的。
经过这些年流动，她当初对我的暧昧，现在也应该褪色消失了吧。

再假设一个最完美的状况。
初中时的我是A，初中时的国语推行员是B。
A和B是相爱的。
上大学的我变成A1，A1与A有所差异；
在屏东医院工作的国语推行员变成B1，B1与B也有所差异。
那么，A1和B1还是会相爱吗？

我像是努力维持形状的布丁，脑中不断变换思维模式与自己辩论着。
但我完全无法得到验证或结论，思绪一片混沌。
国语推行员跟我，到底是什么关系呢？

大一的日子要结束了，在结束前我做了一次验算。
国语推行员依然是我心目中最温柔善解的女孩。
可是……

我始终算不出来，我在她心目中，是以什么角色存在着？

9.

在一片迷茫中，我升上大二。

开始有了学弟妹，也开始有人叫我学长，我感觉自己又长大了。

如果这时让我看到盐山，我一定觉得盐山更小、更低。

我也开始躲避接触艾琳，还好我们都不是干部了，没公事要合作。

上课时如果她坐在教室左前方，我就坐右后方，取对角线最长距离。

下课后或平时班上的活动，我一定避开她，连眼神也避免接触。

至于教她讲闽南语？这事已经完全不干了。

甚至自己也避免讲闽南语，因为我尽量不要想起国语推行员。

我对艾琳并不存在生气、怨恨等负面情绪，只是单纯觉得尴尬而已。

然而毕竟是同班同学，根本不可能完全避开。

一旦不小心有眼神接触之类的，我会勉强挤个微笑，然后光速离开。

有几次感觉艾琳特地向我走过来，或是她试图跟我说话，

但我马上会光速离开。

我知道这种行为很不成熟，我应该要坦然与艾琳当同学、当朋友。

可是我真的觉得很尴尬。

另外我也怕经历这事件后，以后还可以跟艾琳维持正常的同学关系。

因为这会让我联想，即使我和国语推行员过去那段可能有感情成分，

日后还是可以保持单纯的同学关系。

在我心里，即使知道以后很可能不会跟国语推行员有任何发展，

我仍然希望将来我跟她之间，不只是同学关系。

我在班上没被选为干部，但在社团里却被选为文书组的干部。

环保社的活动算多，所以我进社团的时间也变多了。

今年环保社新收的大一社员不少，女生比例也很高。

在社办经常看到一些新生女社员围在一起叽叽喳喳，很热闹的样子。

甚至还有一个新生女社员常常拿教科书来社办念书。

有这么认真吗？

一问之下才知道，她的家在台南，所以没住宿舍。

白天如果空堂没课，就直接到社办来，不像住宿的学生会回寝室。

我注意到她在社办时总是拿出课本，坐着低头认真演算。

不知道为什么，看见她演算时的侧面，我就想起国语推行员。

没想到她竟然咬笔苦思！

认真的侧面、咬笔的神情，仿佛国语推行员正活生生地坐在我面前。

也许只是我太久没看见国语推行员咬笔苦思的神情；

也许只是国语推行员咬笔苦思的神情在我记忆里太鲜明深刻；

所以即使她和国语推行员并不是那么相像，

我还是将国语推行员的身影投射在她身上。

我忍不住悄悄靠近，想看看她被哪道题目困扰着？

"学长。" 她转头往左上方看着我，"有事吗？"

"没事。" 我很尴尬，"抱歉，只是好奇你在算什么？"

"微积分。" 她把书本合上，指着封面上的字：calculus.

"喔。" 我说，"那你要节哀。"

"节哀？"

"嗯。" 我笑了笑，"因为微积分有点难。"

"不是有点难，是太难了！" 她苦着脸，"上课几乎都听不懂。"

"是吗？"

"嗯。" 她说，"我从小数学就不好，碰上微积分头就更痛了。"

听到 "数学不好" 这句，国语推行员的身影又浮现在眼前。

"可以让我看看你刚刚在算的那题吗？"

"好。" 她翻开课本，翻到某一页停住，指着右上角，"就这题。"

"你的笔借我好吗？" 我看完题目后说，"还有借我一张纸。"

她立刻将手中的笔递给我，我看着笔上的咬痕，有些恍惚。

"学长。" 她叫了一声。

"嗯？"

"纸。" 她手中拿着一张纸，作势要递给我。

"喔。" 我伸手接下。

我站着微弯着身，把纸放在桌上，一边演算，一边说明。

"这样明白了吗？" 我问。

"嗯。" 她用力点头，"学长，你好强哦，你怎么那么厉害。"

"只是学过而已。" 我笑了笑，"还有别的题目吗？"

"当然有呀！" 她说，"学长你还可以教我吗？"

"嗯。" 我点点头。

她马上翻开另一页，指着其中一道题目。

"只有这题吗？"

"不。" 她说，"是除了这题会算外，其他全部都不会。"

"啊？"

"我微积分真的很烂。" 她笑了笑，吐了吐舌头。
"我尽量了。" 我看着那一整页满满都是题目，凉了半截。

"抱歉，学长。" 她突然站起身，让出座位，"椅子给你坐。"
我愣了愣，忘了要回应。
"学长。" 她笑了笑，"请坐呀！"
我缓缓坐下，感觉像坐时光机回到从前。

我试着一题一题运算，但常需要停顿一下、思考一下。
以前国语推行员在我解题过程中完全不说话也没任何动作，
我解完后她也只是缓缓点个头，最后说句音量几乎细不可闻的谢谢。
而这个学妹在我解题过程中，常常插嘴问为什么或要我再说一次；
我解完后她会明显表达原来如此或懂了，甚至兴奋地手舞足蹈，
然后噼里啪啦说出一串学长你好棒、好强、好厉害之类的赞美话。

她跟国语推行员完全不一样，她的话很多，表情丰富、动作急躁；
但我却总是在她身上看到国语推行员的身影。
我想，我一定太怀念以前在教室里教国语推行员数学时的情景。

大约算完第五或第六题时，我转头将脸微微朝右上，
视线刚好接触站着弯身把脸凑近看我演算的她。
她笑了，虽然没有酒窝，但她的笑声很好听，我也跟着笑了。
社办充满着我们的笑声，隐约还可以听到回音。

脑海里突然跳出一幅清晰的影像，而且自动播放，还有声音。
我坐着脸微微朝右上，而国语推行员站着弯身把脸凑近看我计算。
我和她之间的距离只剩20厘米，而且她的背部终于不再是挺直。

然后我们都笑得很开心，她左脸颊露出酒窝，很深很可爱。

寂静的教室里，充满着我们的笑声，甚至还有回音。

仿佛这世界只剩下我们两人的笑声。

我眼眶湿润，视线有些模糊。

那瞬间，我终于明白，我有多么怀念那充满整间教室的笑声。

我也终于明白，我有多么想念国语推行员。

原以为我上大学后，想念国语推行员的次数会越来越少。

就像微积分里的"极限"概念，随着时间越来越长，想起她的次数，

将会越来越少，最后趋近于零。

但没想到如果你思念一个人的次数越来越少时，

有时并不表示你渐渐忘了她，也许只是因为这种相思已慢慢入骨。

"学长。你是不是累了？" 她说，"我看你眼睛红红的。"

"喔。" 我回到现实，赶紧摘下眼镜，揉了揉眼睛。

"学长。" 她似乎很不好意思，"抱歉让你这么累。"

"不要这么说。" 我勉强挤了个微笑，"没事。"

"学长，真的很谢谢你。" 她急匆匆将微积分课本收进她的背包里，

"以后我还可以问你微积分吗？"

"当然可以。"

"那太好了。" 她笑了起来，"学长，我是企管一的赵丽娟。"

"幸会。" 我在心里念了赵丽娟这名字几次。

还好，这名字没有任何谐音。

"我的绰号是麦茶。" 她的笑声很好听，"学长可以叫我麦茶。"

"麦茶？" 我很纳闷，"你喜欢喝麦茶？"

"不是。因为我话很多，打开话匣子就说个不停。别人有时觉得吵，就会叫我'卖岔'。" 她又笑了，"卖岔就是闽南语别吵的意思。"

"我知道。" 原来还是躲不过。

"卖岔卖岔叫久了，就演变成麦茶这个绰号。"

"麦茶这绰号好听。" 我说。

"学长有绰号吗？"

"目前没有。"

"那我帮你取一个。" 她说，"学长微积分这么强，干脆叫：小微、小积、小微积、微积之神、微积王子、神算微积子、微积不危机、微微一笑很机车……"

"麦茶。" 我叫了声，算是打断她。

"哦？" 她愣了愣，随即笑了起来，"学长你终于知道我这个麦茶绰号的真谛了。"

我也笑了笑。这个学妹虽然话多了点，但个性不错。

"学长，我走了。" 她拿起背包，"下次再请教你微积分。"

麦茶走后，我坐在社办里，专心回味教国语推行员数学时的记忆。

此后麦茶每次到社办都会背个背包，包里一定有微积分那本教科书。

如果我也去社办，便会教她微积分。

我坐着算，她站着弯身把脸凑近看我的计算过程。

这幅景象很像以前在放学后的教室里教国语推行员数学时的场景。

差别的只是，麦茶在那过程中常常插嘴、话说不停。

我很喜欢在社办教麦茶微积分的感觉，那种感觉像是一种慰藉。

慰藉我思念国语推行员的心，让我的心很平静。

就像看到国语推行员缓慢而流畅的动作时总是觉得心情很平静那样。

每当拿起麦茶的笔，我都会下意识先看一眼笔盖的咬痕。

在演算说明的过程中，有时会恍惚，便会不自觉将脸转往右上，

仿佛这样就可以看到国语推行员的脸，看到她的酒窝，

听见她的笑声。

可能麦茶很感谢我吧，她常带些食物或饮料请我吃。

"学长。" 她拿出一盘蛋糕，"这是我做的，你吃吃看。"

"你会做蛋糕喔。" 我很惊讶。

"这又没什么，只要有烤箱，谁都会做。"

"你给我十个烤箱，我也不会做。" 我说，"所以你很厉害。"

麦茶似乎有点不好意思，淡淡地笑了笑。

这样的相处模式久了，我跟麦茶便算很熟。

如果教她微积分时累了，我们会走出社办聊聊天。

麦茶的话真的算多，聊天时通常是她在讲，而我只是听。

她聊天的话题很广，几乎是想到什么说什么，别人很难打断她。

但说到一半时她可能突然改变话题，然后就回不去原来的话题。

就像行驶在高速公路的车子，原本有个目的地；

中途突然下了某个交流道后便四处乱窜，再也回不去高速公路上。

室友林家兴是拉我进环保社的环保社员，他常看到我和麦茶的互动。

"麦茶常问你功课，又做蛋糕给你吃，应该对你有意思。" 他说。

"不会吧？"

"我觉得她应该喜欢你。" 他说，"如果要追就要快，我们学校男女

的比例几乎快十比一，只要女生还不错，很快就被追走了。"

"那就祝福她早点被追走吧。"
"欸，我是说真的。" 他似乎很急，"你赶快约她看电影。"
"如果我约她看电影，她可能会先请我吃饭。"
"为什么？"
"没什么。这只有我自己才懂。"
他听了一头雾水，我也没再解释。

即使别人看来麦茶似乎对我有好感，但我还是觉得我和她很单纯。
经过艾琳事件后，我不敢再自作多情，也很怕误判。
所以如果像是我和麦茶的相处模式，我会倾向这没什么，
就是热心的学长教学妹微积分，而学妹做点东西表达感谢之情。
就这样而已。

说到艾琳，不成熟的我还是躲着她，直到迎新露营才躲不掉。
我们要帮系上大一新生办迎新，就像去年学长帮我们办迎新一样。
系上的传统是办露营活动，所以我们挑了个地点去露营。
我们班有很多人是工作人员，我和艾琳都是。
晚上大一学弟妹进帐篷睡觉后，我一个人在营火边守夜。
陪伴我的，只有一台收音机，和它播放出的歌曲。

冬天深夜的户外特别冷，我泡了杯热茶，坐着靠近营火取暖。
没想到艾琳钻出帐篷，向营火走来，我反射动作就是站起身想跑，
但意识到我正在守夜不能离开，便尴尬地僵在当场。
"三角形。" 艾琳说，"你不用担心，我不会说话。"
她走到营火边也坐下，果然没再说话。

我才缓缓地坐下。

"五告令（有够冷）。" 收音机连续播放了三首歌后，她突然说。
不是说了不会说话吗？怎么还说？
"再去加件衣服吧。" 过了一会儿后，我说。
"挖甘哪请安咧（我只有穿这样）。"
我看她直打哆嗦，只好脱下自己的外套，递给她。

"安咧里 A 令（这样你会冷）。" 她伸手接下。
"我没关系。"
"兜瞎（多谢）。" 她穿上我外套。
"不用客气。"
然后她终于不说话了。

"我可以上厕所吗？" 收音机又播放了两首歌后，她又开口。
"当然可以。" 我说，"不过不要把营火灭了。"
"我为什么要把营火灭了？" 她很纳闷。
我没回答。只是指着 20 米外的厕所，并给她手电筒。
"有点暗，走路小心。" 我说。
"谢谢。" 她接过手电筒。

她上完厕所回来后，收音机正播放邰肇玫的《沉默》。
她站着、我坐着，我们都沉默。
"我去睡了。" 《沉默》播完后，她打破沉默。
我只点个头，保持沉默。

她钻进帐篷后，没多久又钻出来，走到我身边。

"手电筒还你。" 她说。

我接过手电筒，点个头，还是没说话。

"对不起。" 她说。

我愣了愣，不懂她为什么说对不起，便看着她。

她欲言又止，停顿一会，还是没往下说。

她转身又钻进帐篷，但很快又钻出来，走到我身边。

"外套还你。" 她说。

我接过外套，迅速穿上。

收音机播放着《忘了我是谁》，艾琳跟着旋律哼唱了几句。

"你约我看电影时，我其实只要说我有男朋友了就好。" 她说，

"但我有男朋友了这句话我对你说不出口。"

我看着她，还是没说话。

"你可能想问我为什么，但我真的不知道。" 她说，"我只知道那时完全不想对你说我有男朋友了。"

我还是没接话，只是看着她。

"完全不想。" 她又强调。

她走回帐篷边，钻进帐篷。过了一会儿后又从帐篷钻出来。

"你刚刚说：不要把营火灭了。" 她走到我身边，"你以为我会直接尿在营火上？"

"你不会吗？"

"当然不会！" 她笑了起来，露出酒窝，"你真的很无聊。"

我看着她的酒窝，并没有联想起国语推行员。

对我而言，艾琳的酒窝似乎已经只是她脸部的特征而已。

她又钻进她的帐篷。她到底累不累？我看得都累了。

看她这样钻进钻出帐篷，不由得让我想到以前常在女生宿舍门口，

看她跑进跑出宿舍大门。我记得最高纪录是四次来回。

没想到她竟然又钻出帐篷，走了过来。

破纪录了，这是第五次。

"我可以在这里陪你守夜吗？" 她说。

"外面很冷，你受不了的。" 我说，"你还是回帐篷睡觉吧。"

"好吧。"

"你这次回帐篷后，不要再出来了。"

"如果我又出来呢？"

"你可以试试看。"

我看她终于又钻进她的帐篷，这应该是最后一次了吧。

但我猜错了，艾琳钻出帐篷，抱着睡袋走到我身边。

收音机此刻播放着齐豫的《橄榄树》。

"你怎么又出来了？"

"你不是要我企跨埋（试试看）？"

"你……"

"不要问我从哪里来，我的故乡在远方……" 她哼唱《橄榄树》。

她把睡袋铺在地上，拉开睡袋拉链，人钻进去躺下，再拉上拉链。

"晚安。三角形。" 她说完后便闭上双眼，不再说话。

我也没再说话，转过身，面对着营火。

《橄榄树》播完了，接着播放《思念总在分手后》。

在寂静寒冷的冬天深夜，这是非常适合思念国语推行员的歌。

我不懂为什么艾琳完全不想说那句话。

说"我有男朋友了"应该很简单吧。

但这已经不重要了，我不想耗脑力去想，更不想问她。

之后我还是会选择避开艾琳，但不再是光速离开，而是尽量远离。

尽量就好，但不会太刻意。

反而我和麦茶碰面的机会增加了，以前我有事才会进社办，

渐渐变成没事也会进社办。

而我只要进社办，遇见麦茶的概率相当高。

我和她的互动模式还是一样，我教她微积分、偶尔走出社办聊天。

"学长。"麦茶说，"你认为你像指数函数——e的 x次方吗？"

"为什么这么问？"我很纳闷。

"因为不管对指数函数微分多少次，都是 e的 x次方，永远不变。"

她说，"你说过这就像坚定不移的爱情，再怎么微分，都不会变。"

"是啊，我说过。"我说，"但是你突然问我……"

"这种比喻很美。"她打断我，"所以想问学长认为自己像吗？"

"我顶多就是 x的一次方，微分一次就变成常数。"我笑了笑，

"如果再微分一次，就变成 0了。"

"学长真的这么认为吗？"她说。

"大概吧。"我耸耸肩，"我最多只能被微分两次。"

"可是我觉得学长你像指数函数耶。"

"你为什么觉得我像？"我有点惊讶。

"感觉呀，没有为什么。就像我感觉企鹅一定很可爱那样。"她说，

"我去年去木栅动物园看到企鹅，哇！真的好可爱，我那时……"
她下企鹅交流道了，再也回不去高速公路，回不去指数函数这话题。

一个礼拜后我走进社办，看见麦茶一副神秘兮兮的样子。
"学长。"她突然大叫，"生日快乐！"
我吓了一大跳，一时之间说不出话。
"我做了蛋糕给你。"她拿出一个6英寸左右的小蛋糕。
蛋糕上还用奶油写下：微积分学长生日快乐。

"你怎么知道今天是我生日？"我很惊讶。
"上礼拜林家兴学长偷偷告诉我的。"
原来如此，看来他还是希望我赶快追求麦茶。
"谢谢你。"我指着蛋糕上的字，"你的手很巧，很厉害。"
"雕虫小技而已。"她笑了笑。

我吃了两小块蛋糕，麦茶吃一小块，剩下大约一半就留给其他社员。
我和麦茶走出社办，走到阳台边，靠着栏杆聊天。
"学长。"她问，"你会喜欢话多的女生吗？"
"嗯……"我想了一下。
我认识的女孩不多，话多的我会直觉想到艾琳，当然麦茶的话更多。

"话多或话少的女生，我没什么特别的感觉。"我说，"但如果我喜欢的女孩话很多，那么我就会喜欢话多的女生。"
"意思是如果你喜欢的女孩话很少，那你就会喜欢话少的女生？"
"差不多是这意思。"
"学长真的像指数函数。"她笑了笑。
话题又要转到指数函数了吗？

"你为什么突然问我喜不喜欢话多的女生？"

"嗯……" 她想了一下，"其实我想跟学长说一件事。"

"什么事？"

"我……"

她竟然有点结巴，说不出话，这对话很多的她而言，落差很大。

"怎么了？" 我问。

"我有一个喜欢的人。" 她的脸似乎泛红。

"喔。" 我有点尴尬，不知道要接什么，只能说，"那很好。"

"他也是环保社的社员，算是我的学长。" 她的脸更红了，"我每次来社办，只是想见到他。我很想跟他告白，但始终说不出口。"

"他是谁？"

麦茶的脸瞬间暴红，没有回话，低下头。

等等。难道说……

麦茶喜欢的人是我？

啊？怎么办？我没心理准备啊，我对她也没特别的意思啊。

如果她直接说出口了，我怎么回应？要说什么话？

要表示接受？婉拒？或只要帅气地说声"我知道了，辛苦你了"？

我不知道怎么回应啊，完全没经验，也没人教过我。

我突然紧张度破表，心跳瞬间狂飙，很想逃离现场。

"是……" 她吞吞吐吐，"是社长。"

什么？不是我？怎么不是我？虽说松了一口气但也有些失望。

而且我对刚刚的自作多情超尴尬。

"原来是社长喔。" 我定了定心神，勉强镇定。

"终于说出口了，好开心。" 她呼出一口长长的气，"还好有学长你可以听我说这个，不然我都不知道可以跟谁说。"

"这是我的荣幸。"

"社长不知道会不会喜欢话多的女生？"

"你只是健谈，健谈当然话就多。" 我说，"你有很多优点，认真、乖巧、可爱，而且又有手艺，很多男生都会喜欢你。"

"真的吗？" 她眼睛睁得很大。

"嗯。" 我点点头。

麦茶说她对具有什么"长" 身份的，比方班长、社长等，
会莫名其妙有一种仰慕之情。
社长是大三生，身材高高瘦瘦，长相斯文，谈吐温和。
他平时话不多，但在社团里发号施令时有一股魅力。
麦茶一进环保社便被社长深深吸引，开始暗恋他。
所以只要空堂没课，她就往社办跑，希望能看到社长。
而待在社办等待社长出现的时间里，她就拿微积分来打发时间。

原来麦茶不是把社办当图书馆，她只是在社办里等待见到社长。
这确实是能多看到社长、接近社长的最笨却最直接、有效的办法。
而漫长的等待中，复习微积分既可打发时间，功课也能进步。
如果社长出现了，看到她总是认真在社办念书，也会留下好印象。

"我很佩服你的毅力。" 我说。

"毅力？" 她笑了笑，"如果喜欢一个人，当然想每天看到他。每次到社办都可能看到他，这过程令人期待又兴奋，一点也不苦。就像如果每天低头走路都很有可能捡到钱，于是就每天低头走路，走了

好几年。这不叫毅力，只是单纯想每天都捡到钱。"

"说的也是。" 我也笑了笑，麦茶的话真的多。

"学长热心教我微积分，我很感激也很感动。" 她说，"但很抱歉，
常常你认真教我时，我心里却只想着社长怎么没出现。我只想看到
社长，很难专心听你讲解微积分。如果我们走出社办聊天时，我也
一直偷瞄社办的门，看看社长是否会走进社办。"
麦茶一直道歉，我笑了笑说没关系。

但我突然想起国语推行员。
初中三年我都是班长，国语推行员会不会也像麦茶一样，
对"班长" 有种莫名的仰慕之情？
如果她有，那么早已不再是班长的我，她还有可能"仰慕" 吗？

以前放学后的教室里，我教她数学，她站着弯身把脸凑近看我演算。
偶尔我转头将脸微微朝右上接触她的视线，偶尔我们相视而笑。
我一直觉得这样的互动，酝酿了我和她之间的情感。

但如果国语推行员也像麦茶一样的心态呢？
国语推行员会不会只是一心想把数学成绩提高，
并认为一直认真教她的我，只是个热心的同学而已？

这天是我 20岁生日，我做了一次验算。
国语推行员依然是我心目中最温柔善解的女孩。
可是在她心目中，我们是有感情基础？
还是我只是个热心助人的好同学而已？

国语推行员对我，是感激？感动？

还是有感情？

10.

大二剩下的日子里，我一次也没进社办。
因为如果我教麦茶微积分时，社长刚好也在社办，
那麦茶怎么跟社长互动？
而且万一社长以为我和麦茶有暧昧，那可能会断了麦茶的机会。

刚升上大三没多久，听林家兴说社长好像正跟麦茶在交往。
"你后悔了吧？" 林家兴说。
"我真是痛不欲生、痛心疾首、痛彻心扉啊！" 我说。
"别难过了。" 他拍拍我的肩，"我请你吃饭。"
"这种痛除了高级排餐外，根本无法抚平啊！"
所以除了替麦茶感到高兴外，我还额外赚到一顿高级排餐。

既然麦茶已经达阵，我对进社办便不再有所顾忌。
当我在大三第一次要走进社办时，刚好在门口遇见正走出来的麦茶。
"学长。" 她大叫，"好久不见！"
我点了点头，笑了笑。

"学长怎么那么久没来？" 她说，"我还以为你是不是交了女朋友？
转学了？出海跑船了？出车祸失去记忆所以忘了社办在哪？练武功
练到闭关？要找寻生命的意义所以去环游世界？去……"
"麦茶。" 我打断她，"好久不见。"
她终于不再多说，笑了起来。

我们走到以前聊天的老位置，靠着阳台边的栏杆。

"你怎么跟社长在一起的？" 我问。

"生日蛋糕。" 她说，"我偷偷打听到社长的生日，便做了一个 8 英寸蛋糕想碰碰运气……"

"为什么社长的生日蛋糕是 8 英寸，我的才 6 英寸？"

"呀？" 她愣了愣，随即笑了起来，"学长你讲话很犀利。"

结果麦茶的运气很好，社长生日那天他有进社办。

麦茶鼓起勇气拿出生日蛋糕，社长虽然惊讶，却很高兴。

此后社长一进社办总会跟麦茶说说话，也会请她帮忙处理社务。

渐渐地，两人就走在一起了。

"学长，谢谢你教我微积分。" 她说，"原以为微积分一定会被当，我很担心也很恐慌。结果我大一上下学期的微积分都没被当，而且分数还不错，这都是你的功劳。"

"没那么夸张，是你自己很用功。"

"真的都是学长的功劳。" 她说，"学长的大恩大德，小妹来世必当结草衔环以报。"

我心想：其实你这辈子就可以考虑以身相许。

"你现在终于不用带微积分课本进社办了。" 我注意到她没拿背包。

"嗯。" 她点点头，"以后也不会进社办了。"

"啊？"

"我今天是来办退社的。" 她说，"我不想再看见社长。"

"为什么？" 我大吃一惊。

麦茶说她跟社长交往一段日子后，发现社长早已有个外校的女朋友。

但在本校，社长还是以单身状态同时与几个女生交往。

社长似乎很享受被女生仰慕的感觉，而且来者不拒。

"社长这么糟糕？" 我很惊讶。

"嗯。" 麦茶点个头。

"我看男生的眼光很差，第一眼的感觉如果是很好，后来就会发现很糟糕。社长就是这样，第一眼看到他时，觉得他很好。高中时我也暗恋过一个男生，第一眼的感觉超好，但后来那个人也很糟糕。"

"是喔。" 我说，"这其实也算特异功能吧。"

"唉。" 她叹了一口气，"我对男生第一眼的感觉明明误差很大，但偏偏就是会因为第一眼的感觉而喜欢上那个人。"

"这样确实伤脑筋。"

"学长。" 她看了我一眼，"你怎么不问我对你第一眼的感觉？"

"我不敢问。" 我笑了笑，"我怕你对我第一眼的感觉是好的。"

"其实我对学长第一眼的感觉很糟糕。" 她笑了笑，"非常糟糕。"

"真的吗？" 我很惊讶。

"那时我坐着算微积分，眼角瞄到你从后面慢慢靠近我，脚步很轻，鬼鬼祟祟的。我以为学长是色狼，想偷偷吃我豆腐。" 她笑了笑，"所以我只好赶紧转头看着你，问你要干什么。"

"真是不好意思。" 我想到当时的情景，觉得有些尴尬。

因为麦茶咬笔苦思的神情，让我把国语推行员的身影投射在她身上，我才会悄悄靠近她，想看看她被哪道题目所困扰。

"学长那时为什么会这样？" 她问。

我犹豫了一下，便跟麦茶细说国语推行员这个人。

这些年来，我是第一次跟别人提到我跟国语推行员的故事。
没想到一开口便一发不可收拾，我甚至还讲了思念她的心情。
我发觉我话也蛮多的，可能不输麦茶。

"学长，你绝对不是 x 的一次方。" 她听完后说，"我觉得你一定是
指数函数——e 的 x 次方。"
"你说过这是你的感觉。" 我说，"可是你的感觉误差很大耶。"
"我第一眼的感觉误差太大，但只要认识了，我的感觉却很准。"
她指着我，"学长你是 e 的 x 次方，不管怎么微分，都不会变。"
"我应该……" 我叹口气，"会变吧。"

"不管时间过了多久、不管你认识了多少女孩……"
麦茶的语气很笃定，"你对国语推行员的感情都不会变。"
我真的是这样吗？

"学长，我该走了。" 她笑了笑，"请你记住，我对你第一眼的感觉
很糟糕很糟糕，所以学长你一定是个很好很好的人。"
"谢谢。" 我也笑了笑，"我记住了。"
"再见。" 她转身走了几步，挥挥手，"很糟糕很糟糕的学长。"
麦茶走了，从此我没在社办遇见她。

大三是课业压力明显比较大的时期，一堆很硬的必修课要修。
开课的老师很多是大刀级，刀子早就磨好要砍学生。
我比以前认真多了，假日偶尔还会到系馆补做实验之类的。
另外我也兼了家教，主要是教一个初二女生数学。
较繁重的课业与当家教老师，让我的日子过得比以前忙碌。

那时很多家长会请大学生当家教老师，到家里来教小孩。

对大学生而言，当家教老师比其他打工性质的收入高很多，

所以我很珍惜这份工作。

我家教的时间是每周两次，每次两个小时，晚上七点到九点。

家教学生叫小敏，看起来很乖巧，在班上的成绩算中等。

第一次看见小敏时，觉得她一脸稚气，只是个小孩。

我心想，初二时的我和国语推行员，是否也是如此稚气的脸庞？

现在的我，觉得自己是成人了，那么国语推行员呢？

而成年人的她，会是什么样的容颜呢？

台湾解严后，中学生的发禁也跟着解除。

小敏的头发长度不再是切齐耳根，而是到了肩膀。

后颈被头发盖住，不再能散发出芬芳。

记忆中国语推行员后颈所散发出的芬芳，恐怕已经成了绝响。

我对初二数学得心应手，而且也有教国语推行员的丰富经验，

所以教小敏对我而言很轻松。

虽然我们两人都是坐着，不是我坐着、国语推行员站着弯身的情景，

但我偶尔还是会因为小敏的侧面而想起国语推行员。

有次我说明如何求解二元一次联立方程式时，

想起第一次教国语推行员时，就是教她求解二元一次联立方程式。

我不禁停下笔，眼眶发热。

那张考卷她才考25分，而且这分数是我改的。

当她松开口中咬住的笔，用笔尖点了考卷中的那道题目，

就是求解二元一次联立方程式啊！

没想到我对那张考卷的记忆这么鲜明深刻，

我甚至可以看到我用红笔在考卷右上角写着：25。

"你被罚 25 块，我就只考 25 分。这样你满意了吧？"

国语推行员低沉的声音隐约在耳边响起……

"老师。" 小敏叫了一声。

"喔。" 我回过神，声音有些干涩，"这样明白了吗？"

"老师，你还没算完。"

我低头一看，发现才解到一半，赶紧定了定神，把那道题目解完。

"这样明白了吗？"

"嗯。" 她点点头，"我明白了。"

"我再算一遍。"

"老师，我说我明白了。"

我有点恍惚，记忆中国语推行员通常至少需要演算两遍才会懂。

我让小敏练习别的题目，我在旁看她如何计算。

小敏思考时，右手手指会转动笔，逆时针转几圈，再顺时针转几圈。

"你怎么没咬笔？" 我问。

"咬笔？" 她说，"那很脏耶！"

"喔。" 我很不好意思，不该一直想起国语推行员。

"你们班有国语推行员这种干部吗？" 要下课时，我问。

"国语推行员？" 小敏很纳闷，"那是什么东西？"

"那是一种干部。任务是推行国语，而且还要抓讲闽南语的同学。"

"有这种干部吗？" 她很惊讶，"而且为什么要抓讲闽南语的同学？

讲闽南语不对吗？可是我们班很多人讲闽南语耶！"

看来国语推行员这种干部，真的走入历史，而且也被人遗忘了。

随着上课次数多了，我跟小敏越来越熟，偶尔会抽空闲聊。

虽然她叫我老师，但我们只差七岁，而且我也还是学生，

所以她并没有把我当长辈，应该是把我当兄长看待。

我记忆中初中女生的样子，大多数是文静内向；

小敏虽然乖巧，个性却非常活泼，人也很健谈。

"有男生会主动教你数学吗？" 我问。

"怎么可能？" 她说，"不嘲笑我就不错了。"

"所以都没有吗？"

"当然没有，谁会那么闲。" 她很好奇，"老师你为什么这么问？"

"如果，我只是说如果……" 我咳咳两声，"如果有男生主动教女生数学，而且教了一段时间，女生也愿意让男生教。你觉得如何？"

"那男生应该很喜欢女生。" 她马上说。

"女生呢？"

"顶多觉得这男生很热心。"

这个答案让我很泄气。

"女生应该也有可能喜欢教她的男生吧？" 我不死心，又问。

"如果教她的男生长得帅，就有可能喜欢他。如果长得不帅嘛……" 她微微一笑，"就只有感谢他喽！"

"那你觉得我长得帅吗？"

"老师。" 小敏仔细地打量我，笑了起来，"我觉得你问这个问题，

真的很有勇气。"

"我也觉得。"

唉，我竟然沦落到跟一个初二女生求证。

而小敏给的答案也是热心和感谢，这让我心情很低落。

圣诞节快到了，系上举办了一个莫名其妙的比赛：

12月30日中午前，看谁收到的圣诞卡片最多。

收到的卡片必须是寄来的，有贴邮票盖邮戳那种。

据说是某民间团体为了鼓励大家在圣诞节寄卡片，

所以赞助了一些钱和奖品，在大学校园内举办这种比赛。

因为奖品不错而且还有奖金，所以系上很多人很感兴趣。

要收到卡片的关键，除了被动等别人寄来外，

如果主动先寄卡片给对方，对方通常也会回寄卡片给你。

所以大家猛寄卡片给亲朋好友，期待可以收到对方回寄的卡片。

我猜今年圣诞卡片的销量可能会因为这种比赛而提高。

这是什么样的民间团体？搞不好只是卡片制造商而已。

我对这比赛没兴趣，而且小学、初中、高中的毕业通讯录都在老家，

如果要寄卡片，顶多只能寄给在大学里认识的人。

我以前没寄圣诞卡片的习惯，也不会为了不会赢的比赛而寄卡片。

但我竟然收到艾琳寄来的卡片，上面只写：三角形，圣诞快乐。

然后 PS：要记得回寄卡片给我哦！

白痴，这是系上的比赛，班上同学也是她的竞争者啊！

她寄给我，我就多一张卡片了。

谁会笨到回寄卡片，让她也多一张卡片呢？

回寄卡片？

我脑中灵光乍现，赶紧打开抽屉，翻出一张卡片。

寄件地址是屏东医院，收件人是我。

那是两年多前国语推行员寄给我的卡片，祝贺我金榜题名。

虽然只有短短几句，但看见她的字迹，我内心汹涌澎湃。

拿出放在抽屉深处的笔，那支她最常用的笔，咬得最惨的笔。

初中时在放学后的教室里，我拿这支笔在纸上边计算边说明给她听。

高中时在租屋处，我拿这支笔在纸上乱画，排解想念她时的心慌。

高考前夕，我拿这支笔在纸上用力写下：等考上大学后再说吧！

之后这支笔就被我深藏着，直到今天才重见天日。

看着笔盖的咬痕，所有过去的影像和声音一一浮现，历历在目。

回忆是很不可思议的情感，总是被完整珍藏在内心某个角落。

平时不会出现，除非触碰了某些开关，回忆才会被释放出来。

对我而言，这支笔就是开关。

我买了张圣诞卡片，想寄给国语推行员。

摊开卡片，拿起那支笔，我却不知道该写什么文字？

我坐在书桌前整整一晚，最后只写了圣诞快乐、平安喜乐等关键字，
便将卡片寄出。

将卡片投进邮筒的瞬间，就是我等待的开始。

一个多礼拜过后，我终于等到了。

我等到了一张卡片，但这张却是我寄出去的卡片。

差别只是在信封外面加盖了一个蓝色的印戳——查无此人。

看到那四个蓝色的字，我愣住的时间，
恐怕跟写这张卡片所花的时间一样长。

我又觉得"迟到"了。
我应该早点跟她联络，如果可以早一点，也许她还在屏东医院。
以前即使不知如何靠近她或无法靠近她，但起码知道她就在那里。
思念可以有方向，也有目的地。
现在她不在那里了，思念像脱手而出的气球，漫无目的、四处乱飘。

每一个最后一次，都不会知道自己是最后一次。
但缘分并不是一个圆，总有最后一次。
高二的那场电影，会是我和国语推行员的最后一次吗？

放寒假了，我回故乡过年。
乡下过年总是热闹，也总是可以见到许久未见的人。
这年我看到阿勇，是上大学后第一次看到他。
阿勇跟他哥借了辆车，要载我出去走走。
"你有汽车驾照吗？"我问。
"你是白痴吗？"阿勇敲一下我的头，"当然有！"

上车后才知道阿勇不只邀我，还邀了蔡玉卿。
"那你干吗邀我？"我说，"你应该只载她出去玩就好。"
"我……"阿勇吞吞吐吐，"我不敢。"
"起码你已经敢开口邀她了。"我点点头，"勇气可嘉。"
"我跟她说，是你要邀她。"
"喂！"
"我真的不敢开口说我要邀她。"他叹了一口气，"真的不敢。"

初中时，我就知道阿勇喜欢蔡玉卿，是默默喜欢那种，很低调。

我相信会有一些初中同学喜欢蔡玉卿，但能坚持到现在的人，

应该只有阿勇。

这些年来，蔡玉卿在哪念书、去哪工作、遇见什么人、发生什么事，

他都一清二楚。

甚至连蔡玉卿交了男朋友以及后来分手了，他都知道。

"咦？" 我很纳闷，"你不是不会说谎吗？"

"我是不会说谎没错。" 阿勇说，"但对蔡玉卿，我会。"

我没再追问，因为他这种心情，我明白。

到了蔡玉卿家，我和阿勇先下车，过年期间要进门拜年是传统。

这间三合院似的平房初一时看过，那时觉得很一般，没特别之处。

这些年在城市习惯了水泥巨兽，眼前这种红砖平房感觉十分老旧，

好像已经不属于这个时代，显得破败与荒凉。

"猪肠。" 阿勇说，"蔡玉卿刚跟男朋友分手，你……"

"我知道。" 我打断他，"这种话题我不会提。"

"还有今天尽量让蔡玉卿开心点。"

"嗯。" 我点点头，"其实你应该鼓起勇气追求她，她会很开心。"

"我不敢。" 阿勇抬头看了一眼天空。

我也抬头看着天空，几朵白云浮在空中，依然是可望而不可即。

一进屋便是人声鼎沸，客厅挤了十几个人，应该都是亲朋好友。

这些人我一个都不认识，也没看过，但还是可以坐下来闲聊。

即使互不认识，一句恭喜恭喜，便可轻易闲话家常。

蔡玉卿的面貌变化很大，曾经白里透红的皮肤现在有些暗沉，
脸颊上也残留着青春痘存在过的痕迹。
而以往总是羞涩的神情，现在看起来却有种沧桑感。
印象中的白云，虽说不至于变成乌云，但已经有点灰蒙蒙了。
我是靠声音认出她，她叫的那句"猪肠，好久不见"依旧是天然嗲。
如果她不说话，即使我们在路上擦肩，我也未必认得她。

在她家坐了十分钟后，我和阿勇先离开，蔡玉卿说她很快就出来。
才刚走出她的家门，视线便离不开隔壁同样也是三合院似的平房。
那是国语推行员的家，我也在初一时看过。
那时她穿着白色短袖 T恤、灰色运动长裤，在院子里晒衣服。
无论是抖衣服、拿衣架套衣服、把衣服挂在竹竿、拿夹子夹住衣服，
她的动作始终缓慢而流畅，那样的优雅总是让我心情很平静。

与蔡玉卿的家相比，国语推行员的家感觉更老旧也更荒凉。
院子里那条长长的竹竿没有挂上任何衣物，在寒风中显得萧瑟。
屋子里隐约传出声音，她会在家吗？我该唐突进门拜年吗？
我紧盯着院子，一心期待她能走出院子，走出我心里来到我眼前。

恍惚间她出现了，她还是穿着那件白色短袖 T恤和灰色运动长裤，
手里提了两桶衣服。
她看到我了，但两手都提了东西，只能用微笑打招呼。
她的模样完全没改变，已经 21岁的她还维持着 13岁的容颜。
但现在正值最寒冷的时节，只穿短袖衣服可以抵挡户外的寒风吗？

一阵尖锐刺耳的汽车喇叭声划破宁静，她的影像立刻消失。

"猪肠！" 阿勇在车内大叫，"快上车啦！"

我大梦初醒，赶紧跑到车边，打开车门，坐在副驾驶座上。

"你耳聋吗？" 阿勇猛敲一下我的头，"叫你那么多次都没听到！"

"抱歉。" 我摸摸被敲痛的头，"我……"

"猪肠。" 蔡玉卿说，"本姑娘问你这几年过得怎样？"

"她什么时候问的？"

"刚刚。"

"她有回来过年吗？"

"当然有。"

我马上抓住阿勇放在排挡杆的右手，他吓了一跳，紧急刹车。

"干吗啦！" 阿勇大叫。

"掉头。" 我说，"我要去找她，跟她说说话。"

"你可以自己回头跟她说话。" 蔡玉卿说。

"回头？" 我很纳闷，便转过头。

转头看见蔡玉卿的右手边似乎还坐着一个人。

将身体挪一挪，再增加头和脖子的转动角度……

身体猛地震动一下，我看见国语推行员坐在我正后方。

是21岁有血有肉的她，不是记忆中她 十几岁的影像。

"你这几年过得怎样？" 国语推行员问。

我竟然一个字也说不出来，我的喉咙没办法发音了。

"你是白痴吗？" 阿勇腾出右手敲一下我的头，"不会回答吗？"

"我过得很好。" 被敲痛的头让我终于可以说出话。

"那就好。" 国语推行员微微一笑。

仍然是那种只有嘴角拉出弧度的清淡微笑，完全没变。

她的模样或许成熟了点，但依旧是我记忆中的容颜。

而那容颜总是能轻易撼动我的心。

并不是因为她有多漂亮、多美丽、多动人，那样形容她很俗套。

而是因为这是由喜欢而产生的主观美感，我喜欢她，

所以她的模样在我心目中就是唯一的女神。

"坐好啦！" 阿勇说。

我才发觉整个人转了135度，一直看着坐在我正后方的国语推行员。

赶紧将身体转正，背部靠着椅背。

看着车窗外的景色，盐田、鱼塭、路旁绵延的木麻黄。

这是我的故乡，我回来了，或者说我根本没离开。

出外求学6年，我的心始终没离开故乡的国语推行员。

"猪肠，你不知道本姑娘也要一起去玩吗？" 蔡玉卿问。

我瞪了阿勇一眼，他说："你又没问。"

"阿勇叫我找个伴，我就找本姑娘了。"

"谢谢你。" 我说。

蔡玉卿笑了，隐约也夹杂着国语推行员的笑声。

从后视镜勉强可以看见蔡玉卿，但根本看不见国语推行员。

我坐立难安，因为想回头，可是回头也只能看见蔡玉卿而已。

除非转动身体超过135度，但这样会被阿勇敲头。

刚刚如果国语推行员也笑了，应该可以看见她左脸颊上的酒窝吧？

如果梦中看到的不算，上次看见她酒窝已经是四年前高二时的事了。

我真的好想看她的酒窝啊！

"问菩萨为何倒坐？" 国语推行员突然说。

我愣了愣，转动身体超过 135 度，回头看着她。

"叹众生不肯回头。" 我回答。

"还好你回头了。" 她笑了起来，露出左脸颊上的酒窝。

我也笑了，笑到眼眶发热，一股暖流涌上心头。

这是我所熟悉的国语推行员，而且是真实的存在，不是脑海的影像。

我维持那样的姿势十几秒钟，直到被阿勇敲头为止。

但无所谓，我已经确定一切了。

对我而言，国语推行员左脸颊上的酒窝，就是一切。

"阿勇。" 我问，"你有汽车驾照吗？"

"有啦！" 他大叫，"你是要问几次？"

"真的有吗？" 我又问，"你确定？"

"确定有！" 他腾出放在方向盘的右手，敲一下我的头。

"猪肠。" 蔡玉卿说，"你为什么这么问？"

阿勇初中时，常常骑摩托车四处晃，也载过我，但他根本没驾照，

因为那时他还没到考驾照的年龄。

当时无照骑摩托车的情形在故乡还蛮普遍的，但以成年人居多，

因为他们懒得去考驾照。

有次阿勇骑摩托车时被警察拦下来，警察发现他只是初中生，

气得直接将他连人带车抓回警察局，然后要他爸爸来领他回去。

"结果呢？" 蔡玉卿问。

"阿勇的爸爸也没驾照。" 我说。

蔡玉卿笑了，我和国语推行员也笑了，三人的笑声没有停止的迹象。

阿勇整张脸涨红，完全说不出话。

我们一路闲聊，通常是阿勇和蔡玉卿在说，我和国语推行员在听。

阿勇说他的大学生活，蔡玉卿说她的职场经历。

阿勇的大学生活乏善可陈，比较特别的是他常去捐血。

在他们学校，如果上课没到被记一次旷课，要扣操行成绩1分。

而捐血一次，操行成绩可以加5分。

所以他只要被点名五次不到，就会跑去捐血。

蔡玉卿在贸易公司上班，虽然她没明说，但听得出来不乏追求者。

只要她的话题即将转进"男朋友"时，阿勇的神色便很紧张，

我就会插入，东扯西扯，把话题支开。

照理说被很多男性追求的女生，在言谈之间多少会透露出一些自信，

但她完全没有，甚至她的神色隐约浮现这年纪不该有的沧桑。

我很想问国语推行员现在做什么？但始终不敢开口问她。

"本姑娘。" 蔡玉卿终于问了，"你还在屏东吗？"

"嗯。" 国语推行员点点头。

所以她没离开屏东，只是到别的医院工作吗？还是不在医院工作了？

正期待蔡玉卿继续问时，我们要下车了。

我们在触口村先下车停留一些时间，今天的目的地是阿里山。

这里有两座古朴的吊桥，地久桥在下方，横跨八掌溪；

天长桥在上方，连接两座山头。

一在天上、一在地下，听说有情人携手共渡二桥，便能天长地久。

"瞎说的啦！" 阿勇说。

"那我去邀蔡玉卿走吊桥。"

"你试试看！" 阿勇敲了一下我的头。

"要去走吊桥吗？" 蔡玉卿刚好走过来，"本姑娘已经去走了。"

"阿勇陪你走。" 我马上转身，"我去陪她！"

往地久桥才跑了十几步，远远便看见国语推行员。

就像凭声音认出蔡玉卿一样，我可以凭背影认出国语推行员。

她走路时背部始终挺直，步伐总是平稳而流畅。

我从没忘记过她的挺直，也从没忘记过她那对我而言是优雅的举止。

因此即使四周满是游客，我还是可以一眼就发现她。

"素芬！" 眼看她就要踏上地久桥，我脱口而出。

她在桥头听到我的叫声便回头，停下脚步等我。

"一起走吧。" 我跑到她身边，气喘吁吁。

"嗯。" 她点点头。

我们并肩往前走了几步，然后同时踏上地久桥。

地久桥的桥身由钢丝构成，桥面铺上厚木板，看起来很坚固。

桥下是八掌溪，桥离水面并不高，不至于会有太大的不安全感。

但每踏一步还是会有轻微的晃动感，心跳也因而加速。

"班长。" 她问，"你听过吊桥效应吗？"

"没有。" 我摇摇头。

"这是心理学的实验。" 她说，"这实验是女生把自己的电话号码，分别给在吊桥上和一般石桥上的许多男生。实验结果显示在吊桥上的男生，回电比例远远大于在一般石桥上的男生。"

"这实验很白痴。" 我笑了笑。

"在吊桥上这种较危险的环境，会不由自主心跳加速，如果碰巧遇到
异性时，便会把心跳加速的生理现象，误以为是对方令自己心动，
因此很容易产生情愫。" 她笑了笑，"广义来说，当人们处在情绪
较紧张的情况下，如果身边有异性存在，会很容易把这种生理现象
当成是恋爱的悸动，因而产生恋爱的感觉。"

"你变得健谈了。" 我说。
"哪有。" 她笑了笑，"可能在医院工作久了，就习惯说这些。"
说的也是，从高中以后我们就各自往不同的专业发展，
不再像初中时面对同样的科目，或许讲话的样子会因此而改变。
这可能是我们之间最大的变化吧。

走完地久桥了，我们不约而同停下脚步，并肩站着。
回想初一时，她比我高 2 厘米；初二时我们几乎一样高；
初中快毕业时，我比她高 5 厘米；高二看电影时，我比她高 7 厘米。
此刻我比她高了差不多 10 厘米。
以后我们应该都不会再长高了，并肩时就会维持这样的视线角度吧。

"问菩萨为何倒坐？" 她说。
"叹众生不肯回头。" 我答。
"好。" 她笑了笑，"我们回头吧。"
我们同时转身，再踏上地久桥。

"如果你遇见喜欢的女生，记得要约她一起走吊桥。" 她说，
"在吊桥上说些好听的话，她一定会被你打动。"

"嗯。" 我点点头，"所以我刚刚约你一起走吊桥。"

她突然停下脚步，我也跟着停下脚步。

我意识到竟然有勇气说出那句话，不禁心跳加速。

"班长。" 她继续往前走，"我们还在吊桥上。"

"所以呢？" 我也往前走。

"所以会有吊桥效应。" 她说。

我愣了愣，没有接话。

迎面刚好走来阿勇和蔡玉卿，他们不算并肩，阿勇走在后头。

我们只跟他们打声招呼，没停下脚步，继续往前走。

又走完了地久桥。

"我们现在不在吊桥上了。" 我问，"对吧？"

"对。"

"我心跳恢复正常了。" 我又问，"你心跳也恢复正常了，对吧？"

"对。"

"我们现在所说的话，不会有吊桥效应了。" 我再问，"对吧？"

"对。"

"我们一起去走天长桥。" 我最后问，"好吗？"

她愣了愣，看了我一眼，但没说话。

"好。" 她终于说。

11.

"听说有情人携手共渡天长桥和地久桥，就可以天长地久耶。"
路过一对情侣，其中的男生说。
"那我们一起去走吧。" 女生笑了。

我和国语推行员并肩站着，保持沉默。
"这样你还想走天长桥吗？" 她打破沉默。
"这样是怎样？"
"就……" 她瞪我一眼，"就刚刚他们说的那样。"
我看着久违的黑鲔鱼眼睛，又熟悉又怀念。

"这样你还想走吗？" 她又问。
"就是因为这样，才更想走。" 我说。
她没回话，似乎陷入沉思。
我摸摸外套的口袋，找出一支笔，拿给她。

"给我笔干吗？" 她很纳闷。
"你不是要思考吗？" 我说，"你可以咬着笔帮助思考。"
她笑了起来，左脸颊上又露出酒窝，好深好深。
我静静欣赏她的酒窝，内心有说不出的满足感。

她咬了笔盖一口，便把笔还我。
"走吧。" 说完她便往前走。
"去哪？"

"你不是要走天长桥？" 她又向黑鲔鱼借了眼睛。

"喔。" 我立刻跟上。

从地久桥遥望，天长桥像是飞翔在天空中的巨龙。

我们并肩爬一段山路，路有点陡，但她似乎毫不费力。

她爬山时背部依然挺直，一般人早弯腰驼背了。

终于走到天长桥的桥头，我们停下脚步，微微喘气，相视而笑。

天长桥的结构和地久桥相似，但它连接两座山头，高悬在半空。

桥长 136 米，比地久桥长一些，但桥面距谷底超过 150 米。

站在桥头往下看，几乎深不见底。

"好像……" 她站在桥头，瞄了桥下一眼，"很高。"

"你会怕吗？" 我也看了桥下一眼。

"有一点。" 她说，"我可能有惧高症。"

"我也有惧高症。" 我说。

"你也有吗？" 她睁大眼睛。

"嗯。" 我点点头，"我很害怕跟高个子的女孩交往。"

她愣了愣，随即笑了起来，脸颊露出浅浅的酒窝。

"不要往下看就没事。" 我说。

"好。" 她说。

"如果腿软了走不下去，我会背你。"

"好。"

"但如果半途吓疯了，歇斯底里。" 我说，"我会装作不认识你。"

"好。" 她笑了。

我们并肩再往前走了几步，同时踏上天长桥。

如果走地久桥时的心跳速度，像汽车在市区行进；
那么走天长桥时，汽车已经上高速公路了。
虽然天长桥像地久桥一样坚固，但由于孤悬在高空中，
导致每踏一步所产生的晃动错觉要强烈多了。

"如果摔下去，依自由落体公式，大约 5.5 秒才会落地。" 我说，
"那么还来得及说最后一句话。"
"如果是你，你会说什么？" 她问。
"阿耨多罗三藐三菩提。"
她笑了起来，我有整座吊桥都在晃动的错觉。

即使不在吊桥上，我看到她时通常也会紧张、心跳加速。
处在会让人不由自主心跳加速的高空吊桥上，又跟她并肩走着，
此刻我的心跳节奏，像是踩着双踏的重金属鼓手。
我感觉自己充满 power，也很有勇气。

"在车上，你说你还在屏东。" 我终于开口问了，"但你应该不在
屏东医院工作了。是吗？"
"你怎么知道？" 她很惊讶。
"去年圣诞节时我曾寄给你卡片，但被退回来了。"
"哦。" 她应了一声，没往下说。

"只有哦？"
"不然呢？" 她问，"用嗯可以吗？"
"不可以。"
"好吧。" 她说，"因为要专心考大学，就先把工作辞了。"

"你要考大学？" 这次轮到我很惊讶。

"我不可以考大学吗？"
"我没这个意思。" 我拼命摇摇手，"只是没想到，所以很惊讶。"
可能我的动作太大，加剧了桥面的晃动。
"班长。" 她笑了笑，"冷静点，我们正在半空中的吊桥上。"
"好险。" 我也笑了笑，"差点要说阿耨多罗三藐三菩提了。"

"高职毕业后，我一面在医院工作，一面准备考大学。去年是第二次
参加高考，其实去年我有考上台北的私立大学。"
"那你为什么不去念？" 我很纳闷，"因为是私立的？"
"不是这个问题。" 她说，"是城市不对。"

"城市不对？"
"我不想去台北念大学。"
"为什么？"
"因为……" 她看了我一眼，"没什么，只是个无聊的理由。"
"喔。"

"今年要考第三次，想专心拼拼看，所以去年12月初辞掉工作。"
她说，"如果晚十几天离职，就能收到你寄的圣诞卡了。"
"加油。" 我说，"你一定没问题的。"
"数学是最大的问题，所以我只好去补习班补数学。" 她叹口气，
"其实也是因为要去补习班上课，所以不得不辞掉工作。"

"对不起。" 我说。
"为什么说对不起？"

"因为不能教你数学。"

"好。" 她笑了起来，"我原谅你。"

终于走完天长桥，我们同时停下脚步。

"好怀念有你在的日子。" 她抬头看着蓝天。

"我也是。" 我也看着蓝天。

天很蓝，风很大，气温很低，身边的她很温暖。

"等考上大学后再说吧。" 她说。

我心头一震，高二时在高雄火车站，她就是说这句话。

这句话对我造成很深的影响，也曾封印住我。

难道我和她之间，又要等她考上大学后再说？

"回头吧。" 她说。

"我已经是马入夹道。"

"什么意思？"

"不能回头了。"

"那我自己先走了。" 她转头就走。

我立刻跟上，跟她并肩又走进天长桥。

"那张圣诞卡……" 她欲言又止。

"什么圣诞卡？"

"就你刚说去年寄给我的圣诞卡。"

"退回来了啊！"

"我知道。" 她瞪我一眼，"我是问卡片里面写什么？"

黑鲔鱼又出现了。

"圣诞卡片里面当然写圣诞快乐，难道写早生贵子吗？"

她又瞪我一眼，这次的黑鲔鱼更大只。

"你念给我听。" 她说。

"现在？"

"嗯。"

"这……"

"念。"

"素芬：在这平安喜乐的时节，衷心祝你圣诞快乐。"

"就这样？"

"不好意思。" 我脸颊发烫，"想了一整晚，不知道要对你说什么，只好直接祝你圣诞快乐。"

"署名呢？"

"我想了很久，最后署名：蔡志常。"

"班长。"

"嗯？"

"圣诞快乐。"

"现在是农历春节耶！"

"但我现在才收到你寄的圣诞卡，所以也要跟你说声圣诞快乐。"

她笑了起来，脸颊又露出酒窝，很可爱。

"圣诞快乐。" 她说，" Merry Christmas！"

"圣诞快乐。" 我也说。

刚刚碰到的那对情侣正好迎面走来，他们应该觉得我们疯了。

"班长：谢谢您的祝福。天冷了，愿您有一颗温暖的心。烦恼离身，喜乐降临。祝您圣诞快乐，事事顺心，一切平安。署名：素芬。"

她一字一字念，"收到我回寄的卡片了吗？"

"收到了。" 我说，"谢谢。"

"但是……"

"怎么了？"

"用'您'太客气了吧。"我很纳闷，"为什么不用你而用您？"

"没什么，只是个无聊的理由。"

又是个无聊的理由？那什么理由才是有聊？

终于又走完天长桥，我们沿原路下山。

与阿勇和蔡玉卿会合后，得知他们没去走天长桥。

这里的游客虽然多，但去走地久桥的人很少，

走天长桥的人更是少之又少。

"天长桥太高了，我会怕。" 蔡玉卿说。

阿勇说 5 分钟后继续上路，要蔡玉卿和国语推行员先去上洗手间。

"猪肠。" 她们走后，阿勇说："听说情侣如果一起走天长地久桥，一定会分手。"

"什么？" 我大吃一惊，"不是应该天长地久吗？"

"两种说法都有。" 他说，"还有人说顺序很重要，要先走天长桥，再走地久桥，才会天长地久。"

"到底是怎样？" 我大叫，"是天长地久桥？还是分手快乐桥？"

"猪肠。" 阿勇问，"你干吗那么在意？"

"我……" 我一时语塞。

"也许关键是携手。" 他说，"如果情侣携手过桥，就天长地久；

没携手过桥，就一定分手。"

"那更惨，我们都没牵手啊！"

"什么？"

"没事。"

到底是天长地久桥？还是分手快乐桥？

如果我预先知道走天长地久桥会分手，还会陪国语推行员走吗？

算了，是祝福还是诅咒，"等考上大学后再说吧"。

原本打算去阿里山，但沿路车子太多，塞车的车阵很长。

我们看苗头不对，便临时改去奋起湖。

到了奋起湖，我们四人逛逛老街，走走周围的栈道和古道。

吃完颇具盛名的奋起湖便当后，便开车回去了。

在奋起湖停留的时间里，我们四个人都是一起行动。

我没什么机会跟国语推行员单独说话。

人潮很拥挤，但她在人潮中总是与众不同，一眼就能辨识。

虽然这可能是我的主观美感，但她的挺直也是重要因素。

最后要去吃便当时，我看见她走远了，便叫了声："素芬。"

但她走向我时，并没有跟我说"一句"。

那是我今天第二次叫她素芬。

第一次是她要独自走地久桥时，我在后面叫住她。

今天总共叫了她两次素芬，但都没听到她跟我说"一句"。

我叫的素芬跟高二那时一样，都是标准的素芬，不再是素荤。

没能找回以前跟她的那种默契，我很遗憾。

开车回去时，天快黑了，阿勇抄了条小路，路上车子很少。

黑夜很快降临，山路几乎没有灯光，四周黑漫漫的。

车子前面有一辆摩托车缓缓行进，车后载了满满的物品。

那辆摩托车沿着中间的双黄线前进，阿勇很难超车。

"干。"阿勇低声骂了一句。

"阿勇。"我说，"那辆摩托车载很多东西下山，应该是从山下到上上做生意，直到现在才回家。"

"所以呢？"

"现在四周一片黑暗，山路又狭小，一边是山壁，山壁下有大水沟，另一边是悬崖。他沿着中间的双黄线行驶，比较不会发生危险。"

"可是他骑那么慢，又没靠边，很没品耶。"

"过年跑到山上做生意，这么晚才回家，应该是赚辛苦钱的人。"

我说，"他只想安全地回到老婆小孩身边而已，你不要跟他计较。"

阿勇叹口气，默默跟在摩托车后方。

过了一会，那辆摩托车停在路旁的一盏路灯下，让阿勇的车过去。

"她们睡了吗？"阿勇低声问。

我转过头，发现蔡玉卿和国语推行员都靠躺在椅背，闭上眼睛。

"应该睡了吧。"我也低声说，"我确认一下。"

我右手朝国语推行员比了食指、中指、无名指三根指头。

国语推行员缓缓地举起左手，也向我伸出三根指头。

我缩回无名指，只比出食指和中指。

她也立刻向我伸出两根指头。

我再缩回食指，只比出中指。

"不要只比中指。" 她睁开眼睛。

想起了初二时的"闭目养神"运动，我和她相视而笑。

"你怎么没睡？" 我问，"你不累吗？"

"是有点累。" 她说，"但闭上眼睛休息一下就好。"

"那你刚刚有听到阿勇骂了一声'干'吧？"

"有。"

"要罚他吗？"

"不要。" 她说，"我只要罚你。"

"那我真'虽小'。"

"班长。" 她说，"一句。"

"你没听过麻雀虽小，五脏俱全？"

"一句。"

"虽小，明明是虽然很小的意思。"

"一句。"

我从口袋掏出三块钱，她伸手接下，笑了起来。

昏暗的车内，只隐约看见她的酒窝，但依然觉得很美。

"班长。" 她说，"我以前就觉得你是个温柔善良的人。"

"我是吗？"

"嗯。" 她说，"现在也是。"

"还好我没变。"

"我也没变。" 她说，"还是喜欢罚你钱。"

我们同时笑了起来，昏暗光线下看着酒窝，另有一种韵味。

"你睡一下吧。"

"好。" 她闭上眼睛，"那你不要再比手指头了哦。"

"好。" 我转回身体，靠着椅背。

她还是以前的国语推行员，这让我非常安心，心情很平静。

终于回到蔡玉卿的家门口，我们四人都下车。

简单互道新年快乐后，便道别。

"阿勇。" 蔡玉卿走进家门前问，"你真的有驾照吗？"

阿勇瞬间脸红，我们其他三人则笑了起来。

我看着国语推行员的背影，只希望她能回头让我再看一眼。

"问菩萨为何倒坐？" 我说。

她停下脚步，回头，微微一笑。

"叹众生不肯回头。" 她说。

我们互相凝视，没有说话，也不知道该说什么。

"加油。" 过了一会，我说。

"嗯。" 她点点头，转身进屋。

她的背影消失的那瞬间，我心头涌上一阵酸楚。

每次她刚走的瞬间，就是我无尽思念的开始。

"等考上大学后再说吧" 这句，可能又将封印住我。

但她毕竟辞去工作，孤注一掷，要准备考第三次高考。

我能做的，只有祝福与加油了。

过完年后一个月，奶奶去世了。

办完丧事后两个月，我们举家搬到台北。

父亲在故乡是做小生意的，收入一直平平，勉强维持家计。

那时故乡有很多人陆续搬到城市谋生，父亲也加入这行列。

以前念初中时，每个年级有 11 个班，现在只剩 8 个班。

故乡的人口，正以缓慢的速度流失至城市。

搬家那天，我没回老家，所以没看老家最后一眼。

而盐山、大海、鱼埕、随处可见的木麻黄……

这些恐怕都将成为记忆中的影像。

在台南上课的我，感觉心中有根线断了，是那条与故乡连接的线。

从此，"回家" 与 "回故乡" 是完全不同的概念。

大三结束时的暑假，高考发榜那天，我买了份报纸。

报纸有六个版面是榜单，看见密密麻麻的人名，整个人都愣住了。

这要怎么找啊！

只好用最笨的方法，从每面报纸的右上角，由右至左、由上至下，

一个一个比对名字，直到那面报纸的左下角为止。

比对到第三个版面的中间部分，我终于发现了"邱素芬"。

我不禁大叫一声，很兴奋，心情像一飞冲天的鸟。

然而看见校系是台北的私立大学时，这只鸟瞬间跌入谷底。

怎么办？她会去念吗？还是要再考第四次？

我知道她孤傲、特立独行，某种程度上非常固执。

如果她不想去台北念大学，那么应该没有迁就的空间。

我想她会再考第四次吧。

只是为什么不想去台北念？那个无聊的理由到底是什么？

我毫无头绪。

"等考上大学后再说吧。"

如果她还要考第四次高考，那么什么时候才能"再说"？

升上大四了，要修的科目变少了，但由于要准备考研究生，

所以课业压力还是一样重，甚至更重。

另外我继续当小敏的家教老师，还是教数学。

不知道是凑巧还是我真的教得好，小敏的数学成绩突飞猛进，

其他科目的成绩也连带进步。

小敏初二的成绩在她们班是中等，初三上学期时已进步到前三名了。

"小敏。" 我问，"你觉得我是不是教得很好？"

"不知道耶。" 她说，"我只碰过你和我们班数学老师。"

"那我比你的数学老师教得好吗？"

"比不出来。" 她说，"但我比较听得懂你教的。"

"这是不是因为我们两个很有缘？"

"老师。" 她笑了起来，"我们之间是不可能的啦！"

"不要乱开玩笑。" 我轻轻敲了她的头。

大四这年，我想起国语推行员的次数，多数是因为教小敏数学。

一想到国语推行员可能要面对第四次高考，我甚至会自责。

我对初中数学很有把握，毕竟当初是以满分为标准，错一题打一下。

可是高中数学我并不够好，没有太大的自信。

虽然很想在国语推行员身边教她高中数学，可是我有能力吗？

为什么我高中时没对数学多下苦功呢？

如果我高中数学也像初中数学那样厉害，我就有自信教她，

那么也许她就不必去补习班补习了。

也许还不用辞掉工作，也许不用考第三次甚至是第四次高考，
也许……

不管有再多的也许，我还是只能教小敏初中数学，
而国语推行员可能还是要面对明年的第四次高考。
我除了自责外，心情也非常沉重。

圣诞时节又到了，这次没有谁收到最多圣诞卡的无聊比赛。
但我却买了张卡片，依然寄到屏东医院给国语推行员。
我抱着微小可能：她虽然准备高考，却回屏东医院工作。
"素芬：在这平安喜乐的时节，衷心祝你圣诞快乐。"
卡片内容和署名都跟去年一模一样，因为我知道即使想再久，
也不会知道该对她说什么。

两个礼拜后，收到了我寄出的卡片。
信封外面依然加盖了一个蓝色的印戳——查无此人。
虽然这在意料之中，但还是让我心情陷入谷底。
我还有可能会收到她在天长桥念给我听的圣诞卡片吗？

放寒假了，今年是第一次要去台北过年。
是"去"台北过年，不是"回"台北过年。
在我心中深处，很认同罗大佑唱的那句：台北不是我的家。

果然在台北过年的味道完全不对。
以前在故乡过年时，总是一堆亲朋好友来家里拜年，
而我也会去亲朋好友家拜年。
家里通常是热闹的，充满谈笑声和麻将声。

但在台北过年，根本没亲朋好友来拜年，出门到哪儿都是人挤人。

如果沿着一条路走，从路头到路尾，所有百货公司和商店同时播放："恭喜恭喜恭喜你呀，恭喜恭喜你……"

听一两次还好，如果沿路都是，那几乎是魔音传脑。

我有种想拿冲锋枪扫射所有音响的冲动。

为了避免冲动，我只好窝在电视机前看一大堆综艺节目。

矗立于一望无际盐田中的盐山、安静到只能听见海浪声的黑色沙滩，在一片恭喜发财声中，不断浮现在我脑海。

大四下学期开学了，我大学生涯最后一个学期。

但没什么好依恋或不舍的，因为很快就要考研究生。

我几乎是闭关念书，全力冲刺。

四五月是各学校研究生考试的旺季，我一共报考四间学校。

最后侥幸考上本校的研究生，其他三间则没考上。

毕业典礼到了，校园里很热闹。

到处是穿着黑色学士服的毕业生和一堆亲朋好友在合影。

我也跟班上几个比较要好的同学合影留念。

艾琳突然从后面冲过来勾着我左手，对前面拿相机的同学说：

"帮我们拍一张。"

我勉强挤出微笑面对镜头，艾琳则笑得很开心。

"对不起。" 她低声说。

快门按下了，我很纳闷，转头看着她。

但她没看我，又对拿相机的同学说：

"再拍一张。"

在准备按下快门前的短短几秒，她又低声说：
"挖英盖五尬以里（我以前有喜欢你）。"
我心头一震，同时快门按下。

艾琳跑向前，把自己的相机给同学，说："用我的相机再拍一张。"
然后她跑回来右手勾着我左手，说："三角形，笑一个。"
我勉强又挤出微笑时，听见她说：
"挖塔督啊洗工金咧（我刚刚是说真的）。"
快门又按下了。

艾琳拿回自己的相机，看着我，欲言又止。
刚好一位班上同学路过，她又叫住他："帮我们拍一张。"
说完又跑去把相机给那位同学，再跑回来勾着我的手拍照。
"我说完了。" 她低声说。
快门按下。

她拿回她的相机，视线似乎又在四处搜寻同学。
我想起以前她跑进跑出宿舍大门还有钻进钻出帐篷的样子。

"艾琳，说对不起的人应该是我。" 我终于说，"我只是面对你会很
尴尬而已，并没有抱怨你或生你气的意思。"
"我知道。" 她说。
"你知道？"
"三角形。" 她笑了，"我们是四年的同学耶，你是什么样的人我会
不知道？"

"那我是什么样的人？" 我问。

"温柔善良。" 她说。

那瞬间，我想起国语推行员，想起在阿勇车内昏暗的光线下，
国语推行员的酒窝。

"总之……" 艾琳最后说，"我太早交男朋友了。"

她挥挥手说声再见，就离开了。

原来这世间，有人遗憾"迟到"，但也有人遗憾"早到"。

对爱情突然到来感到不知所措，在慌张下总觉得遗憾。

于是有人遗憾早到，有人遗憾迟到。

是这样的原因吧？

今天的太阳很耀眼，我眯着眼睛看着天上的太阳。

大学生涯结束了，结束前我做最后一次验算，

得到一个答案：

太阳的光与热，对我而言是唯一，再多星星也比不上。

错过太阳，就错过了全部，即使拥有全部的星星也没意义。

而国语推行员就是我的太阳。

12.

毕业后两个月，又到了高考发榜的日子。

这次比对完六个报纸版面的榜单，都没有发现"邱素芬"。

如果她考了第四次高考，那么落榜的她，该何去何从？

她人生列车的下一站，会是哪里？

而我的人生列车，继续往前直达研究生。

我搬离住了四年的大学宿舍，成为研究生新生。

研究生宿舍床位不够，要住研究生宿舍的人得抽签。

我签运不好，没抽中宿舍，只好在学校附近租房子。

我找到一个还不错的地方，是顶楼阳台加盖的两个房间。

我住其中一间，另一间也是住本校的研究生，念航天所。

但搬进去住了一个礼拜，从未遇见他，他的房间也一直没亮灯。

第八天晚上他房间的灯终于亮了，而且房门虚掩。

我轻敲他房门，想打声招呼，认识一下。

"我叫李育翔，叫我阿翔就好。" 他说。

"我叫蔡志常，叫我……" 我想了一下，"随便你叫吧。"

"那我叫你菜菜。" 他笑了，"可以吗？"

"可以。" 我也笑了。

虽然菜菜有点怪，但如果他喜欢叫，就随他意了。

我问他前阵子去哪，他说去医院。

"我认识一个女孩，因为刚失恋哭得很伤心。" 他说，"安慰她时，她问可以借我的肩膀吗？我当然很 man 地说可以。"

"这跟去医院有关？" 我很纳闷。

"原本她趴在我肩膀上哭，后来情绪激动，就捶打了几下。" 他说，"她是空手道两段，手刀一劈，我骨头就断了。"

"你是开玩笑吗？"

"我是说真的。" 他说，"你是不是觉得很像开玩笑？"

"对。"

"我也觉得很像开玩笑。" 他笑了，"但骨头真的被她劈断了。"

我不禁跟着他笑了起来，这确实有些搞笑。

"菜菜。" 他还在笑，"以后女孩要借你的肩膀哭泣时，记得问她有没有练过空手道。"

"好。" 我也还在笑，"我记下了。"

阿翔看起来是个有趣的人，应该很好相处。

"初次见面，请多指教。" 他笑了笑，"以后尽量把我当正常人。"

"好。" 我也笑了笑，"我尽量。"

跟他简单握一下手后，我们各自回房间。

除了阿翔外，我也多认识了一些新同学。

研究生要修的课不多，但课余时间大多还是待在研究室里。

系馆有五间研究室，每间用隔板隔出 12 个位子。

隔板让每个研究生坐在位子时不会看见别人，也不会被别人看见。

每个位子有一张 L 型书桌，研究生通常放了台电脑。

室内有面墙整面钉成书柜，高度到天花板，让大家共享。

我在 L 型书桌上放了台电脑，书籍和资料等放在书柜里。

如果在学校，除了上课外，我都待在研究室。

通常晚上才回去租屋处，有时甚至待到深夜或凌晨才回去。

假日偶尔也会去研究室，日子过得充实而忙碌。

我买了辆二手摩托车，方便随时移动。

小敏考上台南一所女子高中，也算明星高中。

她父母希望我继续教小敏，但我以不擅长高中数学为由婉拒了。

没想到开学一个月后的某个假日，小敏竟然跑到研究室找我。

"老师。" 小敏一见到我就说，"救命呀！"

"怎么了？" 我吓了一跳。

"我数学都听不懂。" 她苦着一张脸。

"喔。" 我松了一口气，"你可以去补习班补数学。"

"我不想去补习班。"

"补习班有很多，你先去听听看。" 我说，"补习班老师很会教。"

"我就是不想去补习班。"

"那……" 我一时语塞。

"老师。" 她说，"你回来教我数学啦！"

"这……"

"我已经是高中生了耶。" 她说。

"所以呢？"

"你不觉得可以跟一个女高中生近距离接触，很令人兴奋吗？"

"我没那么变态。" 我轻轻敲了她的头。

"老师。" 她拉拉我衣袖，"拜托啦！"

我拗不过她的请求，只好勉强答应。

但我还是强调不擅长高中数学，她要有去补习班的心理准备。

"好。" 她点点头，"如果老师应付不来，我就去补习班补数学。"

没想到刚开始教小敏高中数学时，我发现自己仍然得心应手。

大致翻了一下高一数学的内容，也觉得没什么问题。

小敏听得懂我所教的，不再对高中数学恐慌，数学成绩也进步了。

但小敏的数学成绩越好，我越感受到懊悔与遗憾，甚至内疚。

原来我有能力教小敏高中数学，那么我就该有自信教国语推行员。

我为什么不能教国语推行员高中数学呢？

那时我应该问她是否可以到台南来啊！

既然她已辞去工作，那么搬到台南来也并非不可能。

虽然可能唐突，虽然她应该不会同意，但起码可以开口问她。

如果我可以教国语推行员高中数学，也许一切都将变得不一样。

"老师。" 小敏叫了我一声。

"怎么了？" 我回过神。

"你看起来好像很难过。"

"喔，没事。" 我勉强挤了个微笑，"我们继续上课。"

但只要继续教小敏高中数学，我就常有挥之不去的内疚感。

可能是内疚感作祟，我竟然有看到国语推行员的错觉。

那次是我在校内某个自助餐厅吃午饭，餐厅隔壁是女生宿舍。

女生宿舍有左右两栋，由一条宽约5米的走廊分隔。

透过玻璃窗，我好像看见国语推行员经过那条走廊。

虽然走廊只有 5米宽，虽然她只在窗外 60米一闪而过，
虽然有许多女生同时经过那条走廊，虽然我只看见右侧面……
但那挺直的背部、缓慢而流畅的节奏，应该是她没错。
可是她怎么可能会出现在校内的女生宿舍呢？
所以只是我的错觉吗？

此后我常在相同的时间坐在同样的位置，透过玻璃窗看着窗外。
有好几次我仿佛看见国语推行员的身影。
从左到右，5米的距离走了9步，大约7秒钟后消失。
我相信那应该是错觉。

然而即使是错觉，只要那个女生的身影像国语推行员，
我就会觉得很安心，心情很平静。
对我而言，这是我思念的出口。

我想起了六世达赖喇嘛——仓央嘉措的传说。
仓央嘉措从小在民间生活，直到15岁才坐床，入主布达拉宫。
即使成为活佛，却依然放荡不羁，还写下大量浪漫的情诗。
传说他常在夜晚溜出布达拉宫，到山脚下的酒店与情人幽会。

可是我听到另一种传说。
仓央嘉措坐床前有个初恋情人，但因为得成为六世达赖而被迫分离。
而他之所以突破重重阻碍溜出布达拉宫来到酒店，
是因为店里端酒少女的侧面，很像他故乡的初恋情人。
所以他常常坐在店里的固定位置上，静静望着那位美丽少女的侧面，
思念着无法在一起甚至不能再见面的爱人。

仓央嘉措和初恋情人分离时的年纪是 15岁，
正好也是我和国语推行员初中毕业要分离的年纪。
而我每次在相同的时间进餐厅坐在同样的位置，
也只是为了看见一个疑似国语推行员的身影。

在忙碌且毕业压力无时无刻如影随形的研究生生活中，
到女生宿舍旁的餐厅看着窗外，静静等待国语推行员的身影出现，
是我唯一心情平静的时刻。

国语推行员的身影可以让我心情平静，而阿翔可以让我忘却压力。
我常跟阿翔吃饭、聊天，跟他在一起时是非常轻松愉快的。
阿翔喜欢摄影，偶尔开车载我出去走走、拍拍照。
对一个才 20岁出头的研究生而言，拥有一辆车算是很少见。
为了不让他老是当司机，我也赶紧去考了张汽车驾照。
我突然想到阿勇根本没车，可是大三就有了驾照，
是不是只为了想开车载蔡玉卿？

跟阿翔相处久了，便越来越熟，而且无话不谈，也很知心。
我们偶尔谈心，我也曾诉说我和国语推行员之间的点滴。
阿翔说他的心像蜂窝，有很多门，住了很多女孩。
每隔一段时间，打开一扇门，住进一个女孩。
但任何女孩都可能只是暂时性的主人。

"所以你有很多女朋友？" 我问。
"谈不上是女朋友。" 他说，"应该说我有一些要好的女孩子。"
"'一些'指多少？"

"七八十个而已。"

"啊？"

"开玩笑的。" 他笑了笑，"几个而已啦。"

"把你当正常人看待，有点难。" 我也笑了笑。

有次我跟他提及大学时期跟艾琳之间所发生的事。

"先说结论。" 阿翔听完后说，"艾琳是个非常坦诚的女孩。"

"喔？" 我说，"那么推导的过程是？"

"她喜欢你，无法对你开口说她有男朋友了，怕你难过。" 阿翔说，
"可是她很坦诚，因此还是一定得让你知道她有男朋友。"

"但借由约我去跟她男朋友吃饭的方式，有点震撼吧。"

"她那么坦诚，难道就不会让男朋友知道她喜欢你？"

"啊？" 我吃了一惊。

"她想让你知道她有男朋友，同时也想让男朋友知道她喜欢你。"
他说，"但她对你们两个人都说不出口，所以才有那晚的饭局。"

"为什么？"

"那晚的饭局，既能让男朋友知道有你，也能让你知道有他。"

"这样她可能会两头落空。" 我问，"她不知道后果吗？"

"她当然知道后果，但她更知道应该坦诚。所以结论：她是个非常
坦诚的女孩。" 他说，"以上是我的推导过程。"

"女孩子真的很难懂。" 我叹口气。

"不懂女生，根本不用难过。" 他笑了笑，拍拍我肩膀，"因为懂了女
生，你也不会好过。"

"没错。" 我也笑了笑。

"其实这样很好，因为你的心住不进别的女生。" 他说，"我的心像蜂窝，有很多门，门也可以轻易开启。但你的心是上了锁的铁门，别人很难住进去，而且里面也早住了个人。"

"住谁？"

"就你常说的那个国语推行员。"

我心头一震，没有接话。

"而且不仅铁门上锁，连住里面的国语推行员也被手铐脚镣绑住。" 他说，"你该试着解开手铐脚镣，打开铁门。"

"真的要这样吗？"

"让她走。" 他说，"并让别人住进来。"

"我……" 我叹口气，"我做不到吧。"

"菜菜。" 阿翔说，"问你一个问题。"

"请。"

"如果这世间分成两种人，一种希望拥有最漂亮的发型，另一种希望成为最好的发型设计师。" 他问，"你会选哪一种？"

"这问题我不太懂。"

"如果是最好的发型设计师，就不会有最漂亮的发型，因为他没办法帮自己弄头发。同理，如果拥有最漂亮的发型，就一定不是最好的发型设计师。"

"嗯……" 我想了一下，"我选最好的发型设计师。"

"我猜也是。" 他说，"我是选最漂亮的发型。"

"这两种有什么差别？" 我问。

"在爱情的世界里，希望拥有最漂亮的发型的人最在乎被爱的感觉，谁把他头发弄得最漂亮，谁就是最好的发型设计师。而最好的发型设计师在乎自己爱谁，自己最爱谁，就把谁的头发弄得最漂亮。"

"好像有点道理。"

"你为什么选最好的发型设计师？" 他问。

"如果是最好的发型设计师，就有能力让人的发型最美。我喜欢拥有那种可以让别人变成最美的能力。" 我说。

"你希望有能力让别人最美，但不在乎自己是否最美。" 他说，"所以你比较懂得为爱付出，比较不在乎被爱的感觉。"

"那你呢？" 我问，"为什么选最漂亮的发型？"

"爽啊！" 他说，"如果我有最漂亮的发型，当然很爽。"

"就这样？"

"就这样而已。" 他笑了，"所以我比较重视被爱的感觉。将来如果有一天我想定下来，应该会跟一个最爱我的女孩在一起。"

希望拥有最漂亮的发型？希望成为最好的发型设计师？

前者重视谁最爱自己？后者重视自己最爱谁？

我常思考这两者间的差异。

有次教小敏时，我也问她这个问题。

"我希望成为最好的发型设计师。" 小敏回答。

"为什么？"

"美丽，是让人看的。" 小敏说，"如果我是最好的发型设计师，我才可以看到最美的发型。"

"没想到你还蛮成熟的。" 我笑了笑。

"再怎么成熟，老师你还是要等到我 18 岁高中毕业，才可以……"
"不要乱开玩笑。" 我轻轻敲了她的头。

有天深夜我在研究室又莫名其妙想起那两者间的差异时，
突然听到"砰"的撞击声，然后是一堆物品掉落声。
我起身查看，发现是在靠门第一排但离门最远的位子，
有个女研究生正对着散落一地的书籍发呆。

我走近她，但她依旧呆站着。
"怎么了？" 我问。
"我弄坏了书架。" 她似乎回过神。
她座位后方有一个木制四排书架，但书架已倾倒在地。

我蹲下身收拾散落一地的书，她愣了几秒后才蹲下身跟着收拾。
收拾完书和一些杂物后，我扶起书架，最上面那排木板已断裂。
"你在练空手道吗？" 我问。
"嗯？" 她似乎没听懂。

"都快 12 点了，你怎么还没回去？" 我问。
"你不也是？"
"但你是女孩子……"
"所以呢？"
"没有所以。" 我点个头，识相地回到自己位子。

她是我的研究生同学，应该是叫杨翠茹。
听说她是台中的大学毕业，再考上本校的研究生。

她跟班上同学的互动很少，也很少讲话，感觉独来独往。
但最有辨识度的，是她的外表，她很漂亮。

念我们这种工学领域研究生的女生很少，
如果出现女生，通常长得……
呃……我该怎么说，才能保持礼貌呢？
这么比喻好了，如果女生的长相越美，让人感觉越高傲、难亲近，
那么念工学领域女研究生的长相会让人感觉非常随和、超好相处。

所以刚开学时，杨翠茹的出现就引起不小的骚动。
她似乎也成了班上男同学甚至学长们的女神。
但她的神情总是冷漠，对任何事物都很冷淡，讲话的语气也冷冰冰。
试着靠近她的人几乎都被冻伤，因此大家只好把她当作冰冷的存在。

在今晚之前，我只跟她说过一次话，而且那次我们都只说一句。
那是某天深夜离开系馆，走去停放摩托车的路上会经过一小片树林，
我突然遇见似乎在树林内闲晃的她。
她神情冰冷，头发又直又长，而且竟然穿了一身白，没有半点杂色。
看到她的瞬间，我吓了一大跳，心脏差点从嘴巴跳出来。
"这么晚了，你全身都穿白衣服在这里走动，会不会太猛？" 我说。
"念研究生了，还怕鬼？" 她说完转身就走。

想起那晚，我还心有余悸。
看了看表，凌晨一点，差不多该回去了。
要离开研究室时，瞄一眼她的位子，桌上的灯还是亮的。
悄悄靠近了几步，看见她正盯着电脑屏幕，是 Fortran程序画面。
我又悄悄退开几步，转身走出研究室。

走了几步，回忆起初中放学后国语推行员独自待在教室里的情景。
那种不想让国语推行员一个人留在教室里的心情，至今记忆犹新。
虽然应该会自讨没趣，但不舍国语推行员的心情更强烈。
我叹了口气，又走进研究室，到她位子旁。

"真的很晚了，你毕竟是女孩子……"
"你是专程来发表性别歧视的言论吗？"
"不是。" 我冻伤了，"只是担心你太晚回去会有危险。"
"多谢关心。" 她视线始终盯着屏幕，" Leave me alone."

"对了，待会如果想上洗手间，要去男洗手间。" 我说。
"为什么？" 她转头看着我。
"系馆有个传说，过了晚上 12 点，会有一个女人走进女洗手间。"
我说，"但那个女人从没走出来。"

她身体似乎轻微震动一下，但没回话。
"我先走了。" 我挥挥手，"记得要去男洗手间。"
我转身走出研究室，虽然还是有点担心，但只能下楼离开。

一个礼拜后，班上几个男同学聊天时提到杨翠茹。
"昨晚上厕所时，突然看见她走进来，我吓了一大跳！害我赶紧拉上
拉链，差点夹到小鸟。"
"她怎么会走进男厕所？走错吗？"
"不晓得。但她真的走进男厕所，而且还打开门进去耶！"
"莫非她是男的，像泰国人妖那样……"

"她几点走进男厕所？" 我插嘴问。

"12点多吧。" 看见她的男生说。

"喔。"

我应了一声后，赶紧离开。事情大了，她竟然相信那个传说。

当晚我在研究室待到11点半，要回去时发现杨翠茹还在。

她依然看着电脑屏幕，很困扰的样子。

"需要帮忙吗？" 我问。

"不用。" 她马上说。

"快12点了，如果不赶快回去……"

她突然转身，狠狠瞪着我，我吓了一跳。

"你上次说的事，是真的假的？" 她眼神很锐利。

"什么事？"

"过了12点，会有个女人走进女洗手间但却没走出来的事。"

"你在说那个迷路的女人喔。"

"迷路的女人？"

"走进女洗手间却没走出来，那她应该在洗手间里迷路了。" 我说，

"不然你以为她为什么没走出来？"

"你……"

"这是你写的程序吗？" 我指着电脑屏幕。

"对。"

"是不是有什么问题呢？"

"有跑出结果，但结果都会有误差。"

"我可以仔细看一下吗？"

"不需要。"

"我没恶意，只是想帮忙而已。" 我说，"毕竟我们是同学。"
"我已经被这程序烦了一个礼拜，最好你看一下就可以找出问题。"
"看看无妨。" 我说，"你先休息一下，给我几分钟看程序。"
"我刚说了……" 她冷冷地说，"不、用。"
"好吧。" 我又看了电脑屏幕一眼，然后退开几步。

"如果变数名称的第一个字母是 I、J、K、L、M、N，Fortran会内定为整数。你程序中有个变数叫 ICE，它会被当成整数。"
"如果 ICE = 10/8，那么 ICE不会是 1.25，而是 1。" 我继续说，"因为它被当成整数，小数部分会去掉。所以计算结果就有误差。"
"你可以宣告 ICE为实数 REAL，或是改掉 ICE这变数名称，用不是I到 N开头的字母。" 我最后说，"我先走了，ByeBye。"

没想到她冷得彻底，连写程序时也使用 ICE当变数名称。
走出系馆，看着夜空，我又想起了国语推行员。
虽然杨翠茹完全不像国语推行员，但她独自留在研究室里的样子，
不由得让我将她的身影与国语推行员重叠在一起。
我好怀念放学后寂静的教室里，充满着我和国语推行员的笑声。
可惜而今寂静的研究室里，只剩下冰冷的对话。

之后我不想在研究室待太晚，怕把她当国语推行员却又无能为力。
而且她书架木板断裂的样子，很像被手刀劈开的。
也许她真的会空手道，我还是小心一点好。
如果太晚了还没回去，会发生危险的可能不是她，而是我。

有天我们几个男同学又在研究室闲聊，我说了被学妹拜托的事。
研究生要帮系上老师改考卷，大学部的学生因此叫我们"助教"。

我是工程数学这科的"助教"，期中考考完后，有个学妹来找我。

"助教，能不能把我的分数改高一点？" 她眼神和语气充满恳求，

"只要能让工程数学及格，我什么都可以做。"

"真的什么都可以？"

"嗯。" 她低下头，似乎很害羞。

"那就回去好好用功准备期末考！"

我们几个笑成一团，突然看见杨翠茹离开座位，走出研究室。
被她冰冷的气场震慑住，我们同时停止笑，而且鸦雀无声。
迅速解散各自回座位，但我才坐下没多久，感觉背后有股冷风。

"你叫什么名字？" 杨翠茹站在我背后。

"我们当同学这么久了，你还不知道我名字？" 我很惊讶。

"我不想知道的名字，当再久的同学也不会知道。"

"喔。" 我说，"我是蔡志常，你想知道我名字，我倍感荣幸。"

"那我叫什么？"

"杨翠茹。" 我说，"只要是同学，我理所当然会知道。"

"怎么写？"

我用笔在纸上写下：杨、翠、茹。

"我的如，没有草字头。" 她拿笔涂掉茹上面的草，"你还有什么
理所当然会知道的事？"

"那我名字怎么写？"

她用笔在纸上写下：蔡、智、常。

"我是志气的志。" 我拿笔涂掉智，改成志。

"其实智比较适合你。" 她说，"因为你很聪明。"

"谢谢。" 我有点不好意思。

"上次的事。" 她说，"谢谢你。"

"上次？" 我问，"迷路的女人吗？"

"那是上上次。" 她瞪我一眼。

"喔。" 我问，"那上次是什么事？"

"Fortran程序。"

"你程序问题解决了吗？" 我想起来了。

"嗯。" 她微微一笑，"当晚就解决了。"

她笑起来有一种妩媚的味道，用成语形容的话，就是嫣然一笑。
第一次看见她笑，虽然觉得很美，但我竟然有点紧张。

"我只是来跟你说一声谢谢。" 她说。

"不客气。" 我说，"那个迷路的女人是我瞎说的，对不起。"

"我以为你不会道歉呢。"

"这一定要道歉。不然你12点过后就去男厕所，也很伤脑筋。"
她把脸一板，转身就走。

"你刚刚说的事……" 她走了几步，回头说，"算好笑。"

"刚刚？"

"你叫学妹好好用功准备期末考。" 她又笑了。
这种笑依然有一种妩媚的味道，用成语形容的话，就是回眸一笑。

其实长得漂亮的人，笑起来通常会加倍好看。
不懂为什么她的神情总是那么冰冷，她不知道她笑起来超美吗？
她的笑容几乎可以排世界第二了。
而世界第一，就是国语推行员笑起来时左脸颊露出的酒窝。

可能杨翠如真的很感谢我吧，之后如果在研究室碰到，

她的神情不再完全冰冻，开始有一点点温度。

她甚至会主动找我，她找我的方式很简单，就是默默站在我背后。

而我发现她的方式也很简单，就是突然感到背后一阵寒意。

"有事吗？" 我转过头。

"程序有点问题。" 她说。

"需要我看看吗？"

"不然我站在这里是在帮你把风吗？"

"喔。" 我站起身，跟着她走到她的位子。

我站着注视她的电脑屏幕，有时边说明边敲打键盘。

偶尔脸微微朝左下，接触她的视线。

她跟国语推行员一样，在我说明的过程中很安静也没任何动作。

虽然都是安静，但感觉还是有差异。

国语推行员像是听你倾诉的平静湖水，而她只是座安静的冰山。

我站着，她坐着，这样的距离感很好，比较不会想起国语推行员。

如果我坐着看屏幕，而她站着弯身把脸凑近，

那我一定会陷入以前在教室里教国语推行员数学时的回忆漩涡。

"你会空手道吗？" 我看了断裂的书架一眼。

"不会。"

"难道你会少林寺的大力金刚掌？"

"不是用手打断的。" 她瞪我一眼，"是用金属做的纸镇。"

"为什么要用纸镇打断书架？"

"我不是想打断书架，是想弄坏纸镇。"

"金属做的纸镇敲击木头做的书架，正常人应该认为书架会输。"

"我很正常。" 她又瞪了我一眼。

"为什么想弄坏纸镇？"

"那是前男友送的纸镇。"

"喔。" 我好像问太多了，该闪了，"程序你再跑跑看。"

"嗯。" 她说。

我走回自己位子，打开电脑屏幕，继续忙自己的事。

没多久又感觉到背后一阵寒意。

"程序有问题？" 我转过头。

"没。" 她说，"我要回去了。"

"喔。" 我说，"ByeBye."

她没说 ByeBye，只是站着，寒意好像更盛了。

"还有别的事吗？" 我问。

"现在是深夜 11点半。"

"对。" 我看了看表，"我的表也是。"

"我要一个人走回去。"

"你今天没穿白衣服，不会吓到人，别担心。"

"而我只是一个女孩子。"

"你也会说这种性别歧视的言论？"

她瞪了我一眼，没有说话，寒意破表。

"这么晚了，你一个女孩子走回去有点危险。" 我关掉电脑，
"我陪你走回去吧。"

"谢谢。" 她说。

寒意不见了。

杨翠如住学校研究生宿舍，大概只要在校园走十分钟就到了。

我还以为她在外面租房子，如果住校内宿舍，再晚回去应该都还好。

"你签运不错，抽得到床位。" 我说。

"登记要抽床位的人不多，九成以上都抽得到。"

"我就没抽到。"

"嗯。" 她说，"如果是正常人就抽得到。"

"喔。"

"你为什么要编那个传说吓我？" 她问。

"你都敢半夜一个人回去了，有什么可以吓你？"

"你……"

"而且念研究所了，还怕鬼？" 我说。

她愣了愣，随即微微一笑："没想到你还记得我说过的话。"

"那次实在太震撼了。" 我笑了笑，"我真以为看到鬼。"

我们走到研究生宿舍门口，我说了声 ByeBye，便想往回走。

"大学女生宿舍有关门的时间，研究生宿舍没有。" 她说。

"所以呢？"

"所以你可以回去，留下我一个人站在宿舍外头。"

她说完后便走到宿舍外头的凉亭坐了下来，我只好跟着走到凉亭。

"我可以叫你浮木吗？" 她问。

"当然可以。" 我很纳闷，"但为什么要叫我浮木？"

"因为在我溺水时，你就像漂到我眼前的一根浮木。"

"这是什么意思？" 我很疑惑。

"我和前男友从大一时就在一起了，我们是班对。跟他在一起时真的非常快乐，他总是很体贴、很风趣，我们一直是令人称羡的一对。大学毕业后他要去台北念研究生，我要到台南念研究生。" 她说，"但在我来台南前夕，他跟我提议分手。"
"理由是什么？"

"他说和我交往这四年来，很难感受到我对他的爱意。好像我只享受被爱的感觉、只在乎他有多爱我，根本不去想自己该如何爱他。"
她轻轻哼一声，"好笑吧？"
我没回答。因为搞不好他说得有道理。

"恋爱的时候最任性，不顾一切许下承诺和誓言。会相爱多久？都说海枯石烂、天长地久；面对考验呢？都说不离不弃、生死相依。"
她仰头看着夜空，深深叹口气，"但那些甜蜜的承诺、永恒的誓言，却找不到任何一家保险公司可以保这个责任险。"

"你们有没有一起走过天长地久桥？" 我问。
"天长地久桥？" 她摇摇头，"没听过。"
"喔。" 我说，"那就好。"
"嗯？"
"没事。抱歉打断你。"

"来台南后，我走不出这种伤痛和打击。课业又应付不过来，整个人被压得喘不过气。" 她说，"我有股怨气，觉得全世界好像都跟我作对，因此对人很不友善，大家才会觉得我很难相处吧。"

"大家并不会这样想。" 我说。

"真的吗？" 她看着我。

"可能……" 我有点不好意思，"一点点吧。"

"只有一点点？"

"呃……" 我结巴了，"再多一点点吧。"

她笑了起来，很妩媚的笑容。

"失恋的伤痛，我还没走出来，也不知道何时才能走出来。但课业的压力，已经消失大半。" 她说，"我的论文需要发展数值模式，但我不擅长写程序。原本看不到毕业的曙光，因为你，我看到了。"

"喔。" 我有点不好意思。

"关于程序的写法和逻辑概念，只要你一说明，我就很清楚了。"
她微微一笑，"你很会教，可以把很难的东西变得简单易懂。"

"你过奖了。"

"谢谢你。" 她又微微一笑，"浮木。"

原来她叫我浮木是这个原因。但我说不出话，可能脸红了。

我宁愿杨翠如说我教得烂，但她却验证了我很会教的事实。
这让不能教国语推行员高中数学的我，更懊悔、更遗憾。
更内疚。

天空挂着明月，隐约也有几颗星星闪耀着，把黑夜点缀得十分迷人。
身旁坐了位美女，对我温言软语，笑容妩媚动人。
这样的良辰美景，我却丝毫没有任何愉悦的感觉。
只有不知道国语推行员在哪的茫然。

脑海里清晰浮现玻璃窗外女生宿舍的那条走廊……
国语推行员挺直的身影，缓慢而流畅的步伐，
从左到右，1、2、3、4、5……走了9步。
但却没有消失。

因为国语推行员一直在我脑海里走着。

13.

希望拥有最漂亮的发型？还是希望成为最好的发型设计师？
陪杨翠如走回宿舍的那晚，临走前我问了她这个问题。

"我很爱美，当然希望自己拥有最漂亮的发型。" 她笑了笑，"如果
我是最好的发型设计师那多难受呀，又不能让自己的发型最美。"
也许她前男友说得没错，她很享受被爱，却很少思考该如何爱人。
而她前男友搞不好也是选最漂亮发型的那种人。

那么，国语推行员会选什么呢？
我依然坐在女生宿舍旁的餐厅，看着窗外的走廊。
静静等待疑似国语推行员的身影出现。

上午第四节课的下课时间是 12点，在 12点到 12点 15分之间，
餐厅涌进人潮，女生宿舍那条走廊有很多人走动。
为了避开人潮，我通常 11点 45分进入餐厅，12点 5分吃完饭。
然后就一直注视玻璃窗外的那条走廊。

幸运的话，那个身影会在 12点 6分到 12点8分之间出现，
从我的左眼角，缓慢而流畅地向右走9步。
7秒钟后消失在我的右眼角。
然后我会沉浸在那种心情异常平静的状态十几分钟，
12点 20分离开餐厅。

如果没有那个疑似国语推行员的身影，
如果没有因为那身影而产生的心情短暂平静的时刻，
我不知道在沉重压力下的研究生生活中，我会变成什么样的面容？
会不会也像杨翠如一样，成为另一座冰山？

但杨翠如这座冰山，好像受全球暖化的影响，渐渐融化了。
她偶尔会出现一点微笑，也更常主动找我询问程序的问题。
找我时，她依然是默默站在背后，直到我察觉寒意而回头。
后来她带来的寒意渐渐没了，我完全没感觉到背后的寒意。
"浮木。" 她叫了我一声。
我才回头。但并不知道她站了多久。

虽然我是站着看电脑屏幕、敲打键盘，而她坐着听，
这种互动方式不像以前教国语推行员时的情景。
但我偶尔还是会因为那种教人的感觉而想起国语推行员。

"应该你坐着才对。" 杨翠如站起身，让出椅子，"你坐下吧。"
我心头一震，愣在当场没有反应。
"坐下。" 她又说。
"我站着就好。"
"如果你嫌弃我的椅子，那就站着吧。"
"喔。" 我只好坐下。

我将注意力专注在电脑屏幕和键盘，起码这跟以前用纸和笔不同。
但一段时间后我还是习惯性转头将脸微微朝右上，
视线刚好接触站着弯身把脸凑近看着屏幕的她。
她竟然笑了，是那种可以软化铁石的妩媚笑容。

可是左脸颊上的酒窝怎么不见了？

"我脸上沾了东西吗？" 她问。
"其实是少了样东西。" 我说。
"少了什么东西？"
"没事。" 我回过神，指着屏幕，"这循环内应该要这样写。"
"嗯。" 她点点头，"我懂了。"

喜欢确实是一种记得。
不管过了再久，我始终记得国语推行员左脸颊上的酒窝。
这种记忆，其他再美的笑容也无法掩盖。

自从演变成我坐着、杨翠如站着弯身的情景后，
我常在研究室里陷入教国语推行员数学时的回忆漩涡。
恍惚间甚至会有回到初中时放学后教室里的错觉。
然而那充满整间教室的笑声，我再也听不到了。

我突然想到，国语推行员虽然是我的同班同学，
但我总是把她当成与众不同的存在。
而杨翠如很明显与众不同，但对我而言，却只是单纯的同班同学。

我很希望杨翠如能把程序搞定，顺利毕业。
这似乎是一种移情作用，仿佛只要她能顺利毕业，
国语推行员也能顺利抵达人生列车的下一站。

"浮木。"
"程序又有问题？" 我回头说。

"不是。" 她说，"我要回去了。"

"ByeBye。"

"所以你选择继续忙你的事，而不是陪深夜落单的女孩走回去？"

"我陪你走回去吧。" 我在心里叹口气。

"谢谢。" 她说。

杨翠如比国语推行员高一些，我大概只比她高 5 厘米。

跟她并肩走时，肩膀间的距离不一样，视线角度也不一样，

但我还是会联想起跟国语推行员并肩走路时的情景。

"陪我走回宿舍对你而言会为难吗？" 她问。

"不会。"

"那就好。"

"但你能不能不要穿一身白？"

"我喜欢穿白色衣服，觉得穿白色看起来很清纯。" 她说。

"你即使把头发也染白，人家也不会用清纯形容你。"

"为什么？"

"冰山全身白得彻底，但你会用清纯形容冰山吗？"

"所以我是冰山？"

"呃……" 我一时语塞。

"我以前不会这样。" 她说。

"这样是怎样？"

"脸臭臭的、对人冷冷的、讲话语气冰冰的。"

"没人这么觉得吧。"

"你发誓？"

"我不敢。" 我竟然笑了。

她也笑了，她的笑声很轻，而笑容依旧妩媚。

"也许等我走出来后，我就能恢复正常了。" 她突然叹口气。

"也许吧。" 我说，"不过在那之前，你可以考虑烫头发。"

"烫头发？"

"女鬼的头发总是又直又长，如果你烫了头发，应该就不像了。"

"可是这头发我留了好几年了。" 她摸了摸她的长发。

"我是开玩笑的。" 我说，"你不用真的去烫头发。"

她的头发又直又长，看起来又很乌黑柔顺。

这种长头发对很多男生而言太有杀伤力了，可能光看背影就会疯狂。

然而如果在深夜，碰到穿着一身素白、留着长长的直发，

但神情冷冰冰的女孩子时，应该会疯掉吧？

到了研究生宿舍门口，我跟她说了声 ByeBye，转身就走。

"浮木。"

"还有什么事吗？" 我停下脚步。

"如果我去烫头发，你觉得会好看吗？"

"你即使剃了光头也会好看。"

"谢谢。" 她笑了。

"我问你一个程序问题。" 她说。

"请说。"

" IF我去烫头发，THEN你会喜欢。END IF。" 她问，

"这样写对吗？"

"呃……" 我犹豫了半天，"算对吧。"

"好。" 她笑了笑，依旧是妩媚的笑容。

"好什么？"

"我要进宿舍了。" 她挥挥手，"ByeBye。"

看着她的妩媚笑容，我竟然想起天长桥上国语推行员的笑容。

研一要结束了，班上同学提议办个烤肉联谊。

班上大多数是男生，只有一个长相让人感觉很难亲近的杨翠如，

和另外两个长相让人感觉非常随和的女同学 A 与 B。

所以还约了另一所学校的大学女生一起去烤肉。

我们要骑摩托车去，由男生载女生。

要出发时，每个女生都要抽摩托车钥匙决定谁载她。

"我不抽。" 杨翠如说，"我只让浮木载。"

班上男同学竟然都没异议，还偷偷说杨翠如是签王，

她抽中谁，谁就会提心吊胆。

"所以浮木哥哥你这是做功德。" 班上男同学笑了。

烤肉地点是湖边，大约要骑一个小时才会到。

虽然政府呼吁骑摩托车要戴安全帽，但还没严格禁止不戴安全帽的行为。

"你忘了戴安全帽？" 杨翠如要上车前说。

"不是忘了。" 我很不好意思，"是没那种东西。"

"哦。" 她上了摩托车后座，拍拍我肩膀，"走了。"

班上男同学说得没错，谁载她谁就会提心吊胆。

现在是初夏，但我浑身充满凉意。

而她那一头长发随风乱飘的样子，路上的人应该也会提心吊胆吧。

眼前是路旁树木低垂的树叶，我反射性低下头躲过。
但我隐约听到后面传来一声"啪"。

啊？忘了后面有载人。赶紧将车停在路旁。
我转过头，看见她的脸被树枝和树叶扫过，有一条红色痕迹，
左脸颊上还留着一小片叶子，应该是凤凰树的。
"抱歉。"我超尴尬，也很怕她发飙。

"我前男友开车载我出去玩时，要上车前，他除了帮我开车门外，
也会用手护着我的头，怕我撞到车门。"她说。
"喔？"我愣了愣，"所以呢？"
"所以你一点都不体贴。"

"你看过警察押解犯人吗？"我问。
"嗯？"
"警察押解犯人上车时，除了帮犯人开门外，也会帮犯人护头。"
"所以呢？"
"所以我今天才知道，原来台湾的警察对犯人很体贴。"
她愣了愣，然后笑了起来。

虽然她那种妩媚的笑容跟国语推行员一点都不像，
但她左脸颊沾上的那一小片树叶，让我有看到酒窝的错觉。
我痴痴地看着，仿佛国语推行员就在眼前。

"浮木。"她叫了一声，"我脸上有东西吗？"
我伸手往她的左脸颊，但手伸到一半就停在半空。
她用手拨了拨左脸，弄掉了那一小片树叶。

国语推行员走了，杨翠如回来了。

"抱歉，是我疏忽了。" 我回过神，"你的脸没受伤吧？"
"没。" 她说，"我也要说声抱歉，我不该提起前男友。"
"那又没关系。反而还要感谢你让我知道台湾的警察很体贴。"
"其实你说的也有一点道理。" 她又笑了。
"我只是在瞎说。" 我也笑了笑，"要继续骑了，请坐好。"

到了湖边先分组，杨翠如与随和女同学 A 、B 都在同一组。
"你怎么把我们班的女生都分在同一组？" 我问主办的男同学。
"如果杨翠如和外校女生一组，外校女生可能自惭形秽，吃不下。"
他说，"而其他两个女同学如果和外校女生一组，会吃不到。"

"为什么？"
"因为实验组和对照组。"
"什么？"
"你凭良心说，如果你烤完一片肉，你会给谁吃？" 他反问。
"先给比较不随和的吧。"
"对。" 他竟然笑了，"所以我们班的那两个女同学可能会饿死。"

他还说，杨翠如只想跟我在同一组。
所以我、杨翠如、随和女同学 A 、随和女同学 B 在同一组。
我无所谓，但我们这组其他 3 位男同学就不知道怎么想了。
这样分组也不错，随和女同学 A 、B 抢着烤肉，男生乐得轻松。
但情况好像不太对，她们不是只负责烤，而且还负责吃……
"喂！" 我说，"留一点给我们男生吃啊！"

烤肉接近尾声，大家都在湖畔走走，这里的风景不错。

"我今天很开心。" 杨翠如说。

"什么？"

"干吗那么惊讶？"

"感觉这不像是你会说的话。"

"那我应该说什么？"

"我好惨啊、还我命来之类的。"

"你怎么老把我当女鬼。"

"你只要表情不那么冷，多点笑容，就不是女鬼，而是……"

"是什么？"

"女神。"

"谢谢。" 她说，"你很会说话。"

"我只是实话实说。" 我说，"像班上那两位女同学，即使总是面带微笑，也依然……"

"依然怎样？"

"让人感觉非常、非常随和。"

她突然笑了起来，而且一发不可收拾。

"你嘴巴很坏。" 她说，"真不知道你在背后会怎么说我？"

"顶多就是说很冷而已。"

"那我现在还会很冷吗？"

"温度有上升一些。" 我说，"但还是可以多点笑容。"

"好。" 她又笑了，"我尽量。"

与初见她时相比，她的温度确实上升一些。

如果是以前，我会觉得当她在湖边走时，湖水可能会结冰。
而现在我们并肩沿着湖畔漫步，我却想起跟国语推行员并肩的感觉。

"你将来有什么愿望？" 她说。
"怎么突然问这么深奥的问题？"
"找话题聊聊而已。"
"应该是进去女厕所。" 我说，"这世上任何一个地方我都可能去，
只有女厕所进不去。所以如果有机会，我想走进女厕所。"

"你是开玩笑的吧？" 她打量着我。
"我是在鼓励你。"
"鼓励我？"
"我想让你知道，你可以走进男厕所其实是一件很感人的事。"
"北七（白痴）。" 她笑了起来。
突然听见她讲闽南语，我整个人愣住。

"你怎么了？" 她问。
"你会说闽南语？"
"东连马Ａ（当然也会）。"
"我以为你不会。"
"纳五科零（哪有可能）。"

国语推行员从不讲闽南语，起码我从没听她讲过。
如果国语推行员讲闽南语，就像这样吗？
我好像把她当国语推行员了，以致她讲闽南语时让我很震惊。

"浮木。" 她说，"会讲闽南语，很正常。"

"我知道。但是……"

"是不是像我这么漂亮的女孩子不应该讲闽南语？"

"当然不是这个意思。"

"那为什么我讲闽南语时，你那么惊讶？"

"没什么。" 我勉强笑了笑，"只是个无聊的理由。"

她没追问，只是静静向前走。

"你确实不冷了。" 我说，"而且可能过热。"

"我怎么可能过热？"

"你刚刚那句'像我这么漂亮的女孩子'，如果不是温度很热的女孩，是绝对说不出口的。"

她似乎脸红了，说不出话。

"如果我是帅到出汁的男生，我就可以像你一样，很自然地说出
'像我这么帅的男孩子这种话'。"

"你还要取笑我多久？"

"直到你承认你很热为止。"

"好。" 她笑了，"我很热。"

她越笑越开心，也越发妩媚，像完全绽放的玫瑰。

她转身面对着湖，双手圈在嘴边大喊："我——很——热！"

夏天似乎到了，季节和她都是。

要回去时，杨翠如依然不抽钥匙，而大家还是都没异议。

我载着她，小心避开路旁低垂的树叶，沿路都没交谈。

"浮木。" 她突然说，"我好像走出来了。"

"什么？" 耳畔呼啸的风声，让我听不清楚。

"我走出来了！" 她提高音量。

"走出什么？" 我也提高音量。

"走出失恋的伤痛！" 她大声说。

我差点紧急刹车。

"恭喜你！" 我大叫。

"谢谢你！" 她也大叫。

"干吗谢我？"

"因为是你让我走出来的呀！"

我又差点紧急刹车。

"为了安全起见，我们都不要再说话了！"

"好！"

我顺利送她回宿舍，她跟我挥挥手道别，笑得很灿烂。

夏天真的到了，季节和她都是。

过完暑假，升上研二，毕业的压力更重了。

研究室的位子要重新抽签，因为五间研究室总共 60 个位子，

但登记要位子的研究生有 62 人。

我签运不好，是唯二没抽中的其中之一。

我很慌乱，因为已经习惯在研究室念书了。

而且书籍、电脑和一些实验设备，也全部放在研究室。

但没办法，只好开始收拾东西，打算先搬回租屋处。

"浮木。" 杨翠如很纳闷，"你在做什么？"

"搬家。" 我说，"我没抽中研究室位子。"

"呀？" 她吓了一跳，"怎么可能没抽到？"

"如果是正常人就抽得到。" 我叹口气，"但……"
"那你以后怎么办？"
"在住的地方念书就好。"
她没回话，直接抱起我桌上的电脑屏幕。

"你在干吗？"
"搬家。" 她说。
她抱着那笨重的传统 CRT 屏幕吃力地走。走到她位子，放下。
喘口气后，又走到我位子，弯身想抱起电脑主机。
"喂！" 我大叫，"主机更重耶！"
"我知道。" 她竟然搬起主机，又走到她位子，放下。

"你到底在干吗？"
"我刚说过了，搬、家。" 她气喘吁吁，指着铁椅，"你坐着。"
我很纳闷，但还是乖乖坐在我的铁椅上。
"我也要把你搬过去。" 她又弯身想搬铁椅。
"你在搞笑吗？" 我赶紧站起身，"你根本搬不动！"
"谁叫你一直不帮我。"

她满头大汗，手和衣服都弄脏了，头发也乱了，神情有些狼狈。
我忍不住笑了起来，她也跟着笑。
"你以后就跟我一起坐。" 她说。
"坐不下吧。"
"L型书桌，我们一人一边。" 她说，"为什么坐不下？"
"可是……"

"你到底要不要帮我？" 她在她的位子大喊。

我走过去，她正在收拾桌面，清空L型书桌其中一边。

她要我把电脑屏幕放好，接上主机，开机后一切正常。

其他书籍和杂物就尽量放在研究室的书柜里。

两张铁椅的夹角是90度，我们分别坐下。

"我就说可以一起坐吧。" 她笑了，笑容依旧妩媚。

恍惚间，我想起国语推行员帮我右膝敷药时的情景。

那时她敷完药后，蹲在地上仰头看着我，微微一笑。

我却无法回应任何言语或表情。

如今我依然无法回应杨翠如任何言语或表情。

虽然我们并不是坐成一条线，而是夹成直角，但她还是在我右手边。

这跟初二时国语推行员坐在我右手边是一样的距离感。

刚开始跟杨翠如坐同一个研究室位子时，我完全陷进回忆的漩涡。

我常会忘了自己到底是在研究室，还是初中时的教室。

渐渐地，我很清楚自己在研究室里，为了毕业论文打拼。

而我身旁坐着杨翠如，她的左脸颊没有酒窝，但笑容很妩媚。

她坐着时会弯着背，举止干脆利落，说话声音不低沉。

她会讲闽南语，而且很流利；她沉思时会皱眉，不咬笔。

她没有向黑鲔鱼借眼睛，如果在深夜穿白衣服瞪人时，会像女鬼。

然而她只要面露微笑就是女神等级的女孩。

当她程序有问题时，只要叫一声浮木，

我就挪动椅子到她身旁，两人并排坐着面对她的电脑。

这样的距离近得几乎可以听到她的呼吸、闻到她的气息。

我们相视而笑时，笑声不会充满整间研究室，也不会有回音，

而是淡淡地晕开。

每个她要回去的深夜，我理所当然陪她走回宿舍。

我们并肩走着，不是在太阳底下，而是被星星或月亮照耀。

终点不是小卖部，而是研究生宿舍的大门。

我没得到一根红豆棒冰，而是看见一朵绽放的玫瑰跟我挥手说晚安。

我习惯了杨翠如的存在，也对她越来越熟悉。

开心时，左手拨弄发梢，并将头发缠绕着手指；

烦躁时，拿笔敲桌子，叩叩叩，像和尚敲木鱼；

肚子饿时，右手托腮，头歪向右边，身体也向右倾斜；

想回去时，鼻子轻轻哼着歌，旋律是费玉清的《晚安曲》。

如果她开心，她会挪动椅子到我身旁，面露微笑并发出嘿嘿两声；

如果她烦躁，我会挪动椅子到她身旁，看她用笔指着屏幕上某处；

如果她肚子饿，我们会一起出去吃宵夜，她最喜欢葱饼；

如果她想回去，我马上关电脑，站起身，陪她走回宿舍。

到了宿舍门口，她偶尔会唱："晚安，晚安。再说一声，明天见。"

"浮木。" 她笑了笑，挥挥手，"明天见！"

日子久了，班上同学都觉得我和杨翠如应该是男女朋友。

而我总是说："我和她只是很要好的研究生同学而已。"

但我却越来越心虚，感觉自己像在说谎。

我突然想到，以前国语推行员强调"我和他只是初中同学" 时，

她也会心虚吗？

有天晚上我刚走进研究室，发现电脑键盘上放了一封信。

信封外面只写了两个大字：浮木。

打开一看，里面是张卡片，内容是：

> 浮木：
>
> 你如一盏路灯，照亮我念研究生时的迷蒙；
>
> 也像一把利剑，斩断我心中的疑虑与不安。
>
> 你虽没有警察的体贴，却可以让冰山过热。
>
> 你是我溺水时抓住的浮木，让我得以上岸。
>
> 谢谢你，祝你圣诞快乐，心想事成。
>
> 明年也请多多指教。
>
> 　　　　　　　　　　　　　　溺水的女鬼

当我正全神贯注在那张卡片时，左肩突然被拍一下。

我吓了一跳，全身猛地震动一下。回头一看，是杨翠如。

她竟然又穿一身白，而且瞪大眼睛、吐出舌头、面无表情。

"这玩笑不适合你开，尤其是晚上。" 我笑了笑。

"圣诞快乐。" 她表情恢复正常，笑了笑。

"是圣诞节就不要穿成万圣节的样子。"

"我还是觉得这样穿很清纯。"

我本想反驳，但看见她的微笑，我突然觉得她说得对。

表情不再冷冰冰，又带着微笑的她，一身白衣确实很清纯。

而且是女神等级的清纯，还带点娇媚。

"浮木。" 她说，"圣诞快乐。"

"你刚说过了。"

"所以呢？"

"喔。" 我恍然大悟，"圣诞快乐。"

她笑了起来，没有酒窝，只有妩媚。

我突然有种预感，如果情侣一起走天长地久桥是会分手的，

因为仿佛有一把钥匙，正试图打开我心里的铁门。

而国语推行员也将要挣脱手铐脚镣，离开我心里。

我似乎已经是杨翠如溺水时抓住的一根浮木，

而不再是初中时喊起立敬礼的班长。

14.

春天来了。

季节和我都是。

如果不想延毕，研究生就剩最后一个学期。

我和杨翠如都打算在这学期提论文口试，所以我们都很拼，

待在研究室的时间更长、也更晚了。

但我很喜欢待在研究室，因为不再冰冷的杨翠如像是和煦的春天。

阿翔倒是一点都不紧张，他说他铁定延毕，所以不用急。

他还是常开车出去走走，偶尔我会陪他一起出去散散心。

如果车子经过郊外，他会摇下车窗，伸出左手，手掌摊开。

身体向后靠躺、微眯着眼睛，很陶醉的样子。

"喂。"我说，"开车专心一点。"

"我就是正在专心。"他说。

"专心？"

"我的论文要做风洞实验。"他说，"我正专心测试。"

"测试什么？"

"在时速 60 千米的情况下，把手伸出车窗外所感受的空气阻力，大约

等于成年女性 C 罩杯的手感。"

"什么？"

"现在就是 C 罩杯的手感。"

他左手伸出窗外，眯着眼睛，好像很享受。

"D罩杯了。" 他把时速增加到80千米。

"开慢点。" 我说。

"E罩杯了！" 车子更快了。

"喂！"

"F罩杯啊！"

"给我开慢点！" 我大叫。

阿翔哈哈大笑，车子时速回到C罩杯。

"菜菜。" 他问，"你跟杨翠如在交往吗？"

"别人都说是。" 我说，"但我不太确定。"

"你不确定？" 他很惊讶。

"所谓的交往，是什么意思呢？" 我问。

"比方在海边看到夕阳，觉得那景色很漂亮，或是吃到美味的食物、看到动人的电影等等，彼此都很希望对方能够跟自己一起感受这些美好。" 他说，"如果双方都处在这样的状态，应该就叫交往。"

"我不知道我是不是处在这样的状态。"

"这只是个说法而已。" 他笑了，"参考一下就好。"

"等口试完再说了。" 我说。

"口试完你就要去当兵了。"

"那就退伍后再说。"

"当你终于可以'再说'时，通常就没机会说了。"

我心头一震。

"当上帝关了一扇门，一定会为你打开一扇窗……" 阿翔笑了笑，

"然后把你从窗户推下去。"

"好狠。" 我也笑了笑。

"既然上帝已经打开杨翠如这扇窗，而且也把你推下去了。" 他说，

"那你就好好把握吧。"

"可是……"

"你该让国语推行员走，并让杨翠如住进来。"

我陷入沉思，没有回话。

"我再试试。" 他说。

我感觉车速越来越快，回过神时，车子时速已超过 100 千米。

"开慢点！"

"可是我论文要做到 G 罩杯……"

"给我停车！" 我大叫，"让我开！"

我接手后，维持 C 罩杯时速，进市区后，时速更是不超过 B 罩杯。

阿翔专心做他的实验，我则思考所谓的交往到底是什么。

也许因为是同学，又待在同一间研究室甚至是同一个位子，

朝夕相处下，很难维持单纯的同学关系吧？

隔天下午进研究室，杨翠如已经在位子上了。

我和她进研究室的时间都不一样，但总是同时离开。

"浮木。" 她一看见我就说，"晚上一起去吃牛肉面。"

"好。" 我说，"你怎么突然这么明确想吃某样东西？"

"这很奇怪吗？"

"以前问你要吃什么，你说随便。火锅？不要。PIZZA？不要。那你要

吃什么？随便。简餐？不要。排餐？不要。问你到底要吃什么。"

我笑了笑，"你还是说随便。"

她似乎觉得不好意思，笑得有点腼腆。

"你为什么今晚想吃牛肉面？" 我问。

"昨天室友带我去吃一家牛肉面店，我觉得超好吃。" 她说，"我就想跟你一起吃。"

"你昨天才吃过，今天又去吃会不会……"

"不会。" 她笑了，"我想早点跟你一起吃。"

我突然想到阿翔所说的那种"状态"。

难道在她心中，我和她已经处在交往状态了？

"你一点都不体贴。" 她看了我桌上的饮料一眼。

"嗯？" 我愣了愣。

"你每次进研究室，饮料都只带一杯。"

"因为我只要喝一杯。"

"你都不会想到要帮我带一杯。"

"这……"

"还有晚上陪我走回宿舍时，说完再见后你转身就走。"

"说再见了，不走要干吗？" 我说，"再找两个人来打麻将吗？"

"你都不会回头。" 她说，"有时走进宿舍后回头，发现你已经走得老远。这会让我觉得你急着走，好像陪我回宿舍你很不情愿。"

"我没不情愿啊！"

"你如果体贴一点，该有多好。" 她叹口气，"你可以为我变得体贴一点吗？”

我不知道要说什么，只能沉默。

到底怎么样才算体贴？我又该如何才算更体贴？

她看着我，也没开口。

这种静默的气氛，有点诡异。

"晚上还是要一起去吃牛肉面。" 她打破沉默。

"好。"

"我吃到好吃的东西都会想到你，你呢？"

"我会想到这世界上还有很多人没饭吃。"

"胡扯。" 她笑了。

晚上去吃牛肉面，老板似乎认得杨翠如，走过来打招呼。

"今天带男朋友来吃吗？" 他笑着说。

"我们是研究生同学。" 我说。

"原来只是同学。" 他说。

"同学就不能是男女朋友吗？" 她说。

"没错。" 他又笑了，"都带男朋友来了，我招待你们一盘牛腱。"

当初国语推行员说"我和他只是初中同学" 时，

我应该要像杨翠如一样回："同学就不能是男女朋友吗？"

我怎么现在才想到？

老板很慷慨，虽然只是一小盘牛腱，但牛腱不便宜。

"浮木。" 她说，"想清楚再吃。"

"想清楚？" 我已经举起筷子想夹一片牛腱了。

"老板认为我们是男女朋友才送牛腱。"

"所以呢？"

"你如果吃了，就表示认同老板的说法。"

"这……" 我筷子僵在半空。

她倒是没迟疑，举起筷子夹了一片牛腱送进嘴里。

"好吃。" 她说。

她没停下筷子，夹起一片又一片。

"起码留一片给我吧。" 我说。

"认同老板的说法，才能吃。"

终于只剩最后一片了，她又伸出筷子，我赶紧也伸出筷子拦截。

两双筷子抵住盘中最后一片牛腱，僵持不下。

"这样很难看。" 她说，"人家会以为我们在抢东西吃。"

"那你就放手。"

"好。" 她缩回筷子。

我夹起那片牛腱，犹豫该不该放进嘴里。

"快点。" 她说，"不然我要吃了。"

"很难抉择。" 我说。

她瞪了我一眼，表情很严肃。

"好吃。" 我马上将那片牛腱吃掉。

她笑了起来，眼波荡漾，神情妩媚。

杨翠如是个很漂亮的女孩，笑起来更是加倍漂亮。

从第一眼的女鬼，到现在女神般的笑容，

一切都好像顺理成章、理所当然；但又有些虚幻、不真实。

我跟阿翔聊起杨翠如希望我体贴一点，他听完后皱了皱眉。

"如果明明喜欢吃西瓜，觉得又甜又有水分，却偏偏挑了芭乐①。吃了以后嫌芭乐根本不甜，而且又硬又没水分。然后对芭乐说：你可以为了我变成甜一点、水分多一点的水果吗？"他似乎愤愤不平，"去找她的西瓜，不要浪费芭乐的时间。"

"所以我是芭乐？"

"对。"他笑了。

"她抱怨我不够体贴，很正常吧。"我说，"你反应太大了。"

"这种女孩嫌东嫌西，我不喜欢。"他说。

我又跟他说了跟杨翠如一起去吃牛肉面的事。

"所以你们是男女朋友了？"他问。

"依据牛腱理论……"我说，"应该是。"

"恭喜你。"他说，"这种女孩直接又大方，我很欣赏。"

"你前后差别太大了吧。"

"如果你们不是男女朋友，我当然实话实说。"他笑了起来，"但既然你们已经是男女朋友，那我只能祝福喽。"

"喂。"

"开开玩笑而已。"他问，"她是选最漂亮的发型吧？"

"对。"

"菜菜。"他说，"以后要细心一点，她对于琐事的细微感受，非常敏锐，但你可能忽略。而且要持续让她觉得被爱，她才不会走。"

"走？"

————————

①芭乐：番石榴的别称。台湾省的口语中也有形容人"很麻烦"的意思。

"反正你们就好好在一起吧。" 他拍拍我肩膀。

好好在一起？
跟杨翠如的相处模式，就是在研究室里坐同一个位子。
我总是努力帮她解决程序问题，晚了就陪她走回宿舍。
我跟她的所有互动，几乎都在研究室里完成。
将来毕业后，离开研究室，我又该如何与她相处？

口试快到了，我和杨翠如没日没夜地准备口试。
过了这关就海阔天空，因此我们得全力冲刺。
但口试前三天，她原本的长直发变成大波浪卷，妩媚度瞬间破表。
"你去烫头发了吗？" 我很惊讶。
"不然我是被雷劈到吗？"

"快口试了，你是想迷惑口试委员让他们很干脆地签名吗？" 我问。
"我是特地为你烫的。"
"为我？"
"你不是要我烫头发吗？"
"那是我开玩笑的……" 瞥见她脸色不善，我赶紧住口。

" IF我去烫头发，THEN你会喜欢。END IF。" 她说，"那时我问
这样写对吗？你说对。"
"这……"
"到底对不对？"
"算对吧。"

"那么……" 她拨了拨大波浪卷，问，"好看吗？"

"当然好看。"

"你喜欢吗？"

"算喜欢吧。"

"把算和吧去掉，再说一次。"

"呃……" 我说，"喜欢。"

她笑了，这种大波浪卷长发与妩媚的笑容根本是绝配。

"可是会不会太'杀'了？"

"太'杀'？"

"因为一般的女研究生通常……" 我说，"可是你这样太震撼了。"

"你到底在说什么？" 她很纳闷。

"简单说，就像在女子举重比赛的选手中出现林青霞一样震撼。"

"算你会说话。" 她又笑了。

"你是不是喜欢卷发的女生？" 她问。

"直发或卷发的女生，我没特别的偏好。" 我说，"但如果我喜欢的女孩是卷发，那么我就会喜欢卷发的女生。"

"我现在是卷发，你喜欢卷发的女生吗？"

"算喜欢吧。"

"把算和吧去掉，再说一次。"

"喜欢。"

"那么我就是你喜欢的女孩喽！"

"这逻辑不对。" 我说，"你要注意，若 P 则 Q 成立，但若 Q 则 P 未必成立。"

"我不管 P、Q。" 她说，"我只问你，我是不是你喜欢的女生？"

"呃……" 我说，"算是吧。"

"把算和吧去掉，再说一次。"

"是。"

她笑了起来，身体因为笑而轻轻颤动，大波浪卷长发也随之摇曳。

仿佛花朵正盛开。

"浮木。" 她说，"口试加油，你会顺利通过的。"

"谢谢。" 我说，"你也会顺利通过的。"

承杨翠如的吉言，我的口试过程很顺利，无风也无浪。

然而当口试委员恭喜我通过时，那瞬间浮现的第一个念头，

竟然是想和国语推行员分享喜悦。

可是我只能去跟杨翠如说我口试通过了。

她很开心，拉着我的手兴奋地又叫又跳。

那一头大波浪卷长发，开出非常灿烂的花。

每个女生都是待放的花苞，即使是在非产地的花朵，

只要适当的环境、细心的栽种，等花期到了，就会开得灿烂。

这个曾经冰山似的女孩，如今依然可以绽放出娇媚的花朵。

隔天是杨翠如口试，口试一结束她就跑回研究室找我。

"浮木。" 她皱着眉头，吞吞吐吐，"我……我……"

"你口试结果如何？"

"我口试没有……" 她突然咬着下唇。

"恭喜你顺利通过。"

"你怎么知道？" 她表情恢复正常。

"依你个性，如果口试没通过，一定马上再去把头发烫直，然后换上一身白衣，半夜在校园闲逛装鬼吓人。" 我笑了笑，"现在你第一时间就跑来找我，当然是顺利通过了。"

"不好玩。" 她也笑了，"都骗不到你。"

"你过了我就放心了。"

"浮木，谢谢你。" 她突然流下眼泪，"没有你的话，我……"

"你演技太强了！" 我说，"眼泪竟然可以说掉就掉。"

"讨厌！" 她说，"是真的啦！"

"喔，抱歉。" 我说，"过了就好，这是你自己的努力。"

"谢谢你。" 她拉着我衣角，低下头，任泪水滑落。

"口试委员有吓一跳吗？" 过了一会，我问。

"吓一跳？" 她抬起头，还有泪光。

"他们原以为要来当女子举重比赛的裁判，看到你之后，应该会觉得是来当世界小姐选美的评审。"

"庆菜工共（随便讲讲）。" 她破涕为笑。

口试过了，剩下的只是修改一下论文，完成定稿。

最后跑一下离校手续，就可以拿到毕业证书。

我的兵单到了，大约一个月后要去当兵。

把行李、书籍等杂物搬回台北的家后，我专心在台南等当兵。

已经毕业了，去研究室就变成没太大意义的事。

但我和杨翠如偶尔还是会在研究室碰面，因为已经习惯了，

而且好像也只有研究室才是我们碰面的唯一地点。

我们都在试着找寻新的相处方式，但即使找到，意义也不大。

因为我快要去当兵了。

"浮木。" 她说，"我下礼拜在这里上班。"
说完她递给我一张纸，上面写着某家公司的名称和地址电话。
"你找到工作了？" 我接过那张纸。
"嗯。" 她点点头，"以后可以来找我。"
"好。"

"你去当兵前，可以答应我一件事吗？" 她问。
"请说。"
"写信给我，还有放假时一定要来找我。"
"这是两件事了。"
"你答不答应？" 她瞪我一眼。
"好。" 我说，"这两件事我都答应你。"

"不要忘了那片牛腱。" 她说。
"牛腱？"
"牛肉面店老板送的那盘牛腱。"
"那不是早就吃完了？"
"我意思是，你吃了牛腱。" 她又瞪了我一眼。
"喔。" 我恍然大悟，"我不会忘。"
她笑了起来，我大概也不会忘了这种妩媚的笑容。

不过她刚刚瞪我的那两眼，让我联想到黑鲔鱼，
我突然又想起国语推行员。
忙于准备口试的那段时期，我都没去女生宿舍旁的餐厅。
我快要去当兵了，要离开学校了，我想看那身影最后一眼。

算是告别。

而且我该让国语推行员走出心里的铁门，杨翠如才能住进来。

这礼拜是大学部的期末考周，今天是最后一天。

今天考完后，大学生就正式放暑假了。

不像我们这种研二生，口试通过后就没事了。

我又在11点45分进入餐厅，12点5分吃完饭。

然后一直注视着玻璃窗外的那条走廊。

今天很幸运，那身影12点6分就出现。

从左到右，1、2、3、4、5……

咦？她停下来了，在第5步。

她停下脚步，回头，转身。似乎是后面有人叫她。

以往我只能看见她的右侧面，现在却依稀可以看见她的左脸。

国语推行员的左脸我太熟了，因为那个酒窝。

而这个左脸竟然跟国语推行员更相像，我心跳瞬间狂飙。

我把脸贴着玻璃，想看得更仔细。

叫住她的女生走近她，她好像笑了，左脸有了纹路。

那是酒窝吗？还是我的错觉？

我知道距离60米还能看见脸上的酒窝可能得具备老鹰般的眼睛，

所以应该只是错觉。

但不管是不是错觉，我反射动作是从座位弹起身、跑出餐厅，

一路冲到女生宿舍门口朝70米外的走廊大喊："素芬！"

人来人往的女生宿舍门口顿时定格，所有人都转头看着我。

但我不在乎，我只是盯着离我 70米走廊上的那个女孩。

她也听到叫声，转头遥望着我。停顿五秒后，她终于朝我走来。

那缓慢而流畅的步伐，我很熟悉，内心也激动不已。

她走了 30步，离我只剩 50米时，我眼眶不禁湿润。

是国语推行员，不是错觉。

阳光洒在她背后，她似乎是带着阳光朝我走来。

她走到我面前，停下脚步。

"班长。" 她笑了，露出酒窝。

全世界都笑了，只有我眼角湿了。

"你怎么会在这里？"

"你怎么会在这里？"

我们异口同声说出第一句话，而且都是同一个问句。

"你先说。"

"你先说。"

异口同声说出第二句，还是同一个句子。

她右手指着不远处花圃旁的长条椅，然后转身走去。

我立刻跟上，与她并肩。

"我念护理系。" 她坐下说，"现在还是大三，快升大四了。"

"啊？" 我很惊讶，"三年前你不是考上台北的学校吗？"

"有吗？" 她也很惊讶，"我自己都不知道。"

我跟她说起三年前看报纸榜单的事，她说应该是同名同姓吧。

"你考大学的那年榜单上也有两个蔡志常。" 她说。

"那你怎么知道哪个是我？"

"一个是社会系，一个是自然系。" 她说，"我知道你是自然系。"

"喔。"

原来我考大学那年，她整份榜单都看完了；

而我一看到她的名字后就没再继续看。

如果我看到护理系的录取名单有"邱素芬"，我一定知道就是她。

如果我像她一样把整份榜单都看完，现在应该会不一样吧？

"你是不是搬家了？" 她问。

"对。" 我说，"三年多前，我们走完天长地久桥后三个月，家里就搬到台北了。"

"原来已经三年了。" 她说。

"是啊。" 我说，"三年了。"

我们同时沉默，好像都在感慨时间的流逝与人事的变迁。

"那年我又寄了张圣诞卡给你。" 我先打破沉默。

"你寄到哪？"

"还是屏东医院。"

"那时我已经在这里念书了。" 她笑了。

还是这种只有嘴角拉出弧度的清淡微笑，看了令人安心。

"卡片写什么？" 她问。

"呃……"

"念。"

"素芬：在这平安喜乐的时节，衷心祝你圣诞快乐。"

"内容还是一样。" 她笑了笑，"署名也是蔡志常？"

"嗯。" 我有点不好意思。

"班长：谢谢您的祝福。我现在是您的学妹，我念护理系大一，而您已经大四了。希望剩下的半年里，我们能在校园内偶遇。祝您圣诞快乐，事事顺心，一切平安。署名：素芬。" 她一字一字念，
"收到我回寄的卡片了吗？"
"隔了三年，终于收到了。" 我说，"而且还是用您。"

"圣诞快乐。" 她低声说，"Merry Christmas."
"圣诞快乐。" 我也低声说。
大热天在很多人认识我们的校园里说圣诞快乐还是低调一点好。

"念大一时，我偶尔会经过你们系馆。" 她说，"我总是停下脚步，看一眼，心想会不会刚好看见你。"
"抱歉。"
"我原谅你。" 她笑了笑，"升上大二后，猜想你大学毕业后可能到别的城市念书，从此我就不经过你们系馆了。"

"大学毕业后，我考取本校的研究生，所以还是待在这里。" 我说，
"念研究生这两年，我常来这家餐厅吃中饭。"
"呀？" 她很惊讶，"我几乎都在这家餐厅吃饭，怎么没遇过你？"
"真的吗？" 我也很惊讶。

原来我们都想避开 12 点到 12 点 15 分间的用餐尖峰，
只不过我选择 11 点 45 分提早进入餐厅，而她因为第四节通常有课，
下课后走回寝室休息一下，等到 12 点 25 分以后再下楼用餐。
"我 12 点 20 分就离开餐厅，难怪总是没有看到你。" 我叹口气，

"如果我晚点离开餐厅，也许就能遇见你。"

"是我的错。"她说，"如果我早一点进餐厅，就能遇见你。"

她似乎轻轻叹口气，陷入沉思。

"是我迟到了。"过了一会，她说。

我心头一震，她竟然也用"迟到"这字眼。

"学校有好几间餐厅，这里离你们系馆比较远。"她问，"为什么你常来这家餐厅吃中饭？"

我只好跟她说，来这里可以看到一个很像她的身影。

我也提了仓央嘉措的传说，说自己等她出现时都会联想到那传说。

"我总是只看到你的右侧面。"我说，"如果你两边脸颊都有酒窝，我可能很快就能确定是你，不必等两年。"

"怪我喽？"她笑了起来，左脸颊露出酒窝。

这样的酒窝具有独特的魅力，总是轻易将我卷入。

我深信如果她右脸颊也有这酒窝，我一定早就认出是她。

"不过我比仓央嘉措幸运多了，他心里知道端酒少女的侧面并不是他的初恋情人。"我笑了笑，"可是我看到的人，真的是你。"

"所以你这两年常来这里吃中饭，只是为了看到一个很像我的人？"

我突然觉得脸颊发热，说不出话。

"我可以说谎吗？"过了一会，我说。

"可以。"

"不是。"我说。

"谢谢。"她意味深长地看了我一眼后，低声说。

"如果我没迟到，如果我早一点出现，如果……"

她抬起头，阳光从树叶间洒在她脸上，"那么你就不用等两年了。"

我也抬起头，今天的阳光让我想起初三烧窑那天。

那天的阳光也从树叶间洒落在她脸颊，点点金黄映照着酒窝。

那天的她，特别明亮。

"班长。"她问，"你研究生顺利毕业了吗？"

"拿到毕业证书了。"我点点头，"下礼拜二就要去当兵。"

"你当兵时会当班长吗？"

"我是预官。"我说，"应该是当少尉排长。"

"排长比班长大？"

"对。"

那恭喜你升官了。"她笑了笑。

我喜欢看她的笑容，时间过得再久依然觉得熟悉。

"退伍后有何打算？"她问。

"应该还是会在台南找个工作。"

"你这么喜欢台南？"

"不是喜欢，只是习惯了。"我说，"而且是你比较喜欢台南吧。"

"我喜欢台南？"她很纳闷。

"在天长桥时，你说你曾考上台北的学校，可是因为某个无聊的理由，觉得城市不对就不去念。但你考上台南的学校就念了，所以你应该喜欢台南。"

"我不是因为喜欢台南才来念。"

"那你是因为？"

当当当当……当当当当……当当当当……当当当当……

突然响起钟声，下午第一节课要上课了。

"因为你在台南念大学，所以我想跟你在同一座城市念书。"

钟声停止后，她说。

15.

我完全愣住，说不出话。

"我想跟你在同一座城市念书。" 她说，"这个理由无聊吧？"
原来这就是她所谓的"无聊的理由"。
"那卡片上为什么不用你而用您的无聊理由是？"
"把'您'这个字拆开会变什么？" 她反问。

"上面是你，下面是心。"
"嗯。" 她说，"你在心上。"
"所以呢？"
"你在我心上。" 她说，"这个理由也很无聊吧？"
我又愣住了。

"班长。" 她站起身，"我要去考试了。"
"啊？" 我想起今天是期末考周最后一天，赶紧站起身。
"下午第一节有考试，刚刚钟响了，我已经迟到了。"
"你快去！"
"对你都迟到了两年，考试迟到十分钟应该还好。"
"你赶快去考试吧！" 我既紧张又慌乱。

"班长。" 她又问，"你退伍后会在台南找工作？"
"对。"
"那退伍后再说。" 她转身，"我去考试了。"

她走路时挺直的背部，缓慢而流畅的步伐，我从没忘记过。
我很希望她加快脚步，因为已经迟到了，而且期末考太重要；
但我又很希望她停下脚步甚至回头，因为我还有很多话想说。
然而她维持一贯的节奏，没有停顿、转身，缓缓地消失在我的视线。
她也会以这样的节奏走出我心里的铁门吗？

终于知道了两个无聊的理由，我应该高兴吗？
我完全没有高兴的感觉，只感觉整个人变轻。
不是那种压力消失了的轻，而是重心不见了的轻。
仿佛国语推行员已挣开手铐脚镣，打开铁门走出我心里。
我失去重心，只能漂浮。

晚上是教小敏的最后一堂课，我不免多叮咛了几句。
"老师你要去当兵了吗？" 小敏问。
"嗯。" 我说，"以后高三数学无法应付的话，你要去补习。"
"老师……"
"怎么了？"
"我会等你。"
"不要说奇怪的话！" 我轻轻敲了她的头。

大家都在等。
我等国语推行员，国语推行员等我。
终于等到对方时，却发现迟到了。

不想了，要去当兵了。
在成功岭受训的那六个礼拜可以抵两个月兵役，

所以我还要当一年十个月的兵。

提个背包，我站在台南火车站的第二月台，等待火车。

"浮木！"

我转过身，看见杨翠如。

"你怎么来了？" 我很惊讶。

"来送你呀！" 她说，"不然是跟你一起去当兵吗？"

"你今天不是要上班？"

"上班很重要吗？"

"很重要。" 我说。

"对。" 她笑了，"但送你更重要。"

我勉强挤了个微笑。

月台上还有一些像我一样要入伍的人，他们的神色都很凝重。

而送行的人，神色更是不安。

面带妩媚笑容的杨翠如，在这个时空中有些突兀。

然而她似乎被周遭气氛所感染，笑容渐渐消失了。

"浮木。" 她拉着我衣角，"我已经习惯依赖你，你不在的话……"

"我只是去当兵。"

"我知道。可是……"

"我休假时就会去找你。"

"那你可以告诉我，下次你找我时，是多久以后？"

我一时语塞，答不出来。

"可以答应我一件事吗？" 她问。

"好。" 我很干脆。

"待会上车后，不要回头。"

"为什么？"

"我不想让你看见我流泪的样子。"

我不知道该说什么，只是静静看着她。

杨翠如很美，美得有些不真实。

不是说她长得很梦幻，而是她在我身边的存在感，很不真实。

虽然我们似乎已经是男女朋友，但我总有一种错觉，

好像我们只是一场戏里的伴侣，而且入戏很深。

广播声响起，火车要进站了。

"我会写信给你，放假时也一定会找你。" 我说。

"好。"

"你自己多保重。"

"不要抢我的对白。"

"喔。"

"挖A淡里（我会等你）。"

"嗯？"

"挖、A、淡、里。" 她一字一字说。

火车进站了。

我上了车，站在车厢间，没有往车厢内移动。

问菩萨为何倒坐？叹众生不肯回头。

佛像为何背对着你？那是要提醒世人该回头了。

于是火车汽笛声响起的那瞬间，我回头了。

我看见杨翠如站在原地，泪流满面，像个无助的小孩。

火车启动了，我朝她挥挥手。她用手擦了擦眼角，也朝我挥挥手。

火车离开月台了，我难过得蹲坐在地板。

让我最难过的，不是杨翠如的眼泪；

而是回头的瞬间，发觉其实我是想看见国语推行员。

要去当兵了，蹲坐在火车上时我做一次验算。

国语推行员和杨翠如的身影不断交替，根本静不下心。

我不想再验算了，可以提早交卷吗？

签运是一个很有趣的概念，有时抽不中叫签运不好，

比方我没抽中研究生宿舍床位和研究室位子。

但有时抽中了也叫签运不好，比方我下部队时抽中外岛签。

我要去马祖当兵，在北竿。

下部队时，从基隆坐 10 小时的船到马祖，船上的新兵都想跳海了。

而我的心情，也像海面上的波浪起伏着。

浪起时，国语推行员；浪伏时，杨翠如。

在外岛当兵没什么不好，除了回台湾比较难而已。

这是老兵安慰新兵的说法，但同样的逻辑可以套用到：

生病没什么不好，除了比较不舒服而已。

坐牢没什么不好，除了比较没自由而已。

下船时，所有新兵的脸跟他们身上的军服一样，都绿了。

在马祖有看不完的海，很多人会因而想家、想爱人，

但我却在这里看见故乡。

好几年没回故乡了，看见这里的海仿佛看见故乡。

我常常遥望大海，感觉像以前坐在盐山上看着大海一样。

虽然回台湾比较难，但我有时会有回到故乡的错觉。

当兵的日子，眼睛放亮一点、人低调一点，日子并不难过。

偶尔被修理一下、被难搞的长官敲一下，习惯了也就没事。

比较不方便的是营区缺水，仅有的水要用来煮饭。

如果有水可以洗澡，那洗完澡剩下的水要用来洗衣服。

如果没水洗澡，就要自己花钱去民家洗。

民家只是放一个浴缸的水给你而已，不会有女人帮你洗。

马祖的鬼故事太多了，基本款就是多一人和少一人的故事。

多一人就是明明只有自己在厕所，但旁边却多一人陪你尿尿；

而少一人则是跟着一个弟兄进厕所，但进厕所后只有自己尿尿。

每次碰到时总是寒毛直竖，然后假装若无其事走出厕所。

久了以后发现自己身上的汗毛都是直立的，几乎可以当刷子。

这应该是我的现世报。

想当初跟杨翠如瞎说迷路的女人，害她 12 点过后只能去男厕所。

如今的我更惨，因为没有女厕所可以躲开。

我是个守信的人，答应了写信给杨翠如，就一定写。

我不擅长在信件里表达心情，但还是可以每封信写几张信纸。

内容不外乎就是一些琐事、趣事，偶尔加点鬼故事。

有时会觉得我好像把信写成了《聊斋志异》。

有次我在信里写道：

马祖当地居民讲福州话，属闽东语，台湾闽南语则属闽南语。

虽然同是福建，但福州话只有极少数词和台湾闽南语类似，根本无法沟通。

所以军民沟通时，都讲国语最快。

身为国语推行员的你，应该……

啊？我竟然在写给杨翠如的信里把她当成国语推行员。

我扔下笔，看着信纸发呆。

是不是也该写信给国语推行员？

如果写信给国语推行员，又该以什么样的角色？

我的身份是杨翠如的男朋友，如果写信给杨翠如写成《聊斋志异》，

而写信给国语推行员却写成《红楼梦》，这样妥当吗？

我不禁叹了一口气。

想起国语推行员说的那句："退伍后再说。"

又是再说。可是如果退伍了，又能再说什么？

我和国语推行员既然都迟到了，那就是这样了。

揉掉那张信纸，重新写给杨翠如。

刚开始写信给杨翠如时，大约两个礼拜会收到她的回信。

渐渐的，收到她回信的时间拉长了。

写第 7 封信给她时，收到回信的时间是一个月。

上个月写了第 8 封信，但 35 天过去了，还没收到回信。

"兵变"这种事在台湾时有所闻，如果在外岛服役那就更多了。

甚至还有弟兄一抽到外岛签就立刻跟女友协议分手。

兵变的征兆之一，就是写信给女朋友却没收到回信。

但这个征兆还有救，起码可以幻想信件寄丢了。

因为怕漏掉信，我每天会特地去收信处察看。
弟兄们常问我："排长，还没收到女朋友的信吗？"
"嗯。"我说，"可能寄丢了，或是船没开，信件耽误了。"
"对，应该是这样。"弟兄们说，"船常常没开。"
但久了以后，弟兄们就不敢再问了。

寄出第 8 封信后的第 40 天，我休假回台湾，有 15 天假。
这是我第一次休假，依然要坐 10 小时的船到基隆。
下船后，先到台北的家里待了两天，然后坐车到台南。
阿翔还是住在老地方，他要我跟他挤，我便去住他那里。

学校这时是寒假期间，国语推行员应该不在校园。
即使她可能在校园，我该去找她吗？
算了，我好像已经失去了找国语推行员的立场。

我打电话到杨翠如上班的公司，连续两天都说她出差。
第三天她终于出差回来了。
"我是浮木。"我说。
"哦。"她竟然愣了几秒，才应了一声。

她没有像电视剧演的那样，喜极而泣或是激动得说不出话，
或是立刻挂断电话冲出公司大楼，在街头狂奔来找我。
她只是说这几天公事很忙，等过几天看看能不能见个面。
"好。"我说，"没关系。"
她没再说话，我可以听到她的呼吸声。

"答案是半年。" 我说。

"半年？" 她很纳闷。

"在月台上你曾问我下次找你时，是多久以后。" 我说，"那时我没回答，但现在知道答案了，就是半年。"

"哦。" 她简单应了一声。

"那我过几天再打电话给你。"

"嗯。"

虽然认识她两年多，但从未在电话中跟她交谈过。

第一次跟她讲电话，感觉像是跟一个完全陌生的人交谈。

我不禁想起她在月台上说：上班很重要，但送我更重要。

而对她的最后印象，是她站在原地泪流满面对我挥挥手的神情。

如今她冷静而理性，也委婉表达公事繁忙无法抽身。

这两个是同一个人吗？

"阿婆跑得快，一定有古怪。" 阿翔说。

"嗯？"

"有古怪。" 他说，"菜菜你要有心理准备。"

"如果是那样，她应该会跟我说吧？"

"不会。" 他说，"如果她变心了，不会跟你明说。"

"为什么？"

"你毕竟对她很好，也是她男友，她如果明说，等于承认是她变心，那么她会有亏欠和罪恶感。" 阿翔说，"所以她会尽量对你冷淡，让你自己发觉，然后自己离开，那么这段感情就只是自然结束。"

"如果她没明说，我会以为还是她男友而一直找她，她不会烦吗？"

"那么她就再做得更明显，让你知道。" 他说，"如果你还不知道，那就更更明显，直到你自己发觉、自己离开。"

我陷入沉思，没有接话。

"如果她真的变心了，那么理由是？" 过了一会，我问。

"理由？" 阿翔笑了，"人生最不缺的就是理由。如果你要理由，她随便就可以找出 100 个，但没有意义，也未必是她真正的想法。"

我又陷入沉思。

"你为什么越开越快？" 回神后，我问。

"你忘了吗？" 他说，"我论文要做到 G 罩杯。"

"给我开慢点！" 我大叫。

阿翔哈哈大笑，车速回到 C 罩杯。

"菜菜。" 他说，"不要执着，放下看开就好。"

几天后，我又打电话到杨翠如上班的公司。

"我还是很忙。" 她说。

"喔。" 我只能应一声，"没关系。"

"你还剩几天假？"

"还有 5 天。"

"这样吧。" 她说，"明天下午我们碰个面喝杯咖啡。"

可以碰面应该是好事，应该吧。

隔天我依照约定时间在她公司楼下等她，她准时出现。

"嗨。" 她说。

第一次听到她不叫我浮木只说声嗨，我不知道该如何回应。

"喔。" 我回过神，"你好。"

"咖啡馆在前面路口，我们走过去吧。" 说完她便转身向前走。
我立刻跟上，走了 10 步后，再并肩。
她的头发大概只有原先的一半长，而且变成小波浪卷。
这种发型让她更艳丽、更妩媚动人。
阿兵哥常说当兵三个月，母猪赛貂蝉。但如果碰到貂蝉呢？赛什么？

我比她高 5 厘米，因此以前并肩走路时，视线是微微向下。
但现在几乎一样高了，甚至觉得她比我高，视线变成平行。
眼角余光瞄了一下，原来是她踩了双跟有点高的鞋。
如果我们是并肩从系馆走到研究生宿舍，也许我会找回一点熟悉；
但现在走到咖啡馆的路上，我觉得是跟一个陌生人并肩。

一个艳丽的女人跟一个顶着阿兵哥平头的男子走在一起，
路人可能会以为她是女明星，而我是她的贴身保镖。
但我体格不够壮，也许路人会觉得我应该是她的助理。
"到了。" 她说，"进去吧。"

我们面对面坐着，以前常这样面对面吃饭、吃宵夜、喝饮料，
但现在面对面喝咖啡却让我感到生疏、不自然。
她问了我一些军中生活的事，但总是点到即止，我的回答也很简单。
"会很累吗？" "不会。" "会危险吗？" "不会。"
"压力大吗？" "不会。" "还适应吗？" "嗯。"

我也问了她工作上的事，她的回答也很简单。
"工作忙吗？" "很忙。" "常加班吗？" "很常。"

"待遇好吗？""还好。""喜欢这工作吗？""还好。"
过程中，她看了两次手表。

她偶尔会微笑，笑容虽然妩媚，但感觉有些客套。
眼前的她，像个自信的女强人。
而那个在台南火车站第二月台上满脸泪痕的无助小孩，
到哪去了？

"我该回去上班了。" 她看了第三次手表后说，"工作真的很忙，
只好等你下次放假再陪你了。"
当兵半年，虽然脑袋变笨了，但还不至于变成白痴。
她这句话的意思，应该是剩下的 4 天假她都没办法陪我。

剩下的 4 天假，我跟阿翔一起度过。
"菜菜。" 阿翔又说，"不要执着，放下看开就好。"
我并不是执着，只是感觉无法连贯。

对我而言，好像只是睡了一个很长的觉，半年后醒来。
醒来后脑中还残存着入睡前杨翠如的泪痕与那句"挖 A 淡里"。
但对杨翠如而言，这半年的时间已足以令她变成一副全新的样貌。
而且是我完全陌生的样貌。

休假结束，我坐车到基隆，再坐 10 小时的船回马祖。
下船后，海风迎面扑来，那种寒冷的感觉我竟然觉得熟悉。
不像在台南时，对杨翠如的冷淡感到陌生。

马祖的冬天很冷，海岛上没有任何屏障，凛冽的海风直接灌进屋子。

刚来的新兵总觉得棉被根本盖不暖，在被窝里还是一直抖。

每当清晨跑步回来，军服总会沾上一层白色半透明的霜。

用手一拨，军服总会留下水渍。

这让我想起初中时在冬天骑自行车上学的情景。

很奇怪，明明人在外岛当兵，却总是有回到故乡的错觉。

休假前寄出的那第8封信依然没收到回信，我不想再等了。

之后还是每个月固定寄出一封信，但从未收到回信。

寄出第14封信时，我刚好当满一年兵，也是第二次休假的日子。

这次回台湾后，还是先在台北家里待两天，然后坐车到台南。

打电话到杨翠如上班的公司，接电话的人说她已经离职了。

拿着话筒，我完全呆住了，忘了要挂电话。

阿翔还是说那句"不要执着，放下看开"。

我说还不行，因为我答应了杨翠如，放假时一定要找她。

我试着联系研究生同学，希望能探听出杨翠如的新公司在哪。

同学们几乎都不知道，而且都以为杨翠如还待在原公司。

直到随和女同学A告诉我，她听说杨翠如回台中上班。

我要了那家台中公司的电话，打电话去碰碰运气。

"你怎么知道我在这里上班？" 杨翠如的语气听起来很惊讶。

"喔。" 我说，"所以理论上我应该要不知道？"

她没回话，但我可以清楚听到她的呼吸声。

"方便去台中找你吗？" 我问。

"最近工作很忙，可能抽不出空……"

"我还有十天假。" 我打断她，"这十天都没办法？"

"嗯。"

"我答应过你，要写信给你、放假时一定要去找你，这两件事我都有做到。" 我说，"但现在要跟你说声抱歉，以后我没办法做到了，请你原谅。"

"不要这么说。"

"请你也答应我一件事，就是在我挂电话之前，你不要说对不起。"

"好。"

"我只剩最后一句话要说。在我说之前，你有要说什么吗？"

"没。"

"那么……" 我说，"你自己多保重。"

我挂断电话。

剩下的十天假，我还是跟阿翔一起度过。

大学毕业典礼早过了，学校也正在放暑假。

国语推行员应该毕业了，那么她接下来会做什么呢？

念研究生？找工作？

我常心不在焉，总是想着到底发生了什么事。

阿翔如果把车速加到G罩杯甚至H罩杯，我可能也不会察觉。

假期结束要坐船回马祖时，站在甲板上看着起伏的海浪，

内心却异常平静。

杨翠如说得没错：

"恋爱的时候最任性，不顾一切许下承诺和誓言。会相爱多久？都说

海枯石烂、天长地久；面对考验呢？都说不离不弃、生死相依。但那些甜蜜的承诺、永恒的誓言，却找不到任何一家保险公司可以保这个责任险。"

如果有保险公司愿意承保这种失恋险，应该会马上倒闭吧。

也许只是因为杨翠如嫌我不够体贴；

也许因为她是选最漂亮发型的人，非常在乎被爱的感觉，

而在外岛当兵的我，根本无法让她感受到被爱。

也许……

我突然想起国语推行员在地久桥所说的吊桥效应。

"英雄救美" 是吊桥效应的典型例子，女生在危急不安恐慌时，

对刚好路过解救她的男生，很容易产生恋爱的情愫。

然而一旦脱离了危急的环境，离开了吊桥，还会是这样吗？

念研究生时，在研究室朝夕相处，我总是努力帮她解决程序问题，

安抚她曾经受伤与不安恐慌的心。

也许研究室就是吊桥，而杨翠如会跟我在一起，是因为吊桥效应吧？

杨翠如总是叫我：浮木。

"因为在我溺水时，你就像漂到我眼前的一根浮木。" 她曾经说。

原来我只是她溺水时漂到她眼前的一根浮木。

她抓住了它，才能上了岸，捡回一条命。

但她上岸后慢慢发觉，这根浮木其实很平常，甚至有些丑陋。

在水中，依赖浮木才能生存，便觉得那是最美好的东西。

上了岸，不再需要浮木，它就只是块木头而已。

在水中看着那根浮木，跟在岸上看着那根浮木，

她的心情应该不一样吧。

我不用再写信了，静下心把剩下的兵当完。
弟兄们知道我被兵变，对我更是嘘寒问暖。
我的身份地位提高了，有资格去开导那些刚被兵变的弟兄。
弟兄们常开玩笑说可以组成"兵变阵线联盟"，
我想最少可以组成一个连，而且这个连一定战力超强。

当兵的日子，刚开始总觉得日子过得很慢，
到后来，就会觉得时间一下子就飞过。
离退伍只剩一个月的某天深夜，在波涛拍打的礁岸边，
漆黑的海面上荡漾着奇幻的蓝光，像梦境一样。

马祖老一辈的人说这叫"丁香水"，因为这种蓝光出现后，
丁香鱼群会来，渔民们可以有丰收。
也有人说，这叫"蓝眼泪"。
但为什么用"眼泪"称呼？没人可以回答我。

没有礁石的阻挡，哪能激起美丽的浪花？
而如果没有海浪拍打礁岸或沙滩，也激发不出蓝眼泪。
于是一浪接着一浪，冲击出一片又一片蓝光。
像悲伤一样，一波接着一波。

每当我看到海面上泛起的蓝光，那种鲜艳的梦幻般的蓝色荧光，
除了觉得那是人间美景外，整个人似乎也被抽离。
我仿佛飞离陆地，来到礁岸边，跳入海面起伏的波浪里，
隐没在那一大片蓝色的荧光中。

然后我流下了眼泪，眼泪也是蓝色的。

那瞬间，我只想念着国语推行员。
希望她也能和我一样，成为蓝光的一部分。
我一共看过五次蓝眼泪，每次总会莫名其妙流泪。
而且每次总会想起国语推行员。

终于拿到退伍令，整理好行囊，要回台湾当死老百姓了。
站在码头边，看着那一片熟悉的景物。
我竟然有一种要离开故乡的错觉。

上船前，我做了一次验算。
国语推行员念研究生也好，去工作也罢，
她依然是我心目中最温柔善解的女孩。

而且她并没有挣脱手铐脚镣，依然被我牢牢地锁在心里的铁门。

16.

我们都是季节。

有时春暖花开，有时太热情，有时却冷酷。

我们都是季节，是会改变的。

退伍后，我应该比较像冷酷的冬天。

感觉整个人被一层薄薄的冰封住，失去学生时代的热情。

我话变少了，所有动作也比较沉稳缓慢。

连说话的速度都变慢了。

阿翔延毕两年，我退伍回来他刚好研究生毕业。

"菜菜。" 他说，"我们都是：小姐，脱了吧！"

"什么意思？" 我问。

"解脱了！"

我们笑了起来，简单拥抱一下。

"我不用当兵，因为心律不齐。" 他笑说，"我心里的门老是开开关关，难怪心律不齐。"

我很羡慕这种门，不像我心里的铁门，总是锁着。

日子久了，锁生了厚厚的锈，即使有钥匙，也未必打得开。

阿翔和我一样，都要在台南工作，他老爸不想让他再租房子，

便帮他买了一间两房一厅的小公寓。

"菜菜。" 他说，"来跟我一起住。不收你房租。"
这主意很好，于是我跟他住在一起。

"不用给你房租，我会不好意思。" 我说。
"我是学你的，因为你也没有收那个国语推行员的房租。"
"学我？" 我很纳闷，"我干吗收她房租？"
"她在你心里住了十几年，都不用缴房租吗？"
"这句话很漂亮耶。" 我笑了。
"下次如果你遇到她，记得跟她说这句。" 他也笑了。
"好。"

下次？什么时候？
每一个最后一次，都不会知道自己是最后一次。
但缘分并不是一个圆，总有最后一次。
我总是不知道每次遇到她时是不是最后一次。
也总有每次遇到她就是最后一次的预感。

我顺利找到工作，每天骑摩托车上下班。
这是家工程顾问公司，主要承接政府公部门的规划案和设计案。
我的单位是工程规划组，有 10 个组员，组长是女工程师。
组长姓汤，我姓蔡，公司的人都说我们这组不错，有汤又有菜。
第一天上班时，有组员问怎么称呼我。
"只要不叫救生圈之类的，叫什么都可以。" 我说。

经过三个月的试用期，我已经熟悉工作性质。
组内的气氛不错，组员的相处也很融洽。
中午偶尔会叫外卖，我们就在办公室一起吃中饭。

如果碰到时间紧迫的案子，大家也会自动留在办公室加班赶完。

组员间常用闽南语沟通，耳濡目染久了，我也开始讲闽南语。
经过大一的艾琳事件后，这些年来我几乎不讲闽南语。
大学和研究生都毕业了，也当完兵了，我反而常讲。
时空变了，我也在工作了，虽然讲闽南语时还是会想起国语推行员，
但力道已经不强了。

记得第一次中午要叫外卖时，有组员问我：
"你便当要素的？还是荤的？"
"我要素荤。"我说。
"什么？"
"抱歉。"我说，"我要荤的。"

只有当素芬的发音是"素荤"，国语推行员才会跟我说"一句"。
我已经又可以说出素荤了，但国语推行员在哪？

人与人相遇，很难说明白那种缘分是什么。
一念之间，选择了告白（或沉默），
俩人的命运，从此纠缠在一起（或成为平行线）。
我选择了沉默，所以国语推行员跟我便成为不相交的平行线吧。

我已经进入一种新的生活模式，平时坐办公桌，
偶尔跟组员们开8人座的公务小巴去现勘。
休假时，同事间也会相约一起去吃饭、看电影。
组长虽是女人，大我两岁，但她跟我们这些男组员混得很熟。

有次为了赶某个政府招标案，大家又留在办公室里开夜车。

已经快 12 点了，但有张结果图总是搞不定。

我跟组长要了程序，仔细看过一遍后，修改了一些地方，重新演算。

把新的结果绘制成图，拿给组长。

"就是这样才对！" 她兴奋地大叫，"你怎么算的？"

我说没什么，程序有些地方有问题，改掉后就可以了。

"为什么你不要别人叫你救生圈？" 她问。

"喔？" 我愣了愣，"只是个无聊的理由而已。"

"那我偏偏要叫你救生圈可以吗？"

"这……"

"你太强了。" 她笑了，"就像救生圈一样，让我们脱离苦海。"

"要脱离苦海，只要回头就好。" 我说。

"嗯？" 她似乎听不懂。

"因为苦海无边，回头是岸。" 我说，"跟救生圈无关。"

"那我叫你回头蔡？"

"当然可以。"

"可是我喜欢叫你救生圈。" 她又笑了。

不要这么白目①吧。

从此组长就叫我救生圈，也常只找我一起讨论公事。

组长单身，也没男朋友，外表长得不错，个性也还好。

我们这些男组员常纳闷她为什么没有男朋友。

她总是说没兴趣，也没时间交。

①白目：台湾省口语中"搞不清楚状况，不识相"的意思。

但她似乎对我特别好，甚至还说想升我当副组长。

有次加班赶完一个案子后，大家一起去酒吧庆祝。
组长似乎喝多了，走路不太稳，组员们商议要如何送组长回家。
"救生圈。" 她说，"你送我。"
"这是命令？" 我问。
"对。" 她笑了。
我觉得她应该没醉。

我和组长上了出租车后座，我手里还拿了个塑胶袋。
"组长。" 我问，"你还好吗？会想吐吗？"
"叫我兰花。"
"兰花？"
"嗯。" 她说，"兰花是我以前的绰号，但我不喜欢。"
"既然不喜欢，为什么还要我叫？"
"因为你不喜欢救生圈。" 她说，"所以你要叫我兰花，才公平。"

她说念高中和大学时汤兰花当红，而她又姓汤，所以同学叫她兰花。
"这样不好吗？" 我很纳闷，"兰花这绰号很好听。"
"我没汤兰花那么美，不想沾光。"
"其实……"
"你是不是想说虽然我不像汤兰花那么美，但其实人也很美？"
"你好厉害。" 我笑了。

"胭脂红粉，只能点缀青春，却不能掩饰岁月留下的伤痕。
有什么可让我刻骨铭心，唯有你，唯有你，爱人……"
她突然唱起汤兰花的《一代佳人》。

"组长。你……"

"叫我兰花。" 她打断我。

"好，兰花。" 我问，"你是不是没醉？"

"对。" 她笑了。

可能是受到兰花这绰号影响，我发觉她笑起来时，
眉宇间似乎有汤兰花的神韵。

"到了。" 她说。

我们下了车，走到一栋公寓管理大楼门口。

"明天酒醒后可能会忘了今晚说过什么，让我趁喝醉时多说点吧。"

"你不是没醉？"

"哪个喝醉的人会说自己醉了？"

"喔。" 我说，"那你还想说什么？"

"救生圈。" 她看着我，"我只是想让你送我回来而已。"

气氛有些异样，我不想多待。

"组长。" 我问，"你自己可以上楼吗？"

"可以。" 她说，"但请记得以后要叫我兰花。"

"好，兰花。" 我说，"你上楼吧，我回去了。"

她笑了笑，挥挥手，神韵真的有点像汤兰花。

隔天进办公室，我去找组长简报时，叫了声"兰花"。

"你怎么知道我以前的绰号？" 她很惊讶。

"啊？" 我也很惊讶，"是你昨晚跟我说的。"

"我怎么可能会跟你说？"

"这……"

"到底是谁告诉你的？" 她问。

"因为你姓汤，所以叫你兰花，听起来会像汤兰花。" 我只能苦笑。

"我以前的同学也这样想。" 她笑了，"但我不喜欢兰花这绰号。"

"那我以后就不叫了。"

"不。" 她说，"你要叫我兰花。"

"为什么？"

"我喜欢听你叫我兰花。" 她又笑了。

不管喝醉还是清醒，她笑起来的神韵都有点像汤兰花。

组长只允许我叫她兰花，别人叫兰花她可能会翻脸。

她常叫我坐她旁边，一起看电脑屏幕上的程序或图表。

我总是战战兢兢，生怕杨翠如事件重演。

日子久了，其他组员也渐渐感觉我和组长的关系很亲近，

有的甚至开玩笑问什么时候可以喝喜酒。

我跟"同学" 特别有缘，而且总会发展出不单纯的情感。

比方初中同学国语推行员、大学同学艾琳、研究生同学杨翠如。

但我现在是冬天，不希望同事也变成像同学那样产生纠葛，

所以我想换工作。

刚好有个研究生同学考上公务员，要辞去研究助理工作。

他说当研究助理可以一面工作一面准备考公务员。

我心想当公务员不错，便辞掉这工作去接替他遗留下来的缺。

我们这组帮我办了个欢送会，算是辞行。

地点选在黄金海岸的餐厅，大家一起吃虾、喝啤酒，气氛还不错。

"救生圈。" 组长说，"跟我去沙滩走走。"

"你是不是没醉？" 我问。

"对。" 她笑了。

她应该喝多了，走路有些晃。要越过海堤时，我伸手扶了她一把。

走进沙滩时，她直接坐下，我也跟着坐下。

"我明明不喜欢兰花这绰号，但我却喜欢听你叫我兰花。" 她说。

"为什么？"

"不知道。" 她摇摇头，"可能你不一样吧。"

我没接话，只是望着漆黑的大海。

"你心里是不是早已有喜欢的人？" 她问。

"对。"

"那就好。"

"嗯？"

"这样我才不会有很大的挫折感呀！"

"为什么会有挫折感？"

"你喜欢的人不喜欢你，当然会有挫折感。"

"你尽情说吧。" 我笑了笑，"反正明天你就会忘了现在说的话。"

"对。" 她也笑了，"所以我现在要告诉你，我很喜欢你。"

她这时候的神韵，不只是有点像汤兰花，而是很像汤兰花。

"悲欢岁月，浮华人生，难得有这一份情。

让我在今生今世记忆深深，你是我最心爱的人……"

她的歌声散播在黑夜的大海。

"可以再叫我一声兰花吗？" 她问。

"兰花。"

"嗯。" 她眼里闪烁着泪光，"谢谢。"

我没回话，只是静静陪着她一起听海浪拍打沙滩的声音。

我们相遇的季节不对，如果我是春天或夏天，那么应该会有后续。

但我已经是冬天了。

兰花应该要遇见春天，才能开花吧。

结束了在这家公司两年的工作生涯，我回到学校当研究助理。

当研究助理确实比较轻松，只要帮教授执行研究计划。

在不耽误研究计划的进度下，念点书是被允许的。

办公室内共有6个研究助理，分别属于不同的教授。

我白天在办公室工作，晚上也在办公室念书，深夜才回去。

我好像把办公室当成以前的研究室。

办公室在系馆三楼，以前的研究室在四楼。

虽然曾跟杨翠如待在这系馆两年，但我们绝大部分的时间都在研究室。

为了避免看到研究室触景伤情，我从不上四楼，还好也没必要上楼。

我对她的记忆有点模糊了，印象最深的就是她妩媚的笑容。

至于她的长直发、大波浪卷长发、小波浪卷短发……

印象模糊了。

系馆在学校南校区的最北端，而护理系在北校区的最南端。

两个校区间只隔一条马路。

国语推行员老早就大学毕业了，即使她再念本校的护理所，前年也该毕业了。

但我常站在马路南边，望着北边，那似乎是一种反射动作。

我有时中午会走到北校区去吃饭，医学院地下室有个自助餐厅。

医学院旁边是医院，很多医学院学生和医护人员都会去那里吃饭。

餐厅里一堆穿白袍的人，看了令人心安。

如果突然吃坏肚子或发生什么意外，四周一堆人都可以救你。

有次我瞥见一个熟悉的背影，只不过她穿着白袍。

我想都没想，站起身追赶，但追到一个楼梯口，那背影就消失了。

这里比之前遇见国语推行员的餐厅大多了，而且出入口又多又复杂，

即使两个熟识的人约好同时进入餐厅，要看见彼此也得折腾一番。

那背影消失的瞬间，我心里五味杂陈。

之后我又碰过那背影一次，同样也是起身狂追。

但最终那背影还是消失在楼梯口，而且是跟上次不一样的楼梯口。

我叹了口气，默默回到位置上把饭吃完。

或许有渺小的可能，再现当兵前夕遇见国语推行员的情形。

但算了算，上次重逢已经是五年前的事，如今我和她都29岁了。

如果现在重逢，她可能会牵着一个小孩子的手，要他叫我叔叔。

如果这样，那真是情何以堪。

因此我的心情很矛盾，既希望像中彩票一样遇见她，

但同时又怕真的遇见她。

阿翔常跑来办公室陪我，不是他觉得友情可贵，

而是他想使用免费的网络。

那时正流行 BBS，阿翔几乎每天上线。
但在家里要用电话拨接上网，不仅较慢，还要花钱。
用学校的电脑上网就又快又免费了。

阿翔在网络上认识了一些女生，他常去见网友。
偶尔也会要我陪他一起去见网友，有次甚至还跑到台北。
从没见过面的人们，借着网络认识然后熟悉，最后才见面。
我对这样的模式感到新鲜与不可思议。

新的时代似乎来临了，不管人在世界上哪个角落，
只要上线，就能直接沟通。
如果我跟国语推行员晚几年出生，或是网络早几年出现，
那么我和她之间的故事，应该就会不一样吧。

转眼间当研究助理也快满一年了，再一个半月就要考公务员。
我的心还是冬天，但时序已进入梅雨季。
每当梅雨来临，我总想起国语推行员在雨中撑伞，仰头看天的身影。
那身影仿佛一尊女神雕像。
这么多年过去了，她依然是我心目中的女神。

我撑着伞，站在马路南边，雨拼命下着，毫不留情。
眼睛像得了白内障，视野范围有些白蒙蒙。
车子急驰而过，树叶因雨打而摇曳，行人则以缓慢的速度向前行进。
整个世界都在移动，但马路对面却有个身影静止不动。

那个人撑着伞驻足，背部挺直，微微仰起头似乎在欣赏雨。
我摘下眼镜擦了擦后再戴上，把全身所有力量集中到眼睛。

仿佛可以看见她撑着伞的纤细手指。
我心跳破表，身体也不自觉地颤抖。

她走动了，那种挺直的背影，那种步伐的节奏……
她快走进建筑物里了，但现在却是该死的红灯。
干，拼了！

我甩掉伞，左看右看、忽停忽跑，在红灯中冲到马路对面。
雨水弄花了眼镜，依稀看到那浸了水晕开的身影踏进走廊。
"素芬！"
我大叫一声，视野已经模糊，看不见那身影了。

我边跑边摘下眼镜，脚步有些踉跄，差点跌倒，只好停下脚步。
用衣角擦拭眼镜，但衣服早已湿透，根本擦不干，越擦越湿。
慌忙再戴上眼镜后，视野范围内所有的景物和人，
像加了太多水的水彩，都是晕开的。
只隐约发现有个身影从我右前方走来。

"班长。" 离我五步时她说，"一句。"
我眼泪瞬间飙出，止都止不住，像这倾盆的雨。

在雨中重逢的最大好处，是没人知道你满脸的水是雨还是泪。
国语推行员走到身旁，用伞遮着我，我急忙摘下眼镜，
用手抹去满脸的雨水和泪水，深深吸口气止住泪水。
她递给我面纸，我伸手接过，擦干眼镜后再戴上。
眼前的世界放晴了，只有微笑的她。

伞下狭窄的空间中，我和她面对面站着。

我仿佛回到初三那年的梅雨季。

她那两条锁骨始终利落，而那道由锁骨围成的河谷依旧美丽。

雨水滴在河谷里，荡漾出涟漪，记忆就这么一圈一圈扩散。

我们互相凝视，都没有开口说话。

伞外是滂沱大雨的白浊世界，伞下只有清晰安静的我和她。

如果可以，我希望时间停在这瞬间。

"你怎么没带伞？" 她先打破安静。

"我丢在那里。" 我转身遥指马路对面。

"干吗把伞丢掉？"

"奔跑时会拖慢速度，也会影响视线。"

"奔跑？"

"我在马路对面看见你，便跑了过来。" 我说。

"哦。"

"还闯了红灯。"

"你闯红灯？" 她瞪我一眼，依然是久违的黑鲔鱼。

"西类（抱歉）。"

"一句。"

"闯红灯前，我还骂了一声干。" 我从口袋掏出六块钱递给她。

"再给我一块钱。" 她伸手接下六块钱。

"为什么？"

"你刚刚叫的素芬，也算一句。"

我又从口袋掏出一块钱给她，眼角却突然湿润。

初中毕业十几年了，第一次因为叫素芬而听到她说"一句"。

这是我和她之间的专属默契，也是最根深蒂固的情感。

终于找回来了。

"班长。" 她说，"先到我那里坐坐。"

"好。" 我定了定神。

这是我们第一次共撑一把伞并肩走着，虽然只走了30米。

走进建筑物，她收了伞，我们并肩走到电梯口。

进了电梯，她按了11楼。

走出电梯，右转直走 20米，在一间看似办公室的门外停下脚步。

"班长。" 她拿出钥匙打开门，点亮灯，"请进。"

她打开铁柜，拿出一条干毛巾给我。

"洗手间在转角。" 她说，"你先去擦干身体。"

我浑身湿漉漉，像条刚上岸的鱼。

走到洗手间，脱掉短袖 polo衫，尽力把衣服拧干。

拿毛巾擦干头发和身体，把裤脚往上卷到膝盖、穿上 polo衫。

虽然衣裤还是湿的，但起码身上已经不再滴水了。

"谢谢。" 走回她的办公室，把毛巾还她，"好多了。"

"嗯。" 她指着一张椅子，"请坐。"

我坐了下来，打量一下四周，这里窗明几净，室内的光线很明亮。

书籍和资料夹在柜子里排列得整整齐齐，所有的摆设也有条不紊。

不像我的办公室里总是凌乱，书籍乱堆，桌上还有食物和垃圾。

"我在医学院当研究助理。" 她说，"这间算是我的研究室。"

"我也在当研究助理耶。" 我说。

初中毕业后，第一次跟她属于同样的身份，这让我很高兴也很心安。

她说去年研究生毕业后，就留在医学院当研究助理，

平时在医院和医学院两头跑，日子过得很忙碌。

"你也在这里念研究生？" 我问。

"嗯。" 她说，"不过我考了两次，第二年才考上。"

"喔。"

"其实第一年我有考上台北学校的研究生。"

"那为什么没去念？"

"上次就说过了。" 她瞪我一眼，"我想跟你在同一座城市念书。"

所谓的"上次"，已经是五年前的事了。

"可是你考研究生时，我早就毕业，不念书了。"

"你忘了你上次说过的话吗？" 她又瞪我一眼，这次黑鲔鱼更大只。

"我说过什么？"

"你说退伍后会在台南找工作。"

"这我记得。"

"所以我还是想在台南念研究生。" 她说。

我突然很自责。

我怎么没想到，依她的个性一定会在台南念研究生，

即使她不念书要去工作，也一定在台南。

退伍后我应该要试着在台南找她啊！

如今退伍三年才遇见她，会不会迟到了？

我们陷入短暂的沉默，目光同时扫到桌上的显微镜。

"班长。" 她说，"让你看一个很漂亮的东西。"

她在显微镜下放了载玻片，盖上盖玻片，左眼贴着目镜看了一眼。

站起身，她示意我过去，我便走过去，左眼贴着目镜。

一圈圈乱跑乱动的东西，根本不知道那是什么。

"这是？" 我问。

"白老鼠的肾脏细胞。" 她说，"很漂亮吧？"

"呃……" 我完全答不出来。

"这样问好像很怪。" 她笑了笑。

"不会怪。" 我也笑了，"只是我不懂得欣赏而已。"

"我是不是变了很多？" 她问。

"为什么这么说？"

"以前我根本不敢碰白老鼠，如今在实验室杀白老鼠时眉头都不会皱一下。" 她笑了笑，像是自嘲，"我应该变了很多吧。"

我看着她左脸颊上深深的酒窝，那才是一切。

"你什么都没变。" 我说。

"是吗？"

"嗯。" 我点点头，视线离不开酒窝。

"你膝盖上的疤痕，是初中从盐山上溜下来所造成的伤？" 她问。

"对。" 我低头看着因卷起裤脚而露出的膝盖伤疤。

"抱歉。" 她说，"念护理后我才知道，不能用双氧水处理伤口，会留下很深的疤。"

"这样反而好。" 我说，"我每次看到疤痕，就会想起你。"

她没接话，只是微微一笑，注视着我右膝上暗褐色的疤痕。

"班长。" 过了一会，她问："你有女朋友吗？"
"现在没有。" 这问题让我有点尴尬。
"意思是……" 她又问，"以前有？"
"呃……" 我更尴尬了。
"说吧。"

我只好跟她提起杨翠如的事。
从第一眼看到的女鬼，到当兵时的最后一通电话。
"班长。" 她听完后说，"她一定不了解你，才会离开你。"
"嗯？"

"你怎么会不体贴呢？" 她说，"你的体贴绝不是表现在多买一杯饮料，而是表现在当对方淋雨时，你会化身为一把伞。"
我愣了愣，看着她。
"在黑暗的山路上，即使赶着回家，但看到前面骑得很慢挡着路的机车，你还是可以体谅他只是一心想安全回家而已。" 她说，
"这样的你，不体贴吗？"

"最后那通电话，你有骂她吗？" 她问。
"没有。"
"那你为什么希望她不要说对不起？"
"我……"
"因为如果她说了对不起，日后可能会觉得是她亏欠你、对不起你，而产生内疚感。即使她变心了，你一句也没骂，更不希望让她觉得是她的错。" 她的语气有点激动，"这样的你，不体贴吗？"

我静静看着她，说不出话。

"班长。" 她最后说，"你并没有做错什么，只是她认识你不深，
不够了解你而已。"
我眼角湿润，有股暖流流过全身，身上的衣裤似乎全干了。

杨翠如突然离去，我其实受了很重的伤，而且是内伤。
但我将伤好好隐藏着，既不让别人发现，也说服自己根本没伤。
如今国语推行员用 X 光相片让我清楚看见自己所受的伤，
然后立即将伤治好，让我痊愈。

想起初二时，她蹲在地上，细心治疗我右膝盖上的伤口。
那时我就觉得，日后再怎么重的伤甚至是心伤，
在她细心治疗下也会痊愈。
现在我的心受伤了，她果然也治好了。

"你或许有一些缺点，但那些缺点绝不包括不体贴。" 她说。
"那我的缺点是什么？"
"其实你也没什么太大的缺点，只是……"
"只是什么？"
"你总是迟到。" 她叹口气。

我心头一震，震度很强。
她想说什么吗？

她起身打开收音机，调好频道，收音机传出即将播放一首老歌。
当歌声响起时，我和她都知道这是一首我们初中时很流行的民歌。

"我们念初中时，民歌还很流行，现在却已经变成老歌。"
她叹口气，似乎感慨时间的流逝。

"是啊。" 我说，"当时有人说这首歌的作词者因为初恋情人被海浪卷走，才写下的。你听过这种说法吗？"
"嗯。" 她点点头，"我也听过。"
"如果初恋情人被海浪卷走，或许应该要立志成为潜水员。"

"如果初恋情人被火星人掳走呢？" 她问。
"立志当太空科学家。" 我说。
"如果初恋情人被火烧死呢？"
"立志当消防员。"
"如果初恋情人溺水死了呢？"
"立志当救生员。"
"如果初恋情人被车撞死呢？"
"立志当交通警察。"
"如果初恋情人得癌症呢？"
"立志当医生。"

"如果初恋情人在沙滩踩到玻璃流了很多血呢？"
"那么就立志当护……"
我突然舌头打结，说不下去，只是惊讶地看着她。

"初三那年，你在沙滩踩到玻璃流了好多血，我却无能为力。"
她说，"那时我就决定以后要念护理或是当护士。"
脑海浮现她当时的眼神，眼睛睁得很大，却完全不像黑鲔鱼。
她就在那时立志吗？

"这就是我初中毕业后不考高中改考高职的理由。" 她笑了笑，
"这个理由很无聊吧？"
我依然惊讶得说不出话。

"一路走来，我都念护理。考了三年高考、两年研究生考试，
我都是只要念护理。" 她看了看四周，"所以我在这里。"
我很感动，不禁站起身走近她。
她摇了摇头，举起右手像是制止我再向前。

我很纳闷，停下脚步。
"我订婚了。" 她露出右手背，中指上戴了一枚戒指。
脑海响起一阵雷，脚好像踩到地上的 502 胶水所以动不了。

"班长。" 她说，"对不起。"
"不要说对不起。" 我喉咙有些干涩，声音都变了。
"我知道你一定不要我说对不起，所以我要先说。"
"你根本没错。"
"你出现在雨中时，我就错了。"

"是我迟到了。" 我说，"你说得没错，我总是迟到。"
"我应该再多等一些时间。" 她说，"但我 29 岁了，也许只是等得
累了，便自暴自弃。"
我们都不再说话，只有收音机传来施孝荣的《拜访春天》。

"班长。" 《拜访春天》播完后她说，"我陪你去拿你的伞吧。"
"嗯。" 我努力挪动被牢牢黏住的双脚。

收音机紧接着播放郑丽丝的《何年何月再相逢》，唱到这句：

"今日相聚，何年何月再相逢……"

我们走出她的研究室，再走 20 米，坐电梯下楼。

出了电梯，再走一小段路到屋檐边。

"今年会结婚。" 她撑开伞，"明年应该会到美国生活。"

"那恭喜你了。" 我说，"你一直很向往国外的生活。"

"已经没那么向往了。" 她说。

我们并肩走进雨中，雨似乎变得更大。

"你欠我的钱什么时候还？" 我问。

"我欠你钱？" 她很纳闷。

"从初中开始，你一直住在我心里。" 我说，"在我心里住那么久，难道不用付房租？"

她微微一笑，但眼睛闪着泪光，鼻头也红了。

"我初中毕业后，就没再长高了。" 她说，"情感也是一样，初中毕业时就已完成，也决定了。"

我没回话，想起并肩走天长地久桥的往事。

到了马路边，灯号是红灯。

"班长。" 她问，"你喜欢我吗？"

"我可以说谎吗？"

"可以。"

"我不爱你。" 我说。

绿灯亮了。

17.

听过白熊效应吗?

心理学家做过一个实验，要参与实验者不要在脑海里想象白色的熊。
结果大家反而在脑海里浮现出一只白熊。
当我们告诉自己千万不要做什么时，
我们的注意力反而集中在不能做的那件事。
失恋的人告诉自己不可以想对方，但对方的形象在脑中却更清晰；
失眠的人告诉自己不要再想事情，但脑海却想了更多事，没有睡意。

我告诉自己该忘掉国语推行员，却记得更牢。
越想忘记她，她的存在就越明显。

喜欢是一种记得。
我清晰记得关于她的一切，这样的"记得"，就是喜欢。
如今要忘掉这些"记得"，除非我不再喜欢。

或许给我一段很长的时间，我会不再喜欢国语推行员。
但我无时无刻不想起她，仿佛她的影子已经附着在我身上。
而只要一想起她，胸口就有被石头压着与刺痛的错觉。
连呼吸都很艰难，要怎么捱到终于不再喜欢她的日子?
我到底，该怎么办才好?

梅雨季结束后一个礼拜，就是大学的毕业典礼。

我在校园内闲晃，期望毕业典礼的热闹气氛可以转移我的注意力。

很多人朝毕业生砸水球，毕业生四处闪躲或者也拿水球反击，

校园内充满欢乐的笑闹声。

"老师！"

我停下脚步，回头看见一个穿黑色学士服的女孩向我跑来。

"老师。" 她跑到我身边勾着我左手，"好久不见。"

"小敏？"

"是呀！" 她笑了起来，"我大学毕业了。"

上次见到小敏时，她还是高二生，一晃眼就大学毕业了。

小敏原本的及肩直发变成小波浪卷短发，这发型让她显得俏丽。

这发型很眼熟……啊！想起来了。

最后一次看见杨翠如时，就是这种发型。

如果忘记国语推行员的速度也能像忘记杨翠如那么快，该有多好。

"你交男朋友了吗？" 我问。

"嗯。" 她点点头，"网络认识的。"

"这种发型不吉利。" 我说，"会分手的。"

"是吗？" 她很惊讶，"我男朋友很喜欢耶！"

"开玩笑的。" 我笑了笑。

"老师。" 她说，"对不起。"

"怎么了？" 我很纳闷。

"我没有等你，就先交男朋友了。"

我举起手想敲她的头，但看她不再是小孩，手便停在半空。

"我明明是王宝钏，怎么会变成潘金莲呢？"

"你这么鬼灵精，你男朋友一定很惨。" 我笑了起来。

"只要老师一句话，我马上赶他走。" 她说，"即使他跪着抱住我小腿、哭着求我别走，我眉头也不会皱一下，直接一脚踹开。"

我又笑了起来，小敏有时很无厘头。

我越笑越夸张，根本停不下来，眼角笑出了泪。

眼泪流出，郁闷的心似乎得到疏解，我更努力笑，想笑出更多眼泪。

终于眼泪流泻而下，顺着脸颊滑到嘴边。

"老师。" 小敏察觉有异，"你怎么了？"

"我迟到了。" 我没停止笑，"好笑吧？"

"迟到？"

我没回答，继续笑，让眼泪不断流出。

压住胸口的石头仿佛因此可以化成碎石，再化成细沙，

并随着源源不绝的泪水排出体外。

我到底，该怎么办才好？

原来，哭出来就好了。

教了小敏四年数学，她是最容易让我想起国语推行员的人。

每个在书桌旁教她数学的夜晚，国语推行员的影子也会在。

我要小敏好好珍惜跟男朋友之间的缘分，然后跟她告别。

就像告别国语推行员一样。

我呼吸不再艰难，可以稍微正常一点过日子。

曾想过是否丢弃国语推行员给我的东西会好一点，

但发现只有初中毕业时她给我的一支咬得最惨的笔，

和刚考上大学时她寄给我的贺卡。

可以见证她和我之间的"信物"，苍白得可怜。

然而即使有再多信物，意义也不大。

因为最重的、最无法抛弃的、最能见证我和她之间存在过的，

是在初中时期看似稀松平常的生活中所累积的记忆。

正是那些看似稀松平常的生活中，才蕴藏着许多美好。

很多爱情故事在发生的当下不觉得，过了两年或三年也不觉得，

但十年后甚至二十年后蓦然回首，才会惊觉好像就是。

初中毕业 14 年后，我终于知道我和国语推行员之间，是爱情故事。

阿翔常整天盯着我，也常陪我聊天，或载我出去散散心。

"还好你不是韩国人。"阿翔说。

"嗯？"

"韩国人分手最痛。"

"为什么？"

"因为街上每个女孩都长得像他女友。"他笑说，"根本忘不掉。"

"阿翔。"我笑了，"你是在安慰我吧？"

"对。"他说，"我成功了吗？"

"很成功。"我说，"谢谢。"

"朋友像棉被，真正使你温暖的是自己的体温。"他说，"所以还是要靠你自己。"

"嗯。"我点点头，"我知道。"

从系馆 3 楼到医学院大楼 11 楼，空间中的直线距离只有 400 米。

初中毕业后第一次明确知道她所在的空间坐标，而且距离也最近。

但我已经不能再靠近她了。

我站在马路南边，遥望国语推行员所在的大楼11楼。

"阿耨多罗三藐三菩提。" 我说。

说了这句后，从此我不再站在马路边遥望。

公务员考试发榜了，我落榜。

与胸口被石头压着很难呼吸的痛苦相比，

落榜的痛简直像被飞行的蚊子撞到而已。

我考虑了几天，决定再考一年，便继续在系馆当研究助理。

阿翔更常来我办公室上网，也更常拉我一起去见网友。

季节经历了秋、冬，新的一年春天也结束了，

八个多月的时间我见了十几个女网友。

阿翔有意让我多认识女生，只可惜我的季节已是严冬，

再也不想接近花朵似的女孩，也无法令她们开花。

满30岁的这年，梅雨季来得比较早，雨也只下了两场。

只不过第一场雨下了四天，第二场雨下了三天。

连绵细雨中，我不断想起去年梅雨季与国语推行员重逢的情景。

那个礼拜天空都看不到太阳，我只在心里看见太阳。

"季节雨，别笑我什么都不懂，我知道爱，就像一场梦。

季节雨，别笑我什么都不懂，我知道爱，就像季节雨，

消失无踪……"

我想起初中时期常听的《季节雨》这首歌。

梅雨季刚结束，我收到一张喜帖。

写情书的蔡宏铭要和他喜欢的女孩结婚了。

从初中写情书开始，这十几年来无论求学或工作，

他们都在同一座城市。

如今终于修成正果，令人称羡。

如果当初我……

算了，都过去了。

喜宴在端午节三天连假中的第三天举办，地点在故乡。

算了算，我已经 9 年没回故乡了，想回去看看。

可是如果在喜宴上遇见国语推行员呢？我一定会不知所措。

不过她应该去年就结婚了，现在也很有可能已搬去美国生活。

正犹豫间，接到阿勇打来的电话。

阿勇要我连假的第一天就回故乡，吃完蔡宏铭的喜宴后再走。

"我刚搬新家，你来住几天。" 他说。

"这样不方便吧？"

"方便得很！" 他大叫，"你一定要给我来就是了！"

我坐车回故乡，一下车便感觉空气中带点咸味，

这是我所怀念的故乡的味道。

"猪肠！" 阿勇敲了一下我的头，"几年没见了？"

"9 年。" 我摸摸被敲痛的头。

上次见到阿勇时，我和他都是大三。

他大学毕业后去当兵，退伍后到台北工作，从事电子业。

这些年台湾的电子业是令人羡慕的职业，他也混得很好。

不像我，混得差强人意，下个月还得考第二次公务员考试。

阿勇的新家位于填海造地的海埔新生地上，我从没踏过那片土地。
"这里以前是海？" 我很惊讶。
"对。" 阿勇举脚用力踩踏地面，"这下面以前是海。"
我走路开始摇摇晃晃，像在海上漂流。
"里洗北七溜（你是白痴吗）？" 他敲一下我的头。

我跟阿勇说，想去盐山看看。
"盐山早没了。" 他说。
"啊？" 我大吃一惊，"怎么可能？"
阿勇开车载我去盐山所在地，但已经是一片空旷。
"台湾已经都用电透析制盐。" 他说，"所以盐场关了，不再用日晒
制盐，我老爸也失业很久了。"

一望无际的盐田中，只剩田，没有盐。
"我们以前常去的那片沙滩，也被填成陆地了。" 他又说。
我低头看着右脚，没想到踩到玻璃的那片沙滩竟然也不见了。
在那片沙滩立志念护理或是当护士的国语推行员，会作何感想？
盐山被铲平，海水填成陆地。
《上邪》中所说的"山无陵，江水为竭"，是这幅景象吗？

矗立于一望无际盐田中的盐山、安静到只能听见海浪声的黑色沙滩，
是我年少时期对故乡最深刻的记忆啊！
没想到9年没回来，这些都消失了。

什么都在变，到底有什么是不变的？

不变的似乎是故乡的人口越来越少，景象越来越萧瑟。
我念初中时，每个年级有 11 个班，大三时减少为 8 个班。
如今每个年级只剩 5 个班而已，不到一半了。

晚上在阿勇新家过夜，我打开窗户让海风吹进来。
躺在原本是海的土地上，近在咫尺的大海吹来新鲜的海风，
我有种正躺在海面上漂流的错觉。

隔天阿勇要去载蔡玉卿到新家坐坐，要我跟着去。
到了蔡玉卿家门，我不敢下车，还好她很快就上车。
我发觉她的肤色很暗沉，不再白皙，而且脸上总有一股沧桑感。
整个人的外表看起来比实际年龄大 10 岁。
但她的声音始终是那种天然嗲，跟她的容貌已经很不搭了。
阿勇回家后，又出去买点东西和饮料，客厅只剩我和蔡玉卿。
她似乎打开了话匣子，说起初中毕业后的事。

蔡玉卿从念五专开始，一直有很多追求者。
五专毕业后到贸易公司上班，追求者更是有增无减。
而她愿意认真交往的，前后共有三位。
"可惜前两个早就有女朋友，第三个更猛，是有老婆的。" 她说。
每当真心付出感情时，却换来这种欺骗，总让她元气大伤。
或许这就是造成她脸上那种沧桑感的元凶。

"阿勇既没老婆，也没女朋友。" 我说。
"嗯？" 她愣了愣。
"你应该知道阿勇喜欢你吧？"
"嗯。" 她似乎很不好意思，"后来有感觉出来。"

"那你可以给阿勇机会吗？"

"如果我跟阿勇交往，我会带着之前的阴影，很难真心对他。"

"坏男人总是可以轻易得到女人无条件付出的真心，好男人却只能
抚慰受伤女人破碎的心，还得面临女人的质疑与不安。"我说，
"难怪大家都想当坏男人。"

蔡玉卿睁大眼睛看着我，说不出话。

"那三个伤你很深的人，可以得到完整而认真的你。而一心守护你的
阿勇却只能得到处处有所保留的你。"我说，"这道理很怪吧？"

"你真的是阿勇的好同学。"她笑了起来，"这么努力帮阿勇。"

"其实我更是你的好同学。"我也笑了起来，"所以更努力帮你。"

"猪肠，谢谢你。"她又笑了。

在我们两人的笑声中，阿勇买了蚵饼回来。

我们三人边吃蚵饼边聊，聊的都是初中时的往事。

"阿勇。"蔡玉卿说，"我该走了，可以载我回家吗？"

阿勇当然说好，但硬把我也拉上车。

到了蔡玉卿家门，她请阿勇进屋喝杯茶再走，阿勇看着我。

"看我干吗？"我说，"人家只请你，你就进去。"

我跟蔡玉卿说声再见，一个人坐在车子里。

车内很闷，但我还是不敢下车，因为怕看见国语推行员的家。

虽说她应该不在，但光看见她家的院子，回忆就足以淹没我。

坐了一会忍不住了，只好下车透透气。

这种三合院似的平房已经不属于这个时代了，也许再过几年就会拆。

双脚不听使唤，像被催眠般走了二十几步，往隔壁房子走去。

院子里依旧只有一条长长的竹竿，初一时这样，大三时也是这样。

脑海里又浮现那个穿着白色短袖T恤和灰色运动长裤的身影。

十几年过去了，这身影始终清晰，未曾模糊；

但以往让我心情平静的缓慢而流畅的动作，此刻却让我胸口疼痛。

"猪肠。" 阿勇出现了，敲了一下我的头，"回去了。"

"喔。" 我应了一声，但仍然呆立原地，注视着没有人影的院子。

"本姑娘不在。" 阿勇说，"她去美国了。"

"我知道。"

"那你真不够意思。" 他又敲一下我的头，"为什么去年她结婚时，你没回来喝喜酒？"

"因为我喜欢她。" 我说，"而且她也没白目到寄喜帖给我。"

"什么？" 阿勇吓了一跳。

"阿勇。" 我胸口有点痛，下意识紧抓胸口的衣服，"把我拉走。"

"猪肠……" 他好像明白了什么。

"快把我拉走吧。" 我喘着气说，"我自己离不开这里。"

他蹲下身将我背在身上，像初三时在沙滩踩到玻璃那次一样。

"我们都30岁了。" 阿勇说，"你不要难过，要看开。"

"好。" 我在他背上说，"你要加油，蔡玉卿受的伤很重。"

"没问题！" 他大声说，"交给我！"

我们都笑了起来。

吃完蔡宏铭喜宴后三个月，9月21日凌晨1点多，突然发生大地震。

我那时还没睡，如果只是左右摇晃，我可能以为是悲伤过度的错觉；

但这次主要是上下剧烈震动，椅子坐不住，心脏快从嘴巴跳出来了。
而且地震持续的时间，几乎长达两分钟。
停止摇晃震动后，我立刻冲到阿翔的房间。

"国语推行员呢？" 我大叫。
"啊？" 阿翔刚被地震摇下床，坐在地上看着我。
"国语推行员，就是你们说的本姑娘。" 我说，"她没事吗？"
"本姑娘是谁？" 他更纳闷了。
"她到底有没有事？" 我又大叫。

"国语推行员没事。" 阿翔站起身，拍拍我肩膀，"她很安全。"
"真的吗？"
"嗯。" 他说，"因为她已经在美国，不在台湾。"
"对。" 我说，"不在台湾反而好。"
"菜菜。" 他指着电话机，"你先打电话回家问家人的状况。"
我赶紧打了通电话到台北，家里一切平安，只是都受了点惊吓。

我和阿翔整夜守着电视和网络，才知道台湾中部最严重。
"你应该要问杨翠如的状况。" 阿翔说。
"杨翠如？" 我很纳闷，"问她干吗？"
"她家不是在台中？"
"好像是吧。" 我说，"所以呢？"
"没事。" 他笑了笑，"我跟你说一个刚看到的故事。"

阿翔有个熟识的网友很喜欢养鱼，家里总共有七个鱼缸。
每个鱼缸各有不同的造景和风格，而且都非常漂亮。
别人常常问他最喜欢哪个鱼缸，

他总是答不出来，因为他自己也不知道。

但刚刚大地震一发生，他立刻冲到某个鱼缸前，
双手紧紧抱着、用身体保护那个鱼缸。
眼睁睁看着其他六个鱼缸一个个因剧烈震动而摔落地上，
他也没离开半步，依然只是死命保护着怀里的鱼缸。
那一瞬间，他终于知道自己最爱哪个鱼缸。

"就他保护的那个？" 我问。
"对。" 阿翔说，"大地震只有一个好处，可以让人瞬间知道自己
心中最爱、最牵挂的是什么。"
"有道理。"
"所以地震刚结束，你马上只问我国语推行员有没有事。" 他说。
我愣了愣，随即在心里叹了口气。

地震后三天，行政部门组成勘灾团队，希望大学能支持专业人力。
我和几个老师还有研究生，被指派负责勘查浊水溪流域的灾情。
我们赶着在深夜出发，进入灾区时，最先涌上的感觉是毛骨悚然。
在文明的城市中，不管多深的夜，总会有灯光；
可是我们经过城镇时，一点灯光也没有、一个人影也不见，
在一片黑暗中只隐约看见很多建筑物和公共设施。
鬼城就是这副模样吗？但即使是鬼城，至少也会有点火光吧。

进入灾区的第三天晚上，勘查浊水溪流域灾情的所有团队一起开会。
我竟然看见杨翠如，她的公司自愿参与勘灾，由她带了几个人来。
她的发型变成利落的短直发，让她看起来非常干练。
我和她互望的第一眼，好像只是两个陌生人不小心视线相对而已，

而且视线一接触，立即弹开。

开完会后，我犹豫了半分钟，决定走向她。

"你家没事吧？" 我问。

"还好。" 她微微一笑，"只是房子受了点损坏，家人都很平安。"

"那就好。" 我也笑了笑，便走了。

她也没再多说，资料收一收后，便离开。

"你认识那个漂亮的女人？" 跟我同行的研究生问。

"她是我以前的女朋友。" 我淡淡地说。

"怎么可能？" 他几乎大叫，"真的假的？"

"真的。"

但看他一副惊吓过度的样子，我突然自己也不确定了。

跟杨翠如在一起时的往事，已经变得遥远、陌生，而且模糊。

好像那是一段不确定发生过的事，会有应该只是梦境的错觉。

即使她的笑容依旧是印象中的妩媚，我还是觉得虚幻、不真实。

相较起来，初中时期跟国语推行员之间的记忆，总是历历在目。

我们在灾区待了四天，完成勘灾报告后再回台南。

从灾区回来后一个月，公务员考试发榜，我再次落榜。

这次的痛还是像被飞行的蚊子撞到一样，只是蚊子比较大只。

或许不是蚊子，而是苍蝇或蟑螂。

我放弃当公务员的打算，辞去研究助理，再度找工作。

这次找到的还是工程顾问公司，只是规模较小，待遇也较差。

不过没什么好挑剔的，因为工作已经不好找了。

比起上次工作的公司，这家公司的工作气氛比较不好。

开会时经常不欢而散，平时沟通意见想法时也偶有争执。

在这里上班三个月后我领悟一个道理：

意见就跟大便一样，人人都有，但就是很难接受别人的。

公司老板也颇难搞，而且太会算计、心机很深。

用一个故事形容他可能比较贴切。

孟婆说要辞职，因为她每天给要投胎的人喝孟婆汤，觉得累了。

"好吧。" 阎罗王说，"那你喝了孟婆汤后，就去投胎。"

孟婆喝了孟婆汤后，便忘记一切。

"你前世做人积德行善，现在给你一个好职位，以后你就叫孟婆，

每天给要投胎的人喝汤，让他们忘记前世今生。" 阎罗王说。

"好啊。" 孟婆很开心。

老板就像故事里的阎罗王。

每次他称赞我工作认真时，我总有一股毛毛的感觉。

但台湾很多老板好像都这样，不知道是他们原本的个性，

还是有这种个性才能当老板。

想要找到一个好老板，恐怕就像去麦当劳点小笼包一样。

只好将就了。

新工作做满两年后，我收到大学同学林家兴的结婚喜帖。

30出头岁的年纪，一堆同学结婚，每年总要包好几个红包。

我去台北参加喜宴，感觉现场好像是个小型同学会。

在台北办喜宴参加的人最多，因为大部分同学都在台北工作。

喜宴结束后，几个同学相约去 KTV唱歌，我也被拉去。

"爱人哟伊哟伊哟伊，爱人哟伊哟伊哟伊……"

艾琳点了首闽南语歌，蔡小虎的《爱人醉落去》。

她唱作俱佳，唱到这两句时还随着节奏扭腰摆臀、舞动身体。

10年没见了，艾琳依然是活泼可爱。

她应该记得艾琳就是爱人的意思，所以唱到"爱人"两字特别亢奋。

"三角形。" 艾琳唱完后坐到我旁边，"我唱得标准吧？"

"不仅标准，而且很好听。" 我笑了笑。

"谢谢。" 她笑了起来，"这都要感谢你教我讲闽南语。"

艾琳双颊露出的酒窝很深很可爱，同样是酒窝，而且她还多了一个，但我还是觉得国语推行员的酒窝最美。

"工作如何？" 她问。

"一般。"

"你怎么不到台北找工作？"

"我不习惯台北。"

"不习惯？" 她很惊讶，"你也算台北人了呀！"

台北人？

对耶，家里搬到台北十几年了，我确实可以算是台北人。

但我骨子里只认同故乡，从不认为自己是台北人。

不是不喜欢台北，只是单纯觉得自己属于故乡而已。

"可能不习惯挤地铁吧。" 我说，"每次坐地铁，看到那么多人，我脸部肌肉就很紧绷。"

"这样好呀！"

"好？"

"年纪大了，脸部肌肉会松弛。" 她笑了笑，"如果在台北每天搭地铁，脸部肌肉就紧绷，这比任何整形手术有效多了。"

"有道理。" 我也笑了。

"三角形。" 她从背包里拿出一张红帖，"来，给你。"

"不要吧。" 我苦着一张脸。

"你不希望我嫁给别人吗？" 她说，"我可以马上退婚哦。"

"不不不。" 我紧张地摇摇手，"刚刚的意思只是这个月已经包两个红包了，再包下去我会大失血。"

"你还是一样老实。" 她笑了起来，两颊的酒窝很深。

"你现在有女朋友吗？" 她问。

"没有。"

"怎么可能？" 她很惊讶。

"就……" 突然觉得一言难尽。

干脆跟她简单说起国语推行员和杨翠如这两个女生。

"三角形……" 她听完后，眼神看起来似乎很担心。

"我这个三角形已经被剪去两个角了。"

"那更好。" 她说，"三角形剪去一角，变几角形？"

"嗯？"

"如果三角形剪去一个角，反而变成四角形。再剪去一角，就变成五角形了。" 她笑了起来，"你是越剪越多，越挫越勇！"

艾琳的笑声依然清脆响亮，令人心情舒畅。

电视屏幕刚好出现了《双人枕头》这首男女对唱的情歌。

"三角形！" 艾琳抓起麦克风，"跟我一起唱！"

其他同学便把另一支麦克风递给我。

"同学们，赶快打电话给我未来的老公。" 她笑了，笑声清脆响亮，

"跟他说我正在KTV跟一个陌生男人合唱《双人枕头》！"

我不禁想起初识艾琳时的情景，也想起初吻、晚上躺在一起睡觉，

还有那段刻意躲避她的日子。

阿翔的结论没错，艾琳是个非常坦诚的女孩。

尤其跟杨翠如相比，她的坦诚几乎是难能可贵的美德。

我很庆幸认识她，也突然觉得，她是我大学时代最要好的同学。

一个月后我去参加艾琳的婚宴，那婚宴办得非常热闹。

艾琳强拉我上台跟她合唱闽南语歌《内山姑娘要出嫁》。

"放舍我……啊嫁别人……" 她还让我独唱这句。

干，一定要这么白目吗？

啊？不小心骂了脏话，得给国语推行员五块钱。

之后所谓的同学要结婚，像是传染病一样蔓延。

大学同学、研究生同学，偶尔也有初中同学，大家都要结婚。

阿翔要我赶快找个女生，不然红包一直包下去，亏很大。

但我的交友圈很小，公司也大多数是男工程师。

倒是阿翔交游广阔，他网络的交友范围无远弗届。

只可惜不管他让我认识哪位女网友，我都没什么兴趣。

而且女网友的风险太大，外表、个性等各项条件几乎未知。

比方有个一直以为是女生的网友，见了面才知道是男的。

还有一个号称浊水溪以南最美的女网友，

见了面才发现她长得很像电影《魔戒》里的半兽人。

阿翔一直做拉弓箭的动作，因为他是精灵神射手勒苟拉斯。

"菜菜。"阿翔说，"还有一个号称浊水溪以北最美的女网友……"
"喂。"我打断他，"可以了喔。"
"那号称北极以南最美的女网友呢？"
"喂。"
"不然号称南极以北最美的女网友呢？"
"喂！"

随着年纪越来越大，在台北的父母也急了，他们甚至想过相亲。
我开的条件是：走路弯腰驼背、笑起来没酒窝、动作粗手粗脚……
结果我连累了已去世的奶奶，因为老爸骂我："干你祖奶！"
阿翔倒是知道我心思，他笑说会去找符合那些条件的女生。

"菜菜。"阿翔问，"你真的没办法接受别的女生吗？"
"也不是没办法。"我说，"可是……"
"可是什么？"
"只要一想到国语推行员，好像就无法爱上别人。"
阿翔叹口气，我也叹口气。

闹钟响了无论如何就要起床，年纪到了不管怎样就要结婚。
这就叫"闹钟婚姻"。
或许再过两年，我可以接受闹钟婚姻。

满34岁那年的盛夏，阿勇打手机给我。
时代变了，手机已是生活必需品。
"是不是又有哪个同学要结婚？"我问。

"不是啦。" 他说，"你记不记得初中毕业前埋的时间胶囊？"

"时间胶囊？" 我很纳闷。

阿勇解释了半天，我才有点印象。

"本来说好 20 年才能挖出来，明年才满 20 年。" 阿勇说，"上个月学校要拆掉防空洞改建教室，要挖那块地……"

"所以呢？"

"黄益源抢先一步去挖出来。"

"那个烧窑时偷挖我们这组窑的黄益源？"

"对。"

"他喜欢挖就让他挖。" 我说，"应该没什么吧。"

"但他每个玻璃瓶都打开来看了。" 阿勇说。

"这太没品了。" 我说，"你有揍他吗？"

"都三十几岁了，还揍？"

"喔。" 我说，"所以呢？"

"希望将来看到这张纸条时，我是个快乐的人。"

"什么意思？"

"这是你玻璃瓶内的纸条。"

"喂！" 我大叫，"你怎么也偷看？"

"黄益源都打开看了，有分别吗？"

"你是特地打来告诉我，我玻璃瓶内的纸条写什么吗？"

"我是要告诉你，本姑娘写什么。"

"她写什么？"

"我喜欢班长。我决定要在 29 岁以前跟他在一起。"

我心头一震，握住手机，久久说不出话。

"猪肠。" 阿勇叫了一声。

"嗯？" 我回过神。

"你不要怪本姑娘。" 他说，"她可能是等到了 29 岁才嫁……"

"我从没怪她。" 我打断他，马上转话题，"你跟蔡玉卿如何？"

"还在努力。"

"那你要加油。" 我说，"只有你的喜宴，我很乐意包红包。"

我说了 ByeBye，挂了手机。

"我喜欢班长。我决定要在 29 岁以前跟他在一起。"

我反复念着这句，越念心里越酸楚。

回想五年前那个下着大雨的日子，国语推行员说：

"但我 29 岁了，也许只是等得累了，便自暴自弃。"

她应该有理由自暴自弃吧。

印象中当时要写纸条时，她似乎想都没想，很快就写好了，

然后马上把纸条塞进玻璃瓶里。

而五年前我们共撑一把伞在大雨中并肩走路时，她说：

"我初中毕业后，就没再长高了。情感也是一样，初中毕业时就已

完成，也决定了。"

她所说的"决定"，是纸条上的意思吧。

应该明年才能打开的时间胶囊，今年就被打开了。

所以我和她的愿望都没有实现。

我们在 29 岁以前没有在一起，而我也不是个快乐的人。

原来我一直不快乐，离"快乐"最近的时光，应该是初中时期吧。

我变得有些魂不守舍，常突然莫名其妙想起初中的事，
甚至仿佛置身于那段时空。
然而现实生活里我公司的老板既难搞又工于心计，
而公司的氛围常常是有做事的被骂、没做事的骂人，我很不适应。
可是工作不好找，我要忍耐，要迁就。

有次开会时，老板又喋喋不休拐弯骂人。
老板骂员工虽然是天经地义，但如果老板像宋高宗一样，
只知道痛骂岳飞为什么要打败金人，并要大家把秦桧当榜样时，
那就很难忍受了。
"要骂就直接骂，兜那么大的圈子干吗？" 我竟然对老板说。
话一出口，才猛然想起这是国语推行员对生物老师所说的话。

老板脸色铁青，过了一会突然翻桌。
但桌子很长，他没翻成，只把桌上的杯子摇倒、桌面资料摇落在地。
"会不开了！" 他说完直接走出会议室。
场面很尴尬，大家都愣在当场。
这工作应该做不下去了，我当天便递了辞呈。

离开待了快满四年的公司，我又重新找工作。
这次找工作比较辛苦，短短几年间，台湾的经济好像不景气了。
很多公司倒闭或裁员，我找了一个月，都没下文。
正犹豫是否该去台北找工作时，终于找到了。
只是新公司比较远，在台南和高雄的交界处。

阿翔把他那辆开了十几年的车便宜卖给我，他自己买了辆新车。
我开车上下班，上班的车程大约 40分钟。

开车上班和骑车上班最大的差别，是雨天。

雨天骑车上班时，不管怎么用雨衣包着身体，总感觉身上会湿；

而且被雨水弄花的镜片，也会让视线模糊。

雨天开车就不会了，而且在车子包覆的空间内会有种安全感。

雨天开车时，我会看着天上的雨，像国语推行员一样。

她在美国过得好吗？还是会驻足撑伞仰头看天吗？

在路上有碰到外星人然后说Welcome to the Earth吗？

36岁那年的梅雨季，我开车到银行处理公事。

要离开时，有个像是主管的银行职员走向我，对我微笑。

她看起来有点眼熟，但我这年纪常常看到很多人都觉得眼熟。

"请指教。" 她递给我一张名片。

我礼貌性收下，看了一眼上面的名字——赵丽娟。

这名字没印象，我点个头后，便想走出银行。

"学长。" 她说，"认不出来吗？"

"啊？" 我吓了一跳，打量着她。

"很糟糕的学长，忘了我是谁吗？"

"你是……"

"很糟糕很糟糕的学长，还没想起来吗？"

"麦茶？"

她笑了起来，笑声很好听。

"麦子已经发酵变成啤酒了。" 麦茶笑说，"我变胖了。"

"好久不见。" 我也笑了，她应该至少胖了10公斤。

我们走出银行，在骑楼下听着雨声聊天，像以前走出社办聊天一样。

麦茶依然多话，滔滔不绝讲她大学毕业后的事。

她结婚了，生了个小男孩目前在念幼儿园大班，今年 9 月会上小学。

"你老公是什么长吗？" 我问。

"学长好厉害，竟然还记得我的死穴。" 她又笑了，"他只是银行的小职员，我们在银行工作认识的。学长你呢？"

"我还是单身狗。" 我说。

"怎么可能？" 她很惊讶。

奇怪，每当我说还单身，大家的反应都是惊讶。

"学长。" 她说，"你还记得你以前跟我说过国语推行员的事吗？"

"当然记得。" 我笑了笑，"其实在大学时代，我只跟你提起。"

"我认识你的国语推行员耶。"

"真的吗？" 我大吃一惊。

"嗯。" 她点点头，"我和她的小孩都在同一家幼儿园上课，常常一起等着接小孩回家，偶尔会聊天。"

"可是她应该在美国。" 我很纳闷。

"她明明在台南，而且至少两年了。" 她愣了愣，"她叫邱素芬，对吧？"

"对。" 我心跳莫名其妙加速。

"学长到现在还是喜欢她吧？"

"呃……" 我脸上发烫，"对。"

"学长果然是指数函数——e 的 x 次方。" 麦茶说。

"我是 x 的一次方，微分一次变成常数，再微分一次就变成 C。"

我说，"我已经被微分两次了，从此以后都是 0。"

"不。" 她的语气很坚定，"学长你是 e 的 x 次方，不管怎么微分，都不会变。"

我看着麦茶，想起以前在社办教她微积分的情景。

"学长，要把我的名片收好哦。" 麦茶挥挥手，走进银行，"下次有空时一起吃饭。"

"好。"

我看着天空的雨，国语推行员此刻是否也看着同一片天空的雨呢?

国语推行员又回到台南了，我们又在同一座城市。

但我们之间最大的距离，早已不是有形的距离。

而是在往后的人生中，我们只能维持"初中同学"的关系。

或许还能见面，但关系不会变。

那年的圣诞节，我莫名其妙格外想念国语推行员。

想起收到自己寄出的信封外面盖了蓝色的"查无此人"；

也想起收到两张她用嘴巴"写"的圣诞卡、想起她用的"您"。

我所在的城市从不下雪，思念却堆满寒冷的感觉。

新的一年又来了，时间奔跑的速度越来越快。

37 岁那年的农历春节前夕，阿勇打电话给我。

他说大年初三要在故乡举办第一次初中同学会。

那瞬间，我心里只有一个念头。

我想看见国语推行员。

18.

只要互看一眼，只要一眼。
我的心脏就足以被国语推行员揪紧。
即使那一眼可能只有短短五秒钟，仍是永恒般的存在。

然后她笑了，左脸颊露出酒窝。
即使她已结婚甚至有小孩，但对我而言，她完全没变。
因为那个酒窝，才是一切。

"世界上有父亲节、母亲节，那么纪念雨伞的节日是？"
我回过头，看见大象。
"雨伞节。" 我说。
"猪肠。" 大象笑了起来，" 20年没见了。"

上次见到大象是高二时的事，没想到已经20年了。
她变得……
呃……我该怎么说，才能保持礼貌呢？
直接说好了，比印象中更大只了。

大象带了她的五岁女儿来参加同学会，那小女孩看起来很活泼。
"你这么……" 我很惊讶，"竟然生小孩？"
"猪肠你胡说什么。" 大象笑着拍了一下我的肩膀。
哇，肩膀可能骨折了。

我们总共坐了三大桌，三个桌子排成三角形。

但大家都会随时走动，也常有人换位子坐。

毕业 22年了，大家似乎有说不完的话。

我和国语推行员坐不同桌，只能不断偷瞄她。

每当想离开座位走近她时，就会有同学坐到身边找我聊天。

这家餐厅的老板，就是我初中同学，难怪会在这里办同学会。

留在故乡发展的同学很少，不到十分之一。

大部分同学都到城市工作，还有一些去了大陆。

如果听到大学同学或研究生同学有所成就，可能多少会感到压力；

但如果听到初中同学有所成就，不仅很高兴，还会觉得与有荣焉。

故乡的人口也越来越少，上次回来参加蔡宏铭的喜宴时，

母校每个年级还有 5个班，现在只剩 3个班了。

但假日时却开始涌进游客人潮，反而变得热闹了。

"怎么样？" 阿勇坐到我旁边，"惊喜吗？"

"惊喜？"

"我知道本姑娘会来，故意不事先跟你说。"

"你是以为事先说了我就不会来吧？"

阿勇答不出话，顺手敲了一下我的头。

"我问到了。" 阿勇说，"是脑科医生。"

"谁？"

"本姑娘的先生。"

"不用了。" 头更痛了。

"猪肠。" 阿勇说，"今年夏天记得再回来。"

"干吗？"

"我要结婚了。"

"跟蔡玉卿？"

"对。" 他笑了。

"恭喜！" 我很兴奋，站起身猛敲他的头好几下。

阿勇没闪躲，只是一直笑。

"你知道为什么印第安人只要跳祈雨舞就一定会下雨？" 我问。

"不知道。" 阿勇说，"为什么？"

"因为如果天空还不下雨，印第安人就会一直跳，跳到下雨为止。"
我说，"所以印第安人只要跳祈雨舞，就一定会下雨。"

"这还真厉害。" 他笑了起来。

"阿勇。" 我说，"你就像跳祈雨舞的印第安人。"

他有些不好意思，只是笑了笑，又敲了一下我的头。

面对心爱的人，真正的陪伴是：

当你需要我时，我会在；当你不需要时，我也不会离开。

阿勇做到了，从初中毕业后就一直陪伴着蔡玉卿。

而大学时代的我，始终在纠结国语推行员是否对我有感情、

是否只是把我当同学的漩涡中，上不了岸。

我既不像蔡宏铭努力把握心爱的人，也不像阿勇默默守护心爱的人，

所以没能跟国语推行员在一起，是我自己的错。

又看了一眼国语推行员，她正和蔡玉卿聊天，边说边笑。

虽然无法走近她，但能这样一直看着她露出酒窝，也是件快乐的事。

"猪肠。" 阿勇又坐到我身边，"趁大家在拼酒，你赶快出去。"

"去哪？"

"本姑娘出去散步了。" 他说，"她出店门往右转。"

"好。" 我马上离开座位，走出店门往右跑。

跑了 50 米后，前面就是人潮拥挤的观光渔市。

四周都是人，连走动都必须左闪右闪。

但我并不慌张，因为很容易凭身影认出国语推行员。

这么多年了，我从没忘记过她走路时背部的挺直，

还有那种缓慢而流畅的步伐。

"素芬！" 我朝右前方 20 米处的背影喊。

她停下脚步回头，眼睛似乎在搜寻，直到我走到她面前。

"班长。" 她说，"一句。"

我摸了摸口袋，但没有任何零钱。

"今天是同学会，不用罚了。" 她笑了笑，露出酒窝。

第一次讲闽南语时不仅没罚钱而且还得到最好的奖赏。

"班长。" 她问，"这些年过得好吗？"

"我可以……" 我想了一下，"说谎吗？"

"可以。"

"我过得很好。"

她似乎轻轻叹口气。

"看你过得不好，我也就放心了。" 她说。

"啊？"

"对你……" 她微微一笑，"我也会说谎。"

这种清淡的微笑，依然没变。

我们在人潮中并肩走着，逛逛满是海产和渔货的摊位。

"我不知道这里变得这么热闹。" 她说。

"我也是。" 我说，"而且这地方以前是海。"

"是吗？" 她很惊讶。

"嗯。" 我说，"阿勇的新家也在这一块海埔新生地上。"

"变化真的好大。" 她似乎很感慨。

"但你完全没变。" 我说。

"我一定变老了。" 她说，"面对老同学就有这个缺点，永远无法隐瞒自己的年纪。"

"你没变老，还是像初中时期那样青涩。"

她停下脚步，看着我。

恍惚间，我看见初中时期头发长度切齐耳根的她。

"班长。" 她问，"我们认识多久了？"

"如果从初一第一次见面算起，25年了。"

"25年？" 她吓了一跳，"这么久？"

"你自己算就知道了。" 我说，"我们今年37岁，初一12岁，37减12就是25。"

"你应该知道我数学不好。" 她笑了。

"嗯。" 我也笑了，"我知道。"

"所以是 two ten five。" 她说。

"嗯？" 我愣了愣。

"你忘了吗？" 她又笑了，"你说25的英文就是 two ten five。"

"对耶！" 我很惊讶，"你竟然还记得？"

"当然。" 她轻轻扬了扬眉毛。

不禁想起第一次听到她说话，她低沉的嗓音说出：twenty-five。

"你第一次讲闽南语被罚 25 块钱。第一次改我的数学考卷，那张考卷也是 25 分。" 她说，"都是 25。"

我这次完全惊讶得说不出话来，只是睁大眼睛看着她。

"班长。" 她笑了，酒窝很深，"我都记得。"

也许对我和她而言，喜欢就是一种"记得"。

"班长。" 路过一个卖冰的摊位时，她说，"要吃红豆棒冰吗？"

"现在是冬天耶！"

"那等下次我们刚好在夏天碰面时，再一起吃红豆棒冰。" 她说，"你觉得会是何年何月呢？"

"既然这样，恭敬不如从命。" 我说，"现在吃吧。"

"你还是喜欢用文言文。" 她笑了。

她买了两根红豆棒冰，两手各拿一根。

"素芬。" 我说完后，便伸手想拿其中一根。

"还不行。"

"不行？" 我很纳闷，"刚刚一句，现在又一句，我讲两句了。"

"现在红豆棒冰一根 15 块钱了。"

"啊？" 我很惊讶，"以前一根才两块耶。"

"没办法。" 她说，"物价一直在涨。"

"那我再补 13 句。素芬、素芬、素芬、素芬、素芬、素芬、素芬、素芬、素芬、素芬、素芬、素芬、素芬。" 我说，"可以了吧？"

她把左手拿的那根红豆棒冰拿给我，我摇摇头，说两根都要。

"嗯？"

"检查一下。" 我说。

我把两根棒冰都检查过后，递了一根给她。

"确定没壁虎的头。" 我说。

她笑了起来，露出的酒窝很深很深。

我们站在路边一起吃红豆棒冰，天气很冷，但心里很暖。

二十几年前，我们常常这样一起吃红豆棒冰。

初中毕业典礼那天，我们也是一起吃完红豆棒冰后再道别，

此后就是长达二十几年的分离。

分离期间只碰过四次：高二看电影、大三走天长地久桥、

当兵前夕女生宿舍前巧遇、29岁时的大雨中重逢。

每吃一口棒冰，似乎就想起一段往事。

"回去吧。" 吃完棒冰后她说。

"嗯。"

我们并肩走回去，推开店门后发现里面的气氛依然热烈。

我和她几乎被声浪淹没。

时间差不多了，同学会也该结束了。

有人提议像初中下课时那样喊起立敬礼，感谢导师。

"班长。" 国语推行员看了我一眼。

"嗯？"

"下课了。" 她瞪我一眼，依然是黑鲔鱼。

"起立！" 我恍然大悟赶紧高喊。

二十几年没当班长了，都忘了自己是班长。

在场的同学们全部原地站好。

"敬礼！" 我又喊。

"谢谢老师。" 同学们齐声高喊。

导师很开心，脸上一直挂着笑容，跟初中时严肃的他很不一样。

散场后，我跟着国语推行员走到她停车的地方。

"听说你先生是脑科医生？" 我说。

"嗯。" 她说，"不过正确的说法，是前夫。"

"啊？" 我吓了一跳，不知道该说什么。

"班长。" 她走到车边，打开门，"我搬回来台南了。"

"我听麦茶说了。"

"哦？" 她似乎很惊讶，"你遇过她了？"

"嗯。" 我说，"刚好在她工作的银行巧遇。"

"果然很巧。" 她上了车，关上车门，"比巧克力还巧。"

"麦茶的话很多吧？"

"对。" 她笑了起来，酒窝很深。

我视线离不开她的酒窝，眼角似乎有液体蠢蠢欲动。

"以后有机会，我们或许可以在台南多聊聊吧。" 她发动车子。

"嗯。" 我说，"或许吧。"

"我走了。"

"小心开车。"

看着她的车子远去，我才慢慢消化她刚说的 "前夫" 两字的震撼。

消化了震撼后，我做了一次久违的验算。

在我心目中，国语推行员是最温柔善解的女孩。

但不管怎样，同学会是一个开始，也是结束。

虽然拥有共同的过去，却只能拥有各自的未来。

只要互相多点关怀和祝福就够了。

阿勇的婚宴在八月，正是最热的时节。

他要我当伴郎，以我跟他的交情加上未婚，我确实是最佳人选。

我突然想起初中念过的课文——袁枚的《祭妹文》。

"汝死我葬，吾死谁埋？"

阿勇结婚时还有未婚的我当伴郎，如果将来有天我要结婚，

可以找谁当伴郎呢？认识的同学或朋友大多数都结婚了啊！

用力打了嘴巴几下，口中说出："呸呸呸。"

我怎么在阿勇大喜之日用《祭妹文》来比喻心情呢？

阿勇的家门前搭了棚架当作喜宴现场，也就是俗称的"办桌"。

从迎娶开始，我就忙得天昏地暗，连好好吃一口菜的时间也没。

人家都说伴郎要帮新郎挡酒，挡个屁，阿勇是海量，我是三脚猫。

果然最后变成新郎帮伴郎挡酒，像话吗？

"班长。" 国语推行员问，"我看你一直跑来跑去，你不累吗？"

"我还好。" 我说，"可是你不累吗？"

"我为什么会累？" 她很纳闷。

"你在我脑海里跑了二十几年了，你都不会累吗？"

她静静看着我，我很想看清楚她的眼神，但视野有些模糊。

"班长。" 她问，"你还好吗？"

"我已经茫了。" 我说。

"这样几只？" 她比出几根手指头，但我看不清。

"你考倒我了。"

"那你喝醉了。" 她笑了起来，左脸颊露出的酒窝很深。

我后来醉倒在阿勇家的沙发，醒来后忘了跟国语推行员说过什么。

从阿勇的喜宴回来后，我将工作视为生活中唯一的重心。

虽然并没有得到太多成就感，但还是努力认真。

知道国语推行员跟我在同一座城市，让我很心安。

但我并没有想要多跟她接近的念头。

只要知道她在，而且日子过得平安，那就够了。

初中时作文常写：光阴似箭、日月如梭。

那时认为还蛮瞎说的，因为觉得日子很长、时间过得很慢，

都等不及要快点长大。

没想到快 40 岁的我，却深刻体会那样的形容很精准。

如果你从 21 岁变 22 岁，你可能觉得你改变了一些、成熟了一些，

而这一年的时间算漫长。

但如果你从 37 岁变 38 岁，你顶多觉得老了一岁而已。

而且这一年的时间是一溜烟跑掉。

时间奔跑的速度越来越快，而且越不容易被发觉。

阿翔打定主意不婚，他父母似乎也不能勉强他。

而我在台北的父母，催我结婚也催得累了，呈现半放弃状态。

我和阿翔一直住在一起，不认识的人可能以为我们是同性恋。

40岁那年，公司年末宴会的抽奖活动，
我抽中夏威夷双人四天三夜的旅游招待券，运气很好。
这种招待券最适合新婚夫妇度蜜月，但对我来说，
就像坐轮椅的抽中自行车。
我后来找了阿翔一起去夏威夷。

从夏威夷回来后，我和阿翔更被怀疑是同性恋了。
听说有个同事原本想介绍他表妹给我认识，但因为这样而作罢。
从此以后也不再有同事说想介绍女生给我。
告别单身的机会越来越渺茫了。

我跟阿翔相依为命，日子过得算悠闲，但聊天的话题越来越深奥。
"菜菜。" 阿翔问，"下辈子你想当什么？"
"不知道。" 我说，"你呢？"
"一条马路。"
"什么？"

他说日本神户市发生一起案件，一名男子为了偷看女性裙底风光，
仰躺在马路旁的下水道里，忍受污水的恶臭。
那男子落网后，还向警察说，如果能够转世，他愿意变成一条马路。
"是不是很感人？" 阿翔笑说，"所以我也想变成一条马路。"
"白痴。" 我也笑了。
我想起在马祖当兵时看到的蓝眼泪，
那时我曾经想成为漆黑海面上那片蓝光的一部分。

一晃眼我就40多岁了。

生活中的朋友，大多数是同事，或是因工作而认识的人。

而以前的同学，先是存在于社交网站，后来智能型手机普及后，

开始存在于 Line（手机软件）的通讯录。

初中同学建了个 Line 的群组，我和国语推行员都有加入。

平时会有人贴些有趣的图文或影片，

或是分享养生之道、健康饮食之类的文章。

偶尔也会有人抱怨小孩子很皮、很难教，或现在的年轻人怎样怎样，

不像当年的我们如何如何。

我和国语推行员通常都不出声，只是静静地看。

有次我一时兴起，在群组问了那个问题：

"希望拥有最漂亮的发型？还是希望成为最好的发型设计师？"

同学们各有各的选择，而且理由都很精彩，差异也大。

不过国语推行员并没有说出她的选择。

有天晚上我跟阿翔吃饭时，手机响了，来电显示：国语推行员。

我慌忙滑动接听键，手机差点掉下去。

"班长。" 她说。

"……" 我完全说不出话，这是我第一次接到她打来的电话。

"班长？"

"喔。" 我赶紧出声，"我在。"

"你可不可以当我女儿的数学家教老师？"

"啊？"

原来她的女儿现在念初二，可能是遗传吧，数学成绩很差。

初一时去补习班补数学，但没什么成效，让她很伤脑筋。

她女儿的数学老师建议，可以考虑请个家教老师。

"你应该找专门教初中数学的人。" 我说。

"周老师说，她初中时原本数学也不好，后来找你当数学家教老师，从此数学就变好了。"

"我怎么可能教过什么周老师？我不认识啊。" 我一头雾水。

"周淑敏老师。"

"周……" 等等，这名字好熟，"小敏？"

"对。" 她说，"周老师说你都叫她小敏。"

没想到小敏已经是数学老师了。

"数学很差不会怎样吧？像你初中的数学也不好，现在还是很有成就。" 我说，"而我，数学那么好，却没什么成就。"

"班长。" 她语气变得很严肃，"你是这么看待你自己吗？"

"我确实没什么成就。" 我说，"这是事实。"

她没回话，但我听到她混浊的呼吸声。

"班长。" 过了一会，她说，"在我心里，你是神。"

"可是我……"

"在我心里，你是神。" 她的语气很坚定。

我不知道要说什么，一股暖流涌上心头。

我求学时代的数学、微积分、程序语言都很强，也很会教人。

但年过40了，也只是做个普普通通的工作糊口而已。

本以为这辈子大概就这样了，不会跟 "有成就" 这种字眼沾上边。

没想到国语推行员的一句话，却轻易鼓舞了我。

我答应当国语推行员女儿的数学家教老师。

她住在一栋公寓管理大楼的八楼，离我住的地方只有五分钟车程。

第一次走进她家时，她带着女儿跟我打招呼。

依我目测的结果，她女儿应该是 B（我是指血型）。

第一眼的印象是个性很活泼。

"你们聊聊吧，先认识一下。" 说完后国语推行员就走了。

她女儿叫雨晨，下着雨的清晨，这名字很美，但会让人不想上班。

妈妈走后，雨晨没说话，只是一直打量着我。

我觉得有点尴尬，不知道要说什么当开场白，正努力思考着。

"你是我的亲生父亲吗？" 她突然说。

我吓了一大跳，差点从沙发上跌下来。

"你怎么……" 我舌头打结了，"会说这种莫名其妙的话？"

"韩剧都是这样演的。" 她说。

"韩剧？"

"嗯。" 她说，"那你是吗？"

"我跟你妈只是初中同学而已，从没在一起过。"

"那你暗恋我妈喽。"

"这……" 我瞬间脸红。

"我想可能要验 DNA 才能确定了。"

"验 DNA？"

"韩剧都是这样演的。" 她笑了。

"我以后叫你大叔好不好？" 她说。

"大叔？" 我愣了愣，"叫老师比较好吧。"

"学校里一堆老师了，我不喜欢老师。"

"可是叫大叔很怪吧？" 我皱了皱眉。

"叫欧巴才会怪。"

"欧巴？"

"韩剧都是这样演的。" 她又笑了。

虽然雨晨是国语推行员的女儿，但她长得并不像国语推行员。
唯一相像的，是她的眼睛也像国语推行员一样又大又亮。
不过她的眼神完全没有黑鲔鱼的味道，只有古灵精怪。
幸好她不像国语推行员，因为如果她长得很像国语推行员，
那么教她数学时，我一定会以为穿越时空到了初中时期。

我家教的时间是每周两次，每次两个小时，晚上七点到九点。
竟然跟以前教小敏的时间一模一样。
国语推行员要我下班后直接到她家，在她家吃完饭后再上课。

"这样不好意思吧？"

"就是这样。" 她瞪我一眼。

第一次到她家吃饭时，我很早就到了。
看着国语推行员在厨房忙碌的样子，我坐立难安。
但她的背部始终挺直，切菜炒菜等动作依然缓慢而流畅。
对我而言，那是一种优雅，而且总是让我心情平静。

"班长。" 她说，"可以吃了，请来餐桌。"
我走到餐桌前坐下，她端着菜从我右边走来。
她弯身把菜放桌上时，背部不再是挺直，而是有弧度。

那瞬间，我想起以前放学后在教室里教她数学的情景——
我坐着，而国语推行员站着弯身把脸凑近看我计算。

我忍不住转头朝右上，刚好接触她的视线。
"班长。" 她笑了起来，"我手艺很差，你要忍耐。"
她的笑容很有感染力，我也笑了起来。
我们都笑得很开心，她左脸颊的酒窝又露出来了，很深很可爱。
厨房里充满着笑声，抽油烟机的低沉轰轰声也听不到了。
这世界仿佛只剩下我们两人的笑声。

我眼眶湿润，视线有些模糊。
这么多年了，我依然那么怀念充满整间教室的笑声。
依然那么想念国语推行员。
即使她就在眼前，我依然想念她。

下课后我要回去时，国语推行员会陪我坐电梯下楼。
再一起并肩走到我停车的地方。
我们会简单聊几句，有时甚至都没说话，只是并肩走着。

有次并肩走过 7-11，她说买红豆棒冰来吃吧，我说好。
"素芬、素芬、素芬、素芬、素芬、素芬、素芬、素芬、素芬、
素芬、素芬、素芬、素芬、素芬、素芬。" 我一口气说了 15 句。
"现在一根红豆棒冰要 20 块钱了。"
"啊？"

"还少五句。" 她说。
"素芬、素芬、素芬、素芬、素芬。" 我说。

路过的人可能以为我烟瘾很大，一直吵着要吸烟。

不管红豆棒冰一根是 2 块、15 块还是 20 块，不管季节是夏还是冬，
跟国语推行员一起吃红豆棒冰时，心里总是温暖的。
时光飞逝、物价飙涨，只有感觉才是不变的。

虽然 20 年没当家教老师了，但初二数学我还是得心应手。
不过现在的初二数学比较难，有些章节甚至是以前高中数学的范围。
我很专心教雨晨，也不会常常陷进回忆的漩涡，
因为我知道国语推行员就真实存在于这间屋子里。

雨晨并不难教，倒是她的古灵精怪比较伤脑筋。
"我妈常说大叔你人很好。"雨晨说，"为什么我看不出来呢？"
"那是你妈善良。"我说，"如果大叔真那么好，为什么会单身呢？
一定有些微不足道的因素，让我成为鲁蛇（loser）。"
"我妈说，你只是运气不好。"
"我能认识你妈，运气怎么会不好呢？"
"大叔。"她笑了起来，"很会说话哦。"

她笑起来没有酒窝，但笑容跟国语推行员有些神似。
"所以应该说是我妈运气不好，才会认识你。"她说。
"可以这么说。"我笑了，"你也很会说话。"
她也笑了起来。

"你会不会因为爱不到我妈，所以想跟我在一起？"她说。
"又是韩剧？"正喝水的我，差到呛到。
"嗯。"她说，"这种剧情也有。"

"韩国人脑子里到底在想什么？" 我说，"我又不是殷梨亭。"

"殷梨亭是谁？"

"金庸武侠小说《倚天屠龙记》里的人物。"

"金庸又是谁？"

我很讶异，睁大眼睛看着她。

"是不是《金庸群侠传 online》的那个金庸？" 她说。

"对。"

"我还以为金庸是品牌名称呢，就像三星手机、LG电视一样。"

没想到以前是读武侠小说认识金庸，现在却是玩线上游戏认识金庸，而且还以为金庸是品牌。

我不禁叹了口气。

"大叔。" 她问，"你怎么了？"

"没事。" 我说，"感慨而已。"

"什么感慨？说嘛！" 她说，"我很关心你耶！"

"你很关心我？"

"嗯。" 她点点头，"除了我妈和咸酥鸡之外，我最在乎你。"

"那我真荣幸，能排在咸酥鸡后面。"

她又笑了起来，我却快哭了。

日子久了，雨晨和我便逐渐熟悉，她偶尔会跟我分享她的心情。

"大叔。" 她很开心，"今天我们学校举办闽南语演讲比赛，我得到第一名，而且还有奖金耶！"

"当众讲那么多闽南语，不仅没罚钱，还有奖金拿？"

"嗯？"

"你确定那是真的钱，不是冥纸？"

"你越说越夸张了。"

国语推行员这种干部，已经是上一代的事了。
而国语推行员的女儿拿到闽南语演讲比赛第一名，看似讽刺，
但其实是件很有趣的事。

有天晚上我要上楼前，路旁有个女生停放摩托车时弄倒旁边的摩托车。
倒下的摩托车压到我的脚，摩托车的金属支架划伤脚踝。
我忍着痛上楼，偷偷询问雨晨有没有外伤的药。
没想到她大惊小怪，直接跑去问国语推行员。

"班长。" 国语推行员说，"我看看你的脚。"
"不用啦。" 我摇摇手，"小伤而已。"
"把脚伸出来。" 她瞪了我一眼，是有点大只的黑鲔鱼。
我卷起裤管，伸出左脚。
一看吓了一跳，伤口似乎很深很长，血还在流。

"班长。" 国语推行员有些慌，"你多久前打过破伤风疫苗？"
"就初三踩到玻璃那次打过而已。"
"那是几年前？" 她说，"有没有超过 10年？"
"一算就知道早超过 10年了。"
"我数学不好！" 她大声说，"算给我看。"

我愣了愣，随即走到书桌旁坐下，她跟着走过来站在我右手边。
"我们今年 44岁，初三踩到玻璃时是 15岁，44减 15等于 29。"
我在纸上边计算边说明，"29大于 10，所以超过 10年。"

"这样明白了吗？" 我问。

她没回答，也没任何反应或动作，整个人好像静止。

"我再算一遍。"

这次我速度更慢了，说明的时间也变长。

"这样明白了吗？" 我又问。

我转头朝右上，接触她的眼睛。

她的眼泪突然窜出眼角，一颗又一颗，往下掉。

直接滴在我肩膀上。

我的眼眶也充满泪水，眼眶装不下了，便溢出来在脸颊滑行。

30年前，我就是这样教国语推行员数学。

经过了30年，我终于又教她数学了。

往事突然重演，我和她都承受不住冲击，只能任凭泪水滴落或滑落。

"现在是要看着我的血流干吗？" 我狼狈地抹去满脸泪水，说。

"我先处理一下伤口。" 她也用手擦了擦双眼，但鼻头已经红了。

她转身走出房间，一会带来急救箱，帮我敷药和包扎。

"班长。" 她说，"真的有30年那么久了吗？"

"如果你没得阿兹海默症的话……" 我说，"是的。"

我们都没再说话，静静回忆30年前的往事。

原来所谓的30年前，也不过是像昨天一样而已。

三天后，小年夜凌晨快四点，突然发生大地震。

我被地震摇醒，几秒后马上联想到十几年前的9·21大地震。

停止摇晃震动后，外面传来像整座山崩落的巨大撞击声，电也停了。

我拿起手机，发信息给国语推行员：

"你没事吧？"

刚按下传送，同时也收到国语推行员传来的信息：

"你没事吧？"

手机的画面出现这两则同样的信息，时间都是凌晨3：58。

手机响了，来电显示：国语推行员，我马上滑动接听键。

"班长。" 她说，"你真的没事吗？"

"我没事。" 我问，"你真的没事吗？"

"嗯。" 她说，"你没说谎？"

"没。"

"有停电吗？" 她问。

"停了。"

"那你刚刚还说没事！" 她大声说，"为什么你那么擅长说谎？"

"只是停电而已……"

"把地址传给我。" 她打断我，"我马上过去。"

"现在是凌晨四点耶！"

"地址传给我！" 她挂断了。

我发了我的地址给国语推行员，然后立刻冲下楼。

站在大楼门口等她时，发现200米外的大楼竟然倒塌了！

马路上响起一阵又一阵警车、救护车、消防车的警报声。

5分钟后，国语推行员向我跑来。

"班长。" 她微微喘气，"你……"

"我没说谎吧，我没事。" 我笑了笑，"你也没事吧？"

"我也没事。" 她终于笑了。

我突然想起 9·21 地震时，自己的第一时间反应。

还有阿翔所说的七个鱼缸的故事。

"大地震只有一个好处，可以让人瞬间知道自己心中最爱、最牵挂的
是什么。"

我们站在大楼门口，现在正是最深的夜。

"班长。" 她又问，"真的有 30 年那么久了吗？"

"嗯。" 我点点头。

她仰头看着夜空，陷入沉思。

"班长。" 她说，"你可以再吟唱一遍那首唐诗给我听吗？"

"现在？"

"嗯。" 她点点头。

"这里？"

"嗯。" 她又点点头。

我清了清喉咙，吟唱《枫桥夜泊》：

"月落乌啼霜满天……江枫渔火对愁眠……

姑苏城外寒山寺……夜半钟声到客船……"

在充满警报声的夜晚，我的歌声依然轻轻地、远远地，传到故乡。

"班长。" 她的眼泪迅速掉下，"我很尊敬你。"

我心头一震，她竟然还记得那时的打赌。

而我也听出来了，我的歌声中确实有沧桑的味道。

"我想去看看故乡的海。" 她说。

19.

生命就像是个圆圈一样，越靠近终点，就会越靠近起点。

我在小年夜这天下午，开车载着国语推行员回故乡。
这次不再傻傻地等着上桥，我走另一条路，看另一片海。
虽然有些沙滩已被填成陆地，但故乡就在海边，有看不完的海。

我停好车，跟她一起翻过海堤走进沙滩，并肩在沙滩上走着。
沙滩依旧是黑漫漫的，不受欢迎的海沙泥。
就让游客们去拥抱白色的贝壳沙沙滩吧，那确实是既美丽又浪漫；
而黏人的黑色海沙泥，就黏住我们这些永远离不开故乡的人。

"班长。" 她说，"你前阵子在群组问的问题，我可以回答你。"
"请说。"
"我选最好的发型设计师。" 她说，"只有最好的发型设计师，才有能力让人的发型最美。我希望拥有可以让别人变成最美的能力。"
"你的答案跟我几乎一模一样。" 我很惊讶。

"所以我希望你有最美的发型。" 她说。
"我也……" 我更惊讶了，"一样。"

"班长。" 她说，"你要去当兵前跟我提到那个仓央嘉措的故事，后来他怎么样了？"
"清朝史书记载，康熙下令将仓央嘉措抓到北京，押解途中，他病死于青海。而藏人的史书则说是拉藏汗派人将他害死于青海湖边。"

"呀？" 她似乎很失望。

"可是我听到的传说不是这样。" 我说。

"那是怎样？"

"仓央嘉措既没有在青海病死，也没被害死，而是偷偷回到故乡，与初恋情人重逢，然后平淡过完一生。"

"我喜欢这传说。" 她笑了起来，左脸颊露出酒窝。

我静静看着她的脸庞，还有那最让我挂念的酒窝。

恍惚间，我看到一座三合院的院子里，

有个穿着白色短袖 T恤和灰色运动长裤的 13岁小女孩。

无论是抖衣服、拿衣架套衣服、把衣服挂在竹竿、拿夹子夹住衣服，她的动作始终缓慢而流畅，那样的优雅总是让我心情很平静。

我们停下脚步，并肩坐在沙滩上，看着大海。

其实看海的时候，我们就像海一样平静，只有海浪拍打沙滩的声音。

正如她和我，只有心跳声。

"班长。" 她说，"如果你老了，你想遇见谁？"

"老了？" 脑海浮现一个孤独老人躺在安养院病房的样子，"如果我老了，我希望遇见一个细心的护士小姐。"

"恭喜你，你很幸运。" 她笑了起来，脸颊上的酒窝又深又美，"我很细心，又刚好做过护士。"

"那真的太好了。" 我也笑了。

"只可惜我迟到了。" 她说。

"迟到？" 我说，"你不是迟到，而是来早了。"

"为什么？"

"因为我还没老。" 我笑了笑，"而你已经到了。"

她也笑了，脸颊上的酒窝永远迷人。

做完最后这次验算后，这辈子就不再验算了。

在我心目中，国语推行员是最温柔善解的女孩。

而且我喜欢她。

喜欢是一种记得。

因为和她相遇了，记忆开始不断累积。

即使过了30年，我依然清晰记得她的黑鲔鱼眼睛、她的微笑和酒窝、

她挺直的背影、她低沉的声音、她咬笔的模样、她掉泪的神情、

她锁骨围成的美丽河谷、她缓慢而流畅的动作……

这样的"记得"，就是喜欢吧。

夏威夷流传着一个说法。

如果能在夕阳下山时，看见绿光的话就能得到幸福。

因为绿色的太阳太难得，就和幸福一样不容易。

海天一线，远方的夕阳染上浓浓的橘黄。

夕阳要整个被大海吞没的那一瞬间，尾部闪过一道绿光。

"班长。" 她问，"你看到绿光了吗？"

"我可以说谎吗？"

"可以。"

"我没看到绿光。"

"那你呢？" 我问。

"我也没看到。"

"是吗？"

"对你……" 她微微一笑，"我也会说谎。"

"素芬。"

"班长。" 她说，"一句。"

我们同时笑了起来，站起身，继续并肩踩着沙滩。

初中并肩，一起走去小卖部买红豆棒冰。

高二并肩，一起走在人行道上，感受像蜂蜜般的阳光。

大三并肩，一起走天长地久桥，体会"吊桥效应"。

当兵前夕并肩，只是因为巧遇。

当研究助理时并肩，共撑一把伞走进雨中，只是为了分别。

同学会并肩，只是因为吃了红豆棒冰。

当家教老师时并肩，只是陪我走一小段回家的路。

而现在并肩走在沙滩上，可能只是单纯想一起走到老吧。

～The End ～

写在《我喜欢她，但是我迟到了》之后

这本书约 15万字，2017年 7月动笔。
写了两个月后，停笔三个月，2017年 12月再提起笔写完。
写作期间的最后一个月，我几乎不眠不休、废寝忘食。
完成的那瞬间，我气力放尽，开始昏睡两天。

这是我写作生涯满 20年的作品，希望具有某种代表性，或是总结。
20年来，我总是只用简单的文字、平淡的语气叙述故事。
常常有人告诉我，只要翻开第一页，就知道是我写的。

"风格"是一个很有趣的概念，尤其对于写作者而言。
依照人家的说法，我的风格很明显，而且与众不同。
即使作品越来越多，写作的风格却始终保持不变。
有些人开始觉得不耐，甚至由喜欢变成不喜欢。
于是我常被问：难道不想尝试其他风格吗？

面对这样的问题，我总在心里想：
如果因为风格一直没变，所以不喜欢；
那你可能这辈子无法爱同一个人太久。
只要你的爱人一直没变，可能有天你会不再喜欢她。

这比喻也许不贴切，甚至引喻失义，请原谅我的诡辩。

我只是想提供另一个思考角度：

在快速变迁的时代洪流中，你觉得改变比较难，

还是不变比较难？

写作的旅途上，我偶尔会转身。

踏上旅途之初，耳畔总是传来欢呼声、鼓舞声、加油打气声；

随着我越走越远，渐渐地，那些声音变少了。

当我听不到那些声音时，回头一看，

却发现有些人在默默跟随。

我很感动。

于是原本打算不再前进的我，会因而鼓起勇气继续向前。

《国语推行员》（简体版改名为《我喜欢她，但是我迟到了》）这书名有

些尴尬，很多人不知道这是什么东西。

即使知道了，也会觉得怪。

如果你看到一本书叫《总务股长》，你不会觉得怪吗？

但请你原谅，我一向不擅长取书名，这也是我的风格。

《国语推行员》本来打算只写三万字，故事的时间比较短。

但一动笔便豁出去了，决定写长，故事的时间拉长到约30年。

"国语推行员"只是书中女主角在初中时担任的干部名称。

结果这部成了我作品中字数最多的小说。

我写作时总是很有诚意，这本也不例外。

人们常问我：你觉得自己写得好不好？满意吗？

我的回答总是"说谎"。

因为我都回答：我觉得写得并不好。

这本写得更糟，很糟糕很糟糕，我非常非常不满意。

我出生在 1960 年代末，中学时代班级干部中有国语推行员。

我曾因讲闽南语而被罚钱，也总是很不甘愿。

高中时有次上台北比赛，在台北坐公交车时讲闽南语，

车上几个女高中生转头斜眼看我。

我经历过那样的年代。

时代是有味道的。

可以记录时代味道的东西很多，比方流行歌曲。

你可能只要听到某首歌，就会回到你听这首歌时的年代，

然后想起那时候的人事物。

这本小说横跨了 30 年，必然会碰到时代变迁的问题。

我无意多着墨时代变迁，因为那只是过程而已。

20 年前我上网时，常碰到异样的眼光，上网的心态也常被揣测；

现在，反而是从没上网的人会被送去精神医院。

如果你从 20 年后坐时光机回到现在，你也可能发现很多荒谬；

而这些荒谬对现在而言却是理所当然。

如果喜欢是一种心情。

在快速变迁的时代洪流中，你觉得你的喜欢改变了比较难，

还是你的喜欢始终不变比较难？

你会不会觉得，如果你的喜欢始终不变，
是一件令人心安的事？

谨献上这部小说，你喜不喜欢我不知道。
品尝者的味觉总是独立于烹饪者的烹饪技巧之外。
我只是秉持这 20 年来的样子，很努力很诚恳写完。
如果我的不变令你觉得不可思议或是不以为然，都不是我的意图。
因为我没有意图，只是很诚恳写小说而已。

小时候我很喜欢吃卤蛋，我甚至还记得第一次吃卤蛋时的快乐心情。
经过几十年，我还是喜欢吃卤蛋。
我很庆幸卤蛋的味道没变，更庆幸自己还是喜欢吃卤蛋。

如果一旦喜欢，就能喜欢很久很久。
那应该是件快乐的事吧。

蔡智恒
2018 年 1 月于台湾省台南市